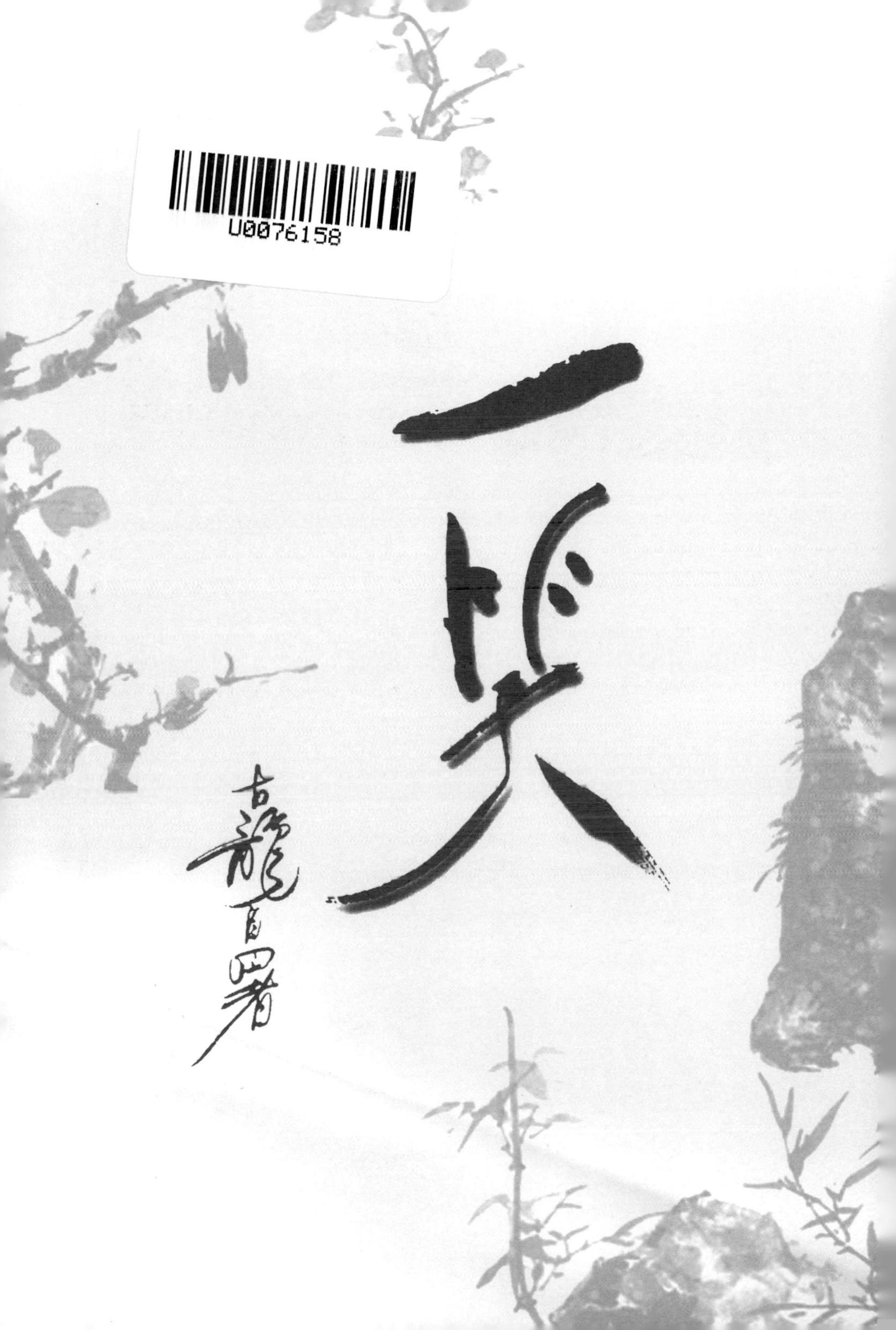
U0076158

盛期之風貌

# 臥龍生作品　帶動武俠風潮

**《飛燕驚龍》開一代武俠新風**

《飛燕驚龍》(1958)爲臥龍生成名作，共48回，約120萬言。此書承《風塵俠隱》之餘烈，首倡「武林九大門派」及「江湖大一統」之說，更早於香港武俠巨匠金庸撰《笑傲江湖》(1967)所稱「千秋萬世，一統」達九年以上。流風所及，臺、港武俠作家無不效尤；而所謂「武林盟主」、「江湖霸業」等新提法，竟成爲社會大眾耳熟能詳的流行術語了。

《飛燕》一書可讀性高，格局甚大。主要是寫江湖群雄爲覬覦傳說中的武林奇書《歸元秘笈》而引起一連串的明爭暗鬥；再以一部假秘笈和萬年火龜爲餌，交插敘述武林九大門派（代表正派）彼此之間的爾虞我詐，以及天龍幫（代表反方）網羅天下奇人異士而與九大門派的對立衝突。其中崑崙派弟子楊夢寰偕師妹沈霞琳行道江湖，卻如夢似幻地成爲巾幗奇人朱若蘭、趙小蝶之絕世武功技驚天龍幫，而海天一叟李滄瀾復接連敗於沈霞琳、楊夢寰之手；致令其爭霸江湖之雄心盡泯，始化解了一場武林浩劫云。

在故事佈局上，本書以「懷璧其罪」（與真、假《歸元秘笈》有關）的楊夢寰屢遭險難，卻每獲武林紅妝垂青爲書膽(明)，又以金環二郎陶玉之嫉才害能，專與楊夢寰作對(暗)爲反派人物總代表。由是一明一暗交織成章，一波未平，一波又起，極盡波譎雲詭之能事。最後天龍幫冰消瓦解，陶玉帶著偷搶來的《歸元秘笈》跳下萬丈懸崖，生死不明，卻予人留下無窮想像空間。三年後，作者再續寫《風雨燕歸來》以交代陶玉重出江湖，爲惡世間，則力不從心，當屬狗尾續貂之作。

在人物塑造方面，臥龍生寫男主角楊夢寰中看不中用，固然乏善可陳，徹底失敗；但寫其他三名女主角如「天使的化身」沈霞琳聖潔無瑕，至情至性，處處惹人憐愛；「正義的女神」朱若蘭氣質高華，冷若冰霜，凜然不可犯；「無影女」李瑤紅則刁蠻任性，甘爲情死等等，均各擅勝場。乃至寫次要人物如「賓中之主」海天一叟李滄瀾之雄才大略，豪邁氣派；玉簫仙子之放蕩不羈，爲愛痴狂；以及八臂神翁聞公泰之老奸巨猾，天龍幫軍師王寒湘之冷傲自負等，亦多有可觀。

與

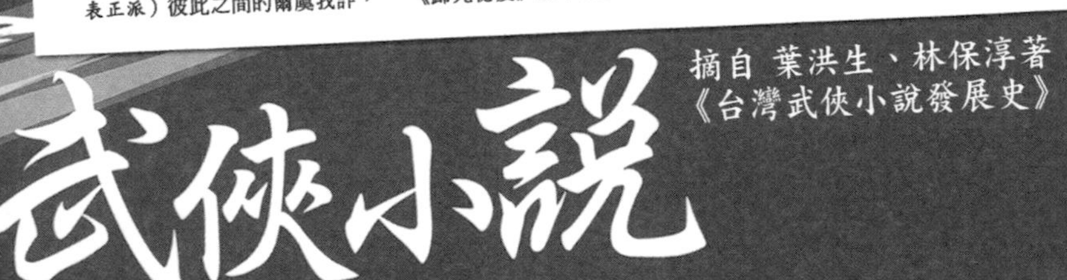


摘自 葉洪生、林保淳著《台灣武俠小說發展史》

台港武俠文學

流行天

# 臥龍

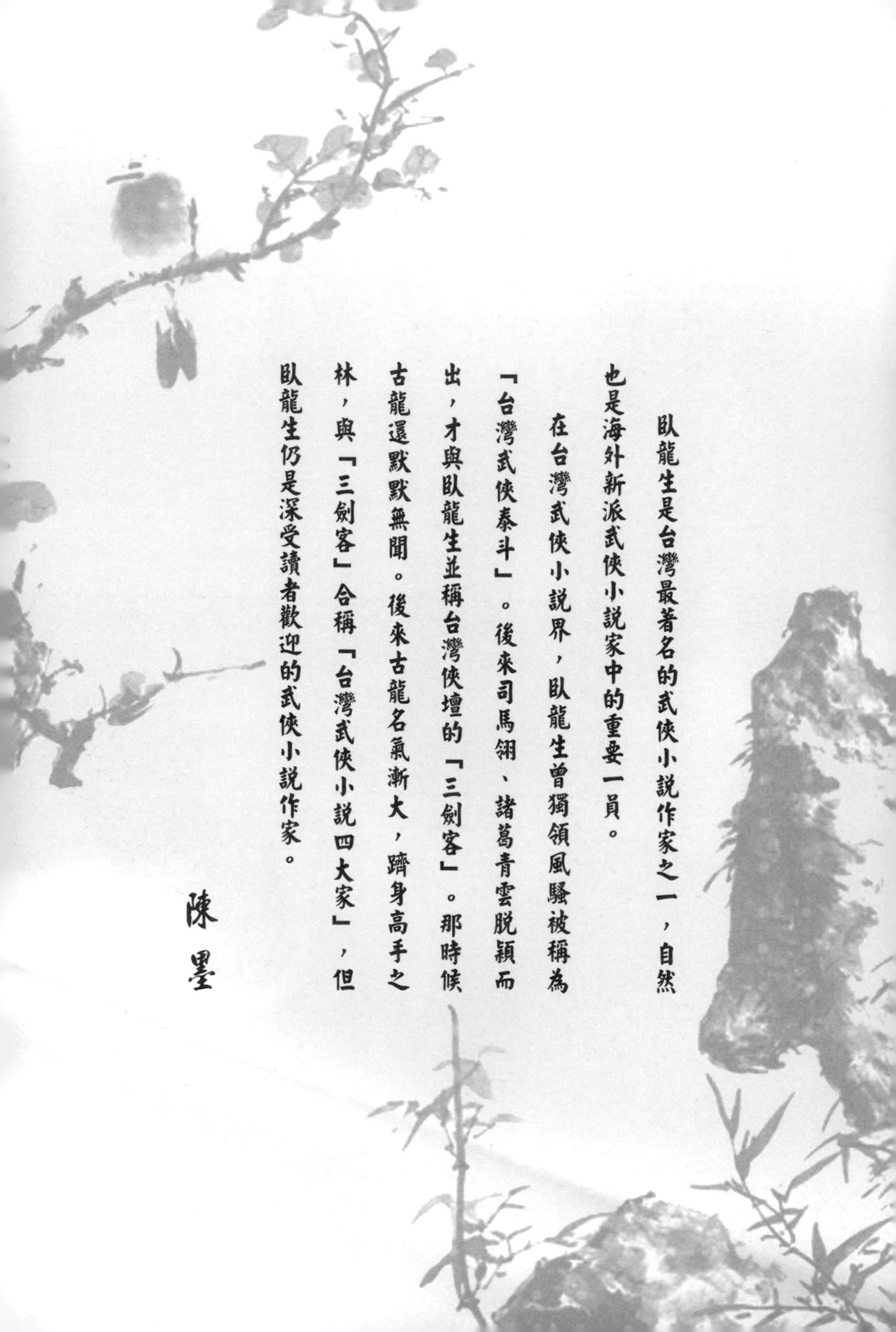

臥龍生是台灣最著名的武俠小說作家之一，自然也是海外新派武俠小說家中的重要一員。

在台灣武俠小說界，臥龍生曾獨領風騷被稱為「台灣武俠泰斗」。後來司馬翎、諸葛青雲脫穎而出，才與臥龍生並稱台灣俠壇的「三劍客」。那時候古龍還默默無聞。後來古龍名氣漸大，躋身高手之林，與「三劍客」合稱「台灣武俠小說四大家」，但臥龍生仍是深受讀者歡迎的武俠小說作家。

陳墨

# 神州豪俠傳（一）

臥龍生精品集 49

臥龍生精品集㊾

# 神州豪俠傳(一)

目錄

# 《神州豪俠傳》之雙重變奏：表象與眞相的辯證及切換

知名文學評論家
秦懷玉

京城發生奇異的大案，碩學多才的翰林院編修突然失蹤，接著，就在皇帝親自主持的瓊林宴開席前夕，御筆親點的新科狀元也不見蹤影。這當然急壞了朝廷上下，而江湖傳言，兩人失蹤其實均與他們通曉天竺文字有關，擄人者目的在於要逼他們譯出一些天竺文的殘篇零簡。

九門提督府的總捕頭職責所在，只得軟硬兼施，將京城裡黑白兩道有頭有臉的領袖人物請到，再三拜託他們協助找出端倪，在瓊林宴開席之前尋到新科狀元，生要見人，死要見屍。

於是，一時間人仰馬翻，京城到處杯弓蛇影。

## 天竺殘篇的風暴

然而，火燒眉頭之際仍是渺無線索，無可奈何之下，有人獻計：不妨向民間崇信的卜卦師「高半仙」求教。「高半仙」故弄玄虛之餘，總算藉由卜了三卦間接暗示出線索。總捕頭率領黑白兩道頭面人物循線追索，居然查出新科狀元被拘留在權勢極大的平遼王府，但王府內藏有武功高明的神秘人物，以暴力禁止官方查案，甚至不惜格殺新科狀元滅口。情節推展至此，王府施行某種陰謀以挑戰皇權、醞釀叛變的企圖，儼然呼之欲出。但在作者臥龍生的通篇布局中，這卻只是整個故事最外層的表象。日後的發展，證明王府本身不由自主，乃是聽人擺佈。

總捕頭等怏怏然無功而返，但這一行人中，京城賭坊兼妓院大亨「一手遮天」趙一絕本是被歸類爲黑道的江湖人物，反因情勢所逼，挺身承擔起後續的任務。爲求化解如此潑天大案的後座力，趙一絕答應破財消災，在高半仙的牽線下，以重金買通天牢的官員及侍衛宮的御衛，再賄賂宮中得勢太監以取得開釋的詔令，竟然徑自進入獄中，救出了被監禁十七年之久的少年王宜中及其寡母。自此，王宜中的身世、遭遇，以及日後的思慮、行動，成爲情節推動的主軸，而本爲江湖第一大幫「金劍門」軍師，卻以「高半仙」渾名潛伏京城圖謀大事的高萬成，也終須向王宜中說明原委。

## 天牢內外的秘辛

王宜中之父乃是著名清官，曾督撫三省，出事時爲鐵面御史，正在嚴劾當朝權奸；由於與「金劍門」原門主朱崙性情相投結爲至交，故權奸投鼠忌器，但十七年前朱崙遭到陰謀圍殺，王父隨之被打入天牢，一氣而歿。高萬成及金劍門中二老、四護法、八劍士及數百精銳弟子在朱崙死後，迭遭武林中諸大勢力打壓，但仍茹苦含辛，謹遵遺囑，一心等待其義子王宜中成年，接任新門主，以期爲朱崙報仇雪恨，並重新在江湖上鋤強扶弱，主持正義。

王母堅決反對其子涉入江湖恩怨，王宜中以爲自己毫無武功，對於接任門主根本不予考慮。這些都是高萬成等忠心之士必須克服的難題。關鍵在於，朱崙廿年前初見宜中時即已決定要栽培他成爲一代高手，故當其甫在襁褓中即已暗中授以「一元神功」，十七年牢獄生活中無思無慮，正是蓄養神功的捷徑。只消稍予實戰訓練，便可發揮莫大潛力。

出獄後王母竟遭來路詭異的神秘組織劫持，宜中及金劍門也不斷受到該組織所派遣的歹毒派系圍攻，其實適足以逼迫宜中挺身自衛，並發揮令人駭異的神功威力。然則，敵對的神祕組織究竟爲何來犯？

## 兩大勢力的拚搏

對方發動的陰謀與攻擊無所不用其極，下毒、暗殺、火攻、突襲，令人防不勝防。於是，情節進入到臥龍生小說所最擅長的「兩大勢力對壘，全面鬥智鬥力」的敘事模式。但這卻仍只是故事的浮面。表象上，是黑道豪傑趙一絕、金劍謀士高萬成等人設計救出王宜中，造成敵對勢力覬覦，唯恐金劍門復興會壞了他們的大事，乃發生一連串不擇手段的血腥殺戮事件。

但實際上，真相卻是二十年前朱崙的「金劍門」與暗中窺視的敵對組織「天人幫」互相角力，朱崙在被暗算之前即已警覺危機，故預伏了未來反撲的佈局。因此，這次京城內與江湖上波譎雲詭的明爭暗鬥，是兩大勢力的長年對抗在表面平息了一個時期後，因朱崙佈局揭曉而重新燃起戰火的必然情勢。

## 反戈一擊的威脅

但這猶只是最外一層的真相。雙方的鬥爭已一步步升溫，終至激烈到殊死拚搏、圖窮匕現的狀態，可是，「天人幫」雖然佔盡上風，咄咄逼人，卻似一直不願進行最後的攤牌決戰。

原來，在這個龐大組織的內部存有離心的勢力，羈絆了它的攻擊力道。由此而揭示了第二層真相。亦即，天人幫的主持人雖以下毒、脅迫、拘押親人等暗黑手段收攏了白道諸大門派及黑道許多幫會的領袖人物，畢竟不能令他們心服口服，一遇機會，便有小股人馬想要暗自逸去。像對王宜中印象良好的少女高手西門瑤及其師便是天人幫內的離心勢力，便隨時可能反戈一擊。

## 舊恨新仇的根源

正因內部不穩，故而當天人幫美貌女幫主金玉仙終於亮相，亟欲透過迷惑王母使其同意，而與蒙在鼓裡的王宜中結婚之際，第二層真相便昭然若揭了。原來，天人幫無論是當年密謀暗殺朱崙，或是以迅雷不及掩耳之勢劫持王母，抑或幾番爭戰後又以軟語溫存極盡女性媚惑之能事，企圖與王宜中成婚，其實，目的均在吞併江湖第一大派金劍門，以壯大自身的實力，準備進而圖謀皇朝大權。

於是進入到這個大棋局的收官階段。身具「一元神功」的王宜中與已從「天竺奇書」獲得多重詭異武功與異術的金玉仙，當然終須一戰，將兩大江湖勢力的舊恨及新門主甫接任天人幫即一路迫害金劍門的新仇，作一了結。

而這就揭開了整個故事的第三層真相，也就是二十年恩仇的根本癥結，以及潛伏在最底層的武林秘辛：原來一切爭端，都源自金玉仙在無意中得到一部內載高明武學與極詭秘邪術的「天竺奇書」，由此滋生出想要一統江湖、進而問鼎皇權的野心。故而一方面以邪魅手段收攏各門派精英，另方面全力打壓作爲正派中流砥柱的金劍門。猝遭衝擊的朱崙不知來勢洶洶的敵手是何方神聖，被迫處於守勢；但他顯然從敵人的手段和武功上看出了一點端倪，認爲只有他自己未能習成的「一元神功」始可對付如此詭秘的對手，於是暗中培植了天賦異稟的義子。故此，一場衝擊朝堂、席捲江湖的大風暴，於焉形成。

## 武俠隱喻的示例

評論者一般認為，臥龍生的武俠小說以情節曲折多變見長，具有促使讀者一路追讀而不忍釋手的吸引力，然而少有言外之意或「微言大義」，因為這會妨礙一氣呵成的閱讀趣味。不過，《神州奇俠傳》顯然是一個鮮明的例外，因為，在表象的緊張熾烈、懸疑驚悚、血腥拚搏、陰謀暗算等元素之外，臥龍生不斷以伏筆及暗筆編織另一套情節邏輯，逐漸讓讀者意會到，事情的真相其實與外在的表象既有絲絲入扣的疊合，更有迥然不同的面相。

換言之，透過作者時而力求緊湊，時而拉開距離的敘事筆法，表象與真相在某些情節上可以互相切換，在另一些情節上卻又彼此對照，從而形成一個相對複雜、且隱含辯證張力的敘事結構。這對主要將臥龍生視為通俗小說名家，在寫作時迴避「微言大義」的評論者而言，可能會是出乎意料的一次閱讀經驗。成名之後的臥龍生由於受到古龍作品不斷開創新局的衝擊，故在武俠創作上往往也力求嘗試新的路數、新的走向，他的心情其實是可以理解的。

此書創作於大陸的文化大革命高潮時期，武俠作家雖儘量迴避政治因素，但於時代衝擊畢竟不可能完全視而不見，試想，故事中造成江湖浩劫的「天竺奇書」分明記載外來的、邪魅的異端學說，且需要新科狀元等博學高才之士翻譯，豈非隱喻來自西方的馬列主義？而必須長

年誠心沉潛始能抗衡天竺奇書的所謂「一元神功」，莫非隱喻當時在台灣受到朝野苦心呵護的中華傳統文化？此書特地冠以「神州」之名，即此一端，便可看出《神州奇俠傳》在表象和真相之間的拿捏了。

# 一　滿城風雲

明世宗嘉靖十二年八月十二日正午時分，秋陽餘威猶存，一向熱鬧的北京城，此刻，卻是行人甚爲稀少。

矗立在宣武門內的懷安鏢局大鐵門外，疾奔來一匹快馬。

這時，正是午飯時分，懷安鏢局的大鐵門，正緊閉著。

快馬上坐一位青衣大漢，在鐵門外翻身下馬，手扣門環，高聲問道：「哪位當值？」

鐵門內響起個懶洋洋的聲音，道：「朋友，你早不來，晚不來，這正是午飯時間，勞你駕，過一會兒再來吧！」

青衣人高聲說道：「兄弟是提督府來的，公事在身，只好勞駕開門了。」

鐵門內探出一個腦袋，目光落在那青衣人身上，只見來人一身青綢子貼身短裝，白布襪，青布多耳鞋，白布包邊的大草帽，正是提督府的捕快打扮。

懷安鏢局雖是北京城裡數一數二的大鏢局，但對主管京城治安的提督府中捕快，卻也不

敢怠慢，急急打開鐵門，一抱拳，道：「原來是公差大人，小的失禮了。」

青衣人從腰裡拉下一條白綢子汗巾，一抹臉上的汗珠兒，道：「不敢，不敢，打擾你朋友吃飯，但兄弟奉的急差，沒法子，勞你兄台替我通報一聲鏢局的李總鏢頭，就說督府總捕張爺有要事……」

守門人聽得一怔，急急接道：「您老就是名震京畿的督府總捕，八臂神猿張嵐張大爺？」

青衣人嗤的一笑，道：「呵！朋友，你可是捧我捧上天了，你瞧瞧兄弟這副德行，會像督府總捕，兄弟是帶了張爺的急信，面呈鏢局李總鏢頭。」

聽說是督府總捕的急信，守門人哪敢延誤，接過那人馬韁繩，一面欠身肅客，把青衣人往客室中讓，一面說道：「您老歇著，在下這就給您通報。」轉過身子，快步奔入大廳。

片刻後，守門人帶著個二十三、四歲，身著天藍對襟密扣勁裝的少年迎了出來，不待那青衣人開口，藍衣少年已抱拳說道：「兄弟李光傑，家父在大廳候駕。」

青衣人急急還了一禮，道：「原來是李大公子，小的失敬。」

李光傑連道不敢，抱拳肅客，帶著青衣人直入大廳。

只見一個身著海青長衫，長目方臉，身軀高大，胸飄長髯，五旬上下的中年人，端然坐在大廳正中。

李光傑微微一笑，道：「那人就是家父。」

青衣人急行兩步，道：「督府捕快王德，叩見李爺。」

青衫中年人一伸手，攔住了王德，笑道：「王爺，你客氣了，我李聞天一個平民，怎敢當督府的捕快大人之禮。」

王德借勢停住，哈哈一笑，道：「人的名，樹的影，您老人家名氣響亮，江湖上有誰不知，如不是總捕遣差小的，小的也沒有見您老一面的榮耀。」一面說話，一面從懷中取出一封火漆封好的密簡，遞了過去。

李聞天暗自一皺眉頭，接過密簡，只見上面寫道：袖呈懷安鏢局，李總鏢頭聞天親拆，下面署名督府總捕張嵐拜啓。

看完了封簡上的字，李聞天心中暗自打鼓，想不出這封簡中寫的是什麼機密事情，拆開封簡，只見上面寫道：敬備菲酌，恭候台光。

日期是八月十二日酉時，地點是萬春樓，封簡裡面，竟是一張很普通的請帖，只是在日期之後，加上了「務必賞光」四個字。

李聞天看完之後，揮揮手，笑道：「請上覆張爺，就說李某準時赴約。」

那王德顯然不知道封簡內容是什麼，含含糊糊地嗯了一聲，道：「李總鏢頭不寫一封回書嗎？」

李聞天道：「不用了，見著張爺時，就說我李某人，定去叨擾就是。」

話已說得很明白，王德不便再問，一抱拳，道：「小的告辭。」

李聞天回顧了李光傑，道：「傑兒，代我送王爺一程。」

王德道：「不敢有勞大公子。」轉身大步而去。

李聞天趕到萬春樓，正是萬家燈火的酉時，一個店夥計哈著腰迎上來，道：「您老一個人？」

須知這李聞天乃是久年在江湖上闖蕩的人物，懷安鏢局，能在江湖上享有盛名，自非泛泛之輩，督府總捕，快馬傳書，而且火漆封口，極盡小心，事情自然是不簡單，李聞天戴了一頂黑氈帽，低壓眉際，掩去了半個臉，要不是黑氈帽蓋了半個臉，北京城裡大飯莊，誰不認識李聞天李大爺。

李聞天一側頭，低聲說道：「督府張爺的酒宴，設在何處？」

店夥計似是早已得了吩咐，也壓低聲音，道：「您老是貴客，小的給您帶路。」轉過身子，穿堂過院，直行入一座自成格局的跨院中。

李聞天目光微轉，已然瞧出這座跨院四周，佈了不少暗樁子，想來都是督府中的捕快，心中奇道：「似這等戒備森嚴，如臨大敵，哪裡算是請客呢？」心中念轉，人卻舉步行入了廳

中。

李聞天取下掩面氈帽，目光轉動，只見廳中已坐有三人。

但身爲主人的督府總捕，八臂神猿張嵐，卻未在場中。

李聞天看清了廳中三人之後，更覺著今日情形非比尋常。

原來，廳中三人，都是京畿附近大有名望的人物，坐在首位的是北派太極門的掌門人，燕山一鵰藍侗。

緊傍藍侗身側而坐的，是北京城裡包賭分贓，第一號大土混頭兒（流氓頭子）。但此人並非浪得虛名的人物，一身武功，十分了得，其黨徒眾多，遍佈京畿，提督府中的捕快，遇上了棘手的案子，大都借助他的力量，其人姓趙雙名一絕，號稱一手遮天，人如其名，娶了三房妻妾，卻是一無所出。

另一位獨霸一方，單個人坐了一面席位，獨目禿頭，身著白綢子團花褲褂，一張青滲滲的馬臉，怎麼看也和他那一身雪白的衣服不協調，原是位獨來獨往的江洋大盜，姓刁名佩，人稱獨眼金剛。十年前不知何故，金盆洗手，退出江湖，倒是一心悔過，閉門清修，不再和武林中人來往，隱居德勝門外自置的一座大宅院中，經年足不出戶，那座大宅，題名「忘廬」，以示盡忘昔年之事，但刁大爺的名氣太大，他雖然盡力逃避，仍偏偏有江湖同道，路過北京時，總要去探望一番，但都吃了閉門羹，十年以來，往訪者逐漸減少，一年中難得有一、兩個冒冒失失的江湖人氏上門。

李聞天看過三位客人，心中暗道：「八臂神猿張嵐，一席酒，請盡了京畿重地的四大金剛，不知用心何在？」心裡打著算盤，雙手抱拳一揖，道：「三位早到了，兄弟這裡給三位見禮。」

這四人出身雖然不同，但就江湖而言，都是各有成就的人物，平時互不往來，但彼此卻相識。

三個人對李聞天，倒也不敢失禮，齊齊起身還了一禮。

李聞天緩步行到席前坐了下來，道：「張總捕頭把咱們四人請齊，這席酒，只怕是不大好吃。」

藍侗冷笑一聲，道：「我藍某人是安分守己的良民，督府衙門大，總捕頭權位重，但也不能拿我們完糧納稅的老百姓開心，見著張嵐時，我倒問他個明白。」

趙一絕哈哈一笑，道：「我趙某人雖和幾個兄弟們開幾家賭場，但我們可也不偷不搶，人說賭場中殺人不見血，不過那是願者上鉤，兄弟不敢說督府中百位捕快，全是吃我趙某人的，但少說點，一年兄弟也要送上個十萬、八萬銀子，人說我趙一絕一手遮天，說穿了還是銀子打通的關節。」

藍侗接道：「趙兄，老夫可沒存心刺你，你別硬往懷裡攬。」

趙一絕笑道：「藍爺您老言重了，您是老前輩，就算是教訓了我趙某人幾句，我還不是聽著。」

李聞天緩緩說道：「如果沒有發生特殊重大的事情，張嵐也不會把咱們四個人全都請來，趙兄耳聽八方消息，必然會知曉一些內情。」

趙一絕道：「李兄誇獎了，不過，兄弟倒是聽到過一點風聲。」

一直未講話的獨目金剛突然向前一探腦袋，獨目神光一閃，接道：「什麼風聲？」

趙一絕道：「刁兄閉門拒客，怎的會也關心起江湖中事了？」

刁佩冷冷說道：「兄弟閉戶十年，足未出大門一步，但仍被提督府給找了來，當真是一朝入泥淖，終身洗不清了。」

李聞天心中暗笑道：「你獨來獨往，劫殺商旅，幹了幾十年，怎用一朝二字？」但他生恐激怒刁佩，未說出口。

藍侗輕輕咳了一聲，道：「趙兄，請說下去，你聽到了什麼風聲？」

趙一絕道：「十幾年來，北京城有什麼風吹草動，兄弟是無所不知，這一次情形有些不同，兄弟所知，也是有限得很，聽說是丟了一個人。」

藍侗道：「北京城方圓百里，人逾百萬，失蹤了一、兩個人，也值得大驚小怪嗎？」

趙一絕道：「這一次事情，口風奇緊，兄弟只聽說丟了人啦。」

李聞天道：「失蹤的是什麼人呢？」

趙一絕搖搖頭，道：「如果兄弟知道，張總捕頭也不會把諸位都請來了。」

只聽一個清亮的聲音，起自門口，道：「四位既想知道，兄弟自是不敢相瞞，失蹤的是翰林院一位編修。」

四人轉目望去，只見一個身著青緞子勁裝，足登薄底快靴，身佩單刀，年約四十，顎留短鬚，一臉精幹之氣的清瘦之人，緩步行了進來。

儘管四人心中有些不滿，但仍然都站起了身子，抱拳的抱拳，拱手的拱手，齊聲說道：「張總捕頭。」

來人正是名震京畿，黑道上人人敬畏的督府總捕頭，八臂神猿張嵐。

張嵐抱拳一個羅圈揖，道：「四位賞光，我這做主人的因事耽誤，晚來了一步，這裡向諸位謝罪了。」

大步行到主位上坐下來，向門外一揮手，道：「叫他們快些送酒上菜。」

門外邊，守候著的青衣捕快，應了一聲，快步退下。

提督府總捕頭請客，萬春樓哪敢怠慢，廚房裡早已準備妥當，一聲催促，立時送上席去。

張嵐雖然想放開一些，但卻無法掩去那眉頭間的重重隱憂。他勉強忍下心中煩惱，舉杯

敬酒。

倒是燕山一鵰藍侗忍不住，當先說道：「兄弟不懂官場中事，翰林院中大約是有很多位編修，這官位也大不到哪裡去，也許他棄職潛逃，這是官場中事，和江湖上無關，你張總捕頭，似乎用不著這般憂苦，把我們都召了來。」

張嵐道：「我是下帖子請諸位來，向諸位請教，這召來之說，兄弟可是擔當不起。」話聲一頓，接道：「諸位有所不知，這位編修，正在替當今皇上翻譯一篇奇文，文篇未終，人卻突然失蹤不見。」

趙一絕道：「北京城幾條花胡同，有不少好班子，很有幾位迷人的姑娘，張爺你找過沒有？」

張嵐道：「當初之時，在下也這麼想，其人既無珍寶奇物，決不致被謀害，不是棄職逃走，就是迷戀於花叢之中，哪知兄弟一查，才覺情形不對。」

趙一絕道：「怎麼個不對法？」

張嵐道：「其人姓劉，來自三湘，是一位有名的才子，而且兼通天竺奇文，孤身在京，一向守身如玉，從不涉足花叢。」

趙一絕笑道：「愈是不玩的人，一旦涉足其中，那就如魚得水，不能自拔。」

張嵐搖搖頭，接道：「那位劉才子，晚飯時還在舍中進餐，舉燈夜讀，第二天卻突然失蹤不見。」

藍侗道：「謀財、劫色，誠有其事，那位劉編修一個大男人，誰會把他偷去呢？」

趙一絕輕輕咳了一聲，接道：「這倒是一樁怪事，那位劉才子失蹤幾天了？」

張嵐道：「半月之久了。」

趙一絕道：「總捕頭都查過些什麼地方？」

張嵐道：「妓館、酒樓，客棧、賭場，百位捕快，全部出動，尋遍了北京方圓數十里，十餘日中，不眠不休，但那位劉才子，卻是生不見人，死不見屍。」

趙一絕道：「我說呢，這十幾天中，兄弟常見督府中人，身著便裝，混入賭場，東追西問，就是為了找那位劉才子？」

張嵐神色凝重地說道：「不錯，敝上前日上朝，皇上查問此事，敝上無法交旨，龍顏大怒，把敝上革職留任，限期一月，破去此案，旨下刑部，一月期間，生要見人，死要見屍，如不能破去此案，敝上和兄弟，都要拿問刑部治罪。」

這番話，使得李聞天等四人，個個聽得面色肅然，覺出了事態嚴重，非同小可。

張嵐目光轉動，掃掠了四人一眼，接道：「兄弟無能，死不足惜，連累敝上，衷心難安。因此，才約請四位，替兄弟出個主意，助我一臂之力，京畿附近，黑、白兩道，除了四位之外，再無別人可找了。」

話說得很客氣，但卻是外和內剛，肉裡帶刺，言下之意，無疑是把事情套到了四人頭上。

獨目金剛刁佩閉門自修，已不問江湖中事，感覺還不怎麼嚴重，但趙一絕和李聞天，卻聽出張嵐話裡骨頭，其中以趙一絕更為焦急，說道：「總捕頭的意思是，要我們如何幫忙？」

八臂神猿張嵐輕輕咳了一聲，道：「這些年來，你趙兄在京城的幾處賭場，越開越大，你是財源廣進，不少人卻為賭傾家蕩產，兄弟我不敢對你怎麼包庇，但只要不出大事情，提督府對你趙兄，一直是一眼睜來一眼閉，如若提督大人為此罷官，兄弟我為此治罪，再換一位提督、總捕，只怕你趙兄那幾家大賭場，難有那麼安穩了。」

趙一絕道：「這個兄弟明白，只要你張大人吩咐，兄弟是無不全力以赴。」

張嵐道：「很好，我要你趙兄，動員手下所有的人，替我查查看，這半月來都是哪一路的黑道人物進了北京，你給我詳細地列個名單。」

趙一絕道：「成！我這就叫他們去查，三天內準給你張大人一個回音。」

張嵐冷然一笑，道：「這要你趙兄多多費心了，如若事情辦不出結果，趙兄那幾家大賭場，只怕也很難再開下去了。」

趙一絕乾笑了兩聲，道：「兄弟全力以赴，張大人只管放心。」

張嵐目光轉到李聞天的身上，道：「李兄，開鏢局是正正當當的生意，這些年來，兄弟

可從來沒有找過你李兄的一點碴兒。」

李聞天道：「張大人很照顧，李某也不是不知好歹的人。」

張嵐笑道：「李兄能體諒兄弟的苦衷，那就好了。」

臉色突然轉嚴肅，接道：「貴局中鏢師眾多，交遊廣闊，耳目遍及北六省，希望能給兄弟幫個忙。」

李聞天道：「張大人一句話，李某人願出動懷安鏢局裡所有的高手聽命。」

張嵐道：「兄弟感激不盡。」

目光轉到刁佩身上，道：「刁兄，你在北京住了很多年，提督府可從來沒有傳你問過話，而且兄弟也沒有把你昔年的事，稟告過提督大人。」

刁佩一抱拳，道：「張大人，這些年，你照顧兄弟，我很明白，我刁佩沒有話推辭，你怎麼吩咐，我怎麼做，不過，兄弟先聲明一件事，這件案子一了，兄弟就不想再在北京停留，我要找一個深山大澤，人跡罕至的地方，以度餘年。」

張嵐道：「好！如若因刁兄之助破了此案，兄弟給刁兄餞行。」

刁佩道：「咱們一言爲定，此案不破，兄弟不離京畿。」

張嵐目光轉到燕山一鵰藍侗的臉上，道：「藍老爺子，勞駕你老人家，張某是甚感不安，但情勢迫人……」

藍侗一揮手，打斷了張嵐之言，道：「這個，我明白，提督府是大衙門，掌理京畿安寧，你不用解說了，要我藍某人做什麼，你吩咐就是。」

張嵐淡淡一笑，道：「藍老爺子，北派太極門，在江湖上是一個極受人敬仰的門派，兄弟雖然委身公門，但也是出身武林，對我武林中同道，一向敬重，非不得已，決不敢驚動你藍掌門人。這番勞駕你藍爺，實是因爲事情鬧得太大，就兄弟所知，刑部尙書，已下令兵馬司，飛詔山海關，調回馬步精銳，錦衣衛、御林軍，都奉到隨時出動之命，劉編修無緣無故地失蹤，自非普通人物所爲，這案子如是不能早破，皇上震怒，天下武林人，都可能身遭池魚之殃。」

藍侗道：「我不信，皇上能下降聖諭，殺光天下會武功的人。」

張嵐道：「有道是龍威難測，這話很難說，萬一下了這道詔旨，貴門距離京師最近，自然是首當銳鋒的了。」

藍侗怔了一怔，道：「張大人說得也許有理。」

趙一絕道：「藍掌門人，你老德高望重，極受武林同道敬仰，但也是安分守己的清白良民，別說事犯龍顏，欲加之罪，何患無辭，單是提督府這個衙門，張總捕的權柄，就可使之生、使之死了。」

言下之意，無疑是勸藍侗，民不和官鬥，北派太極門勢力再大，也不能和提督府鬥。

藍侗是一派掌門之才，如何會聽不懂趙一絕言外之意，撚髯一笑，道：「對！北派太極門雖然不是吃的公糧，但也不能讓匪徒們在臥榻之側猖狂，老夫願盡出本門高手，助你張總捕一臂之力。」

張嵐哈哈一笑，道：「四位都願挺身相助，張某人是感激不盡，其實，我可以隨便抓一個武林人物，屈打成招，施點手腳，以了此案，但我張某，還不是這等人。」

這當兒，突聞一陣急促的步履之聲，奔了進來，直闖廳堂。

張嵐回頭看去，只見來人身穿青綢子勁裝，足登抓地快靴，留著兩撇八字鬍，正是自己第一號得力助手，督府副總捕快，飛刀手于得旺，不禁一皺眉頭，道：「得旺，我要你守在提督府，你到此作甚？」

于得旺欠身一禮，道：「屬下是奉了提督面諭而來。」

滴溜溜眼珠一轉，瞧了藍侗等一眼，住口不言。

張嵐輕輕咳了一聲，道：「得旺，你說下去，這四位都是夠義氣的好朋友，一言九鼎，都已經答允出手助咱們追查兇手。」

于得旺左腿上半步，右腿半躬，抱拳一個羅圈揖，道：「四位大爺，得旺這裡代總捕謝過諸位。」

這一來，藍侗和李聞天等四人，不得不起身還了一禮。

張嵐道：「得旺，什麼事，快說下去。」

于得旺道：「這一科殿試第一名，欽點狀元，昨夜回到行館之後……」

張嵐呆了一呆，接道：「昨夜中事，爲什麼今天才來稟報？」

于得旺道：「回總捕的話，提督府也是適才接得吏部通知，新科狀元失蹤，要咱們嚴密查訪，如果找到人時，不必張揚，把他送回行館，自有吏部派人照顧。」

張嵐突然出了一頭大汗，黃豆似地一顆接著一顆，由臉上滾落下來，口中卻很沉著地說道：「那是說，這消息還未走漏？」

于得旺道：「丟了新科狀元，吏部和咱們提督一樣擔待不起，他們想找著人就算了，不過，這件事不能拖延，後天就是新科狀元掛紅遊街之日，咱們時間很急促，只有明天一日時間，加上兩個夜晚，至遲要後天天未亮交出人去。」

張嵐似是逐漸地靜了下來，頭上的汗水減少，取出手帕，拭了一下，道：「大人怎麼說？」

于得旺道：「大人沒有講話，只苦笑一下，要屬下以最快的方法稟報總捕。」

張嵐道：「這幾天，他連受御史彈奏，皇上責罵，實也夠煩的了，唉！只怪我張某無能……」

于得旺接道：「稟總捕，提督交下了御賜金牌，五城兵馬司，十哨人馬，悉憑總捕調

度。」一面從懷中摸了一面刻有印字的金牌，遞了過去。

張嵐苦笑一下，道：「提督大人一直對我恩寵有加，破不了這個案子，張某人只有以死謝罪了。」

接過金牌，收入懷中，接道：「得旺，這不是人多的事。」目光一掠藍侗、李聞天等四人，道：「四位有何高見？」

獨目金剛刁佩道：「那新科狀元的行館，現在何處？」

于得旺道：「距此不遠的吏部賓園。」

刁佩道：「那賓園中是否有防守之人？」

于得旺道：「吏部賓園，從來沒有出過事情，而且都是用作招待殿試三鼎甲行館，裡面僕從、下人，倒有十幾位長住聽差。」

刁佩道：「這消息下人等可曾知曉？」

于得旺道：「聽吏部中來人的口氣，似乎是知曉的人不多，最多是三、五個伺候狀元的僕從、女婢知曉。」

刁佩目光轉到張嵐身上，道：「張兄，那劉編修失蹤已久，臥室現場，可能早遭破壞，這位狀元郎，失蹤不久，現場中可能留有蛛絲馬跡，咱們去瞧瞧再說。」

張嵐道：「不錯，兄弟是亂了章法。」回目一顧，道：「得旺，你帶幾個人先去，賓園行館中所有僕從人等，一律留下聽候回話。」

于得旺應了一聲，欠身而去。

張嵐勉強舉起酒杯，道：「諸位隆情高誼，張某人是感激十分，咱們進點酒食再去。」

藍侗當先舉杯，一飲而盡，道：「事不宜遲，咱們得早些到行館瞧瞧。」

趙一絕道：「藍老掌門人說得不錯，咱們早一些趕到賓園，就多一分機會，破了此案之後，趙某作東，請諸位痛痛快快地喝一次。」

張嵐道：「諸位酒食未進，兄弟如何安心。」

李聞天站起身子，道：「張爺，咱們走了。」當先向外行去。

張嵐只好搶先帶路，群豪魚貫隨行。

吏部賓園，是一座很廣大的宅院，亭台樓閣，花木繁茂，中分三進，那失蹤的新科狀元，就住在景物最美的桂香軒中。

軒中桂樹數十，秋菊百盆，每年此時，桂花飄香，百菊含蕊，置身其間，雜念頓消，想來，吏部這賓園行館，設計上也下過一番工夫。

于得旺早已帶著十二位捕快趕到，封鎖了桂香軒四面通路。

大廳中燃燒著四支兒臂粗細的紅燭，一片通明，燭光下，只見廳中窗明几淨，纖塵不染。

張嵐行入廳中，于得旺立時迎了上來，道：「這桂香軒有五個聽差，都在廳中候詢。」

刁佩道：「他們動過床鋪、現場沒有？」

但見一個中年婦人應道：「老身整過了狀元郎的被褥。」

刁佩道：「別的地方呢？」

中年婦人應道：「未曾動過。」

刁佩向後退了兩步，不再多問，獨目中神光閃閃，在大廳四周打量。

趙一絕低聲說道：「張大人仔細地問問他們，再查看他們的房間。」

張嵐點點頭，望著第一個人問道：「你在這桂香軒中，是何身分？」

那是個四十多歲的中年人，生像十分老實，欠身應道：「小的是位廚子。」

張嵐道：「你管新科狀元的膳食，對那新科狀元的生活，定然知曉了。」

那中年廚子應道：「這位新科狀元不吃酒，小的給他做的都是飯和菜，昨晚上小的做的是軟炸里脊、紅燒雞塊……」

張嵐一皺眉頭，接道：「誰問你菜名了，我問你新科狀元的生活情形。」

中年廚子道：「小的只管做菜，昨夜晚飯新科狀元還在軒中食用，今晨小的做好了早餐，卻不見福兒來取。」

張嵐接道：「誰叫福兒？」

一個青衣童子，欠身應道：「我叫福兒，是新科狀元的書僮。」

張嵐道：「你追隨新狀元多久了？」

青衣童子道：「小的是吏部派來賓園的書僮。」

張嵐啊了一聲，道：「你幾時發覺狀元失蹤了？」

青衣童子道：「今天早晨日上三竿，還不見新狀元起身，小的敲門又不聞回應，因此，小的斗膽推門而入……」

張嵐接道：「門沒有上栓嗎？」

青衣童子道：「沒有上栓，小的看室中被褥零亂，似乎是新狀元起身的十分急促，小的還道新狀元賞花去了，尋遍了整座賓園，不見蹤影，小的才覺著情形有些不對，就報了賓園總管，總管就報了吏部。」

張嵐道：「那位總管在嗎？」

只見一個健壯大漢道：「總管不在，小的是昨夜巡值，這賓園之中，表面上看起來無什麼防守，實則巡更值夜，防守甚嚴，小的昨夜當值，一夜之中，未聞警兆。」

張嵐道：「你認識新狀元嗎？」

那大漢應道：「小的我責有專司，暗中保護三鼎甲，新狀元不認識我們，但我們都認識新狀元。」

張嵐道：「你們有多少人？」

那中年大漢應道：「我們有十二個人，分爲日、夜兩班。」

張嵐道：「都會武功嗎？」

中年大漢應道：「講不上武功，但都是身體很健壯的中年漢子，小的已把昨夜中當值的六人集中，聽候問話。」

張嵐一揮手，道：「你先退下。」

那大漢一欠身，道：「小的們都是吏部中記名巡夜，人人都當了十年以上的差了，小的在守夜室中候命，大人隨傳隨到。」轉身而出。

張嵐目光轉到一個綠衣少女身上，道：「你是幹什麼的？」

綠衣少女應道：「小婢是侍候新狀元的丫頭。」

張嵐一皺眉頭，道：「有廚子、書僮、老媽子，還要你這個丫頭作甚？」

綠衣少女長得窈窕身材，粉面朱唇，是個十分俊俏的人，聽得張嵐問話，不禁粉臉一紅，垂下頭去，半晌答不上話。

張嵐輕輕咳了一聲，道：「你侍候何事？」

綠衣少女道：「小婢侍候狀元讀書、品茶、上香。」

那中年婦人突然接道：「大人，這是吏部對新科狀元的一番美意，凡是無眷在京的新科狀元，都由吏部請一位美貌女婢侍候。」

妙在那句無眷在京，張嵐是何等人物，早已心中瞭然，微一頷首，道：「我明白了。」

張嵐銳利的目光，在幾人臉上掃掠了一陣，揮手說道：「你們都給我坐到壁角去，沒有得我允許，不能離開。」

廚師、書僮、丫頭、老媽子，心中甚感不願，互相望了一眼，由那書僮說道：「大人是……」

張嵐接道：「我是京畿提督轄下的總捕，哪裡不對了？」

福兒應道：「原來是總捕大人，不過，小的們也是吏部記名的人，大家都是當差的……」

張嵐冷笑一聲，接道：「你既是當差的，可知丟了新科狀元是什麼罪名？」

福兒道：「這個麼，小的倒是不知。」

張嵐道：「那是滅門的大罪，別說你是吏部的記名當差，就是國家正品官員，案子未清之前，也一樣待罪。」

回目一顧于得旺，道：「得旺，哪一個不聽話，敢於妄動一步，先給我掌他二十個嘴巴！」

于得旺欠身應道：「屬下遵命。」

福兒駭得噤若寒蟬，退了兩步，躲在那廚師身後。

李聞天低聲說道：「張爺，咱們到新狀元的臥室中看看，如若這書僮和老媽子，都未說假話，新狀元定是昨天夜裡失蹤的。」

刁佩接道：「最好先問問昨夜中哪一個最後離開新狀元？」

那綠衣少女一欠身，道：「是小婢。」

趙一絕道：「張爺，要問個清楚。」

張嵐微一頷首，道：「你叫什麼名字？」

綠衣少女道：「小婢叫桂香。」

張嵐道：「桂香，你昨夜伺陪新狀元，幾時離開？」

桂香道：「不到二更。」

趙一絕接道：「在書房分手？」

桂香道：「小婢送新狀元進入臥房。」

趙一絕嗯了一聲，道：「你沒有進去？」

桂香道：「小婢送到門口，就被狀元遣了回來。」

趙一絕淡淡一笑，道：「這麼說來，那新科狀元倒也是一位潔身自愛的人了。」

桂香羞得一張臉紅到了耳根後，頭低得幾乎要碰到前胸，用極低的聲音答道：「小婢不知，一切唯新狀元之命是從。」

張嵐道：「你跟我們來。」轉身行入臥室。

這是一間佈置很高雅的臥房，紫綾幔壁，索緞垂簾，紫色宮燈，紫緞被面，房裡是一色紫。

一個捕快，高舉著手中的燈籠，站在臥室門口。

張嵐道：「點起那盞宮燈，再拿兩支粗燭來，愈亮愈好。」

站在門口的捕快應了一聲，轉身而去，片刻之間，捧著兩支高燃的巨燭而入，臥房中，陡然光耀如晝。

藍侗、李聞天、刁佩三個人，五隻眼睛，不停在臥室中搜尋。

趙一絕卻一直望著那女婢桂香，似是想從她身上瞧出些什麼。

張嵐眉頭深鎖，望著那紫色的宮燈出神，顯然，這一連兩件大案子，已把這位威震京畿的名捕給鬧得六神無主。

突聞獨目金剛刁佩「嗯」了一聲，舉步行近窗下，伏下身去，撿起一片泥土。

群豪轉目望去，只見刁佩小心翼翼地掏出了一方白絹，把一片泥土包入帕中。

張嵐低聲說道：「刁兄，發現了什麼？」

刁佩還未答話，趙一絕已揮手對桂香說道：「你出去吧！有事張大人自會派人找你。」

張嵐隨手掩上了房門，沉聲道：「刁兄，那一片……」

刁佩打開絹帕，道：「這臥房之中，打掃得纖塵不染，但卻在窗下很顯眼的地方，留下了這一片泥土。」

群豪仔細瞧去，只見那片泥土，只不過綠豆大小，虧他一隻眼睛，竟然看得如此清楚。

藍侗雙目眨動了一下，伸手取過那片泥土托在掌心，很仔細地瞧了一陣，又放回原位。

張嵐低聲問道：「藍老哥，瞧出了什麼？」

藍侗道：「老朽久居鄉野，對泥土還可辨識一、二，這塊泥土是黑砂土，且很堅硬。」

趙一絕伸手一拍腦袋，道：「黑砂土，又十分堅硬，那是說這塊泥土，在那人的靴子上沾了很久。」

藍侗道：「不錯，這塊黑砂土，沾在靴上很牢，碰上了很硬的東西，跌落了下來。」

張嵐道：「那是說有人在半夜進入臥室，擄走了新科狀元，留下了這塊黑砂土。」

刁佩道：「如果張大人的料斷不錯，來人的武功十分高明，手腳乾淨俐落，而且十分沉著，毀去了留下的痕跡，才從容而去。」

藍侗道：「在燕山一處山谷中，有這種黑砂土，黑砂中帶有黏汁，所以沾在靴子上，十

分堅牢，但那地方距京城，不下百里，那人走了百里以上的路，土還在靴子上，在室中留下這塊泥土，似乎是有些不太可能，除非他是坐車而來，或是京城之中，亦有此等砂土混成帶有黏性的黑土。」

獨眼金剛刁佩道：「十年前，在下常做沒有本錢的買賣，依以往經驗，就這桂香軒中形勢查看，來人定是由窗口進來。」

張嵐伸手一推，但覺窗口緊閉，一皺眉頭，道：「刁兄，來人帶走了新科狀元之後，難道還會重回室中，扣上窗栓，再行出去不成？」

刁佩道：「這一點兄弟也曾想過，這窗可能是那老媽子，收拾房間時順手上了木栓。」

張嵐道：「這個不難查出，我去問過。」

刁佩一伸手，攔住張嵐，道：「此時此情，最好不要講出去。」

張嵐輕輕咳了一聲，道：「咱們時間不多，如若能找出一點路道，最好是愈快愈好。」

刁佩道：「咱們還有一日夜的時間，是嗎？」

張嵐道：「不錯，要後天五更之前把人找回來，才不致誤了大事。」

一直很少說話的李聞天，突然開口說道：「新狀元似乎是和恩怨名利無關，照兄弟的看法，其中必有特殊原因。」

張嵐道：「什麼原因？」

李聞天道：「那位劉編修失蹤之後，張大人是否找出了特殊之處？」
張嵐道：「他正在翻譯一部經文。」
李聞天道：「張大人可知曉那是什麼文字？」
張嵐道：「天竺文。」
李聞天道：「這位新科狀元呢，是否也通曉天竺文？」
張嵐道：「這個兄弟倒不知曉。」
李聞天道：「吏部人應該知曉。」
張嵐道：「兄弟這就派人去問一下。」
李聞天道：「不用急在一時，只要張大人記在心中，明日求證不遲，如果這位新科狀元也是精通天竺文字的人，那就和劉編修失蹤一事，有著連鎖關係。」
張嵐道：「李兄高見……」
趙一絕接道：「李總鏢頭確是大有見地的高論，眼下咱們最要緊的一件事是找人。」
張嵐道：「趙兄說的也是！」
刁佩似是突然間想起了什麼重大之事，急急說道：「張大人，那位劉編修失蹤之後，大人可有些什麼特別的措施？」
張嵐道：「兄弟手下百名捕快，全部出動，明查暗訪。」

刁佩道：「出入九門的車轎呢？」

張嵐道：「一律搜查。」

刁佩道：「夜晚之間的巡查如何？」

張嵐道：「提督手諭五城兵馬司，三哨人馬，日夜防守，四城佈崗，就兄弟所知，防守十分謹嚴。」

刁佩道：「如是張大人所言不虛，這位新狀元，還可能留在京城之中，那位新狀元不會武功，全城森嚴戒備之下，想把他弄出城去，也不是易事。」

張嵐輕輕歎息一聲，道：「刁兄說的雖是，但總得有點眉目才能下手，京畿皇城，重臣巨卿眾多，總不能挨戶搜查吧？」

刁佩獨目微閉，沉吟不語。

趙一絕突然一巴掌拍在頂門上，道：「黑砂黏土，京城裡倒是有這麼一條胡同。」

張嵐道：「什麼胡同？」

趙一絕搖頭，自語道：「不對、不對，那地方，不可能啊！」

刁佩道：「趙兄說說也不妨事啊！」

趙一絕尷尬一笑，道：「燕子胡同，是二流娼妓的住區，土牆草屋，兄弟在那裡開了一個小分號，有一天到那裡看看生意，回頭時，碰上了一場小雨，沾了我兩靴子黑砂土，火得我再也沒到那裡去過。」

張嵐心神似是已逐漸定了下來，道：「兄弟也聽過這個地方，可是從沒有去過。」

藍侗道：「如若那地方真是黑砂黏土胡同，倒是該去看看。」

張嵐道：「我要得旺帶幾個精明的捕快走一趟，搜查一下。」

刁佩冷冷喝道：「慢著，不是兄弟小看你張大人手下的捕快，要他去抓幾個小毛賊，也許還可以派派用場，但對付擄走新狀元這等武林高手，那是打草驚蛇，擂鼓捉賊。」

張嵐道：「刁兄之意呢？」

刁佩道：「我刁某大半生和公門中人鬥智較力，想不到歸隱了十年之後，再度出山，竟然幫助你們六扇門中人，和江湖人物為敵。」

這番話不輕不重，聽得八臂神猿張嵐，只有苦笑的份兒。

倒是那趙一絕，趕著打圓場，哈哈一笑，道：「刁兄，這叫十年風水輪流轉啊！」

張嵐雖是四品官銜的京捕頭兒，但此刻處境不同，要借刁佩和趙一絕一身武功，不得不忍著點說道：「刁兄，你說了半天，還未說清楚，咱們該怎麼辦？」

刁佩目光轉動，掃掠了藍侗和李聞天一眼，道：「藍掌門和李總鏢頭都是有身分的人，刁某之意，勞趙兄和在下同走一趟。」

張嵐點點頭，道：「好！兩位幾時動身？」

刁佩道：「事不宜遲，說走就走。」

趙一絕道：「按說這刻時間不對，燕子胡同幾家班子，都已經關了門。」

刁佩道：「咱們去瞧瞧風頭，順便搶一點黑砂土回來，給藍掌門鑑別一下。」

趙一絕摸摸瘦削的左頰，道：「好吧！趙某人捨命陪刁兄。」

兩人一前一後，出了敞廳，人影在夜暗中一閃不見。

張嵐目睹兩人快速的身法，吁一口氣，忖道：「刁佩乃江湖上有名大盜，自有過人之處，趙一絕也有這等身手，倒叫人有著意外之感。」目光轉動，只見藍侗和李聞天，站在廳前，望著兩人的去向出神，顯然，兩人亦有著一般的感覺。

李聞天輕輕咳了一聲，低聲說道：「張大人，能在京城裡領袖上萬號土混兒，不是件容易事情，趙一絕不是個簡單人物，耳目靈敏，京畿附近無人能出其右，要想找新科狀元，還能多借重他一些才成。」

張嵐道：「我雖然早瞧出他一身武功，內外兼修，但卻未料到這般高強，獨眼金剛刁佩，以刀法和輕功馳譽江湖，但趙一絕能和他並肩聯袂，毫不遜色……」他似是自覺著話說得太多，回顧了藍侗和李聞天一眼，接道：「刁佩和趙一絕雖然武功不錯，但就整個江湖而言，一個聲名太壞，一個名不見經傳，如若這件事真的涉及到江湖高人，還是要借重兩位。」

李聞天微微一笑，道：「兄弟只不過是一家鏢局子的總鏢頭，如若這件事真正涉及了大幫大派，還要靠藍侗掌門人的力量，北派太極門在武林中，是極受武林同道景仰的門派。」

這一頂高帽子，只說得藍侗心花怒放，微微一笑，道：「李總鏢頭過獎老夫了，不過，武林中各派各幫，大概還會賞給我們北派太極門一個面子，從老朽交往素嚴，江湖上鷄鳴狗盜之徒，素少往來。」言下之意，顯然是對張嵐把他和趙一絕及刁佩安排一起之事，甚感不滿。

張嵐道：「藍兄，這個兄弟知道，北派太極門，是武林中正大的門戶，藍兄是掌門之尊，一舉一動，都受武林中人注意，但這件事情太緊急，你老若是幫我張某人的忙，兄弟自會想個法子，不會沾及你藍兄的清名。」

藍侗道：「唉，承你張大人看得起我，老朽倒也不能坐視，但老朽爲人，一向光明磊落，直來直往，張大人如是需要人手，太極門願意遣派門下高手，助你一臂之力，但老朽卻不便陪你到那些不三不四的地方走動。」

張嵐略一沉吟，道：「藍兄爲一大門戶至尊，自然是應該顧到身分，不過，兄弟心中有幾句話，不能不先說出來，如是新科狀元不能在這一日夜中找回，聖上必然要怪罪下來，兄弟生死事小，連累京畿總督事大，影響所及，京畿附近的武林人物，只怕都脫不了關係，趙一絕和刁佩，固然是首當其衝，北派太極門只怕也難保不受株連。」哈哈一笑，接道：「餘波所及，只怕李兄的懷安鏢局子，也很難安安穩穩的開下去了。」話雖說得很客氣，但骨子裡卻是十分強硬，無疑是說，找不回新狀元，太極門和懷安鏢局，都將株連在這場皇旨大獄之中。

藍侗臉色一變，道：「張大人的意思，找不回新科狀元，連太極門下弟子，都要受連坐之罪？」

張嵐笑一笑，道：「如若事情真落到那一步，京畿提督，堂堂二品大員，名將之後，世襲的爵位，都一樣拏下天牢，會審治罪，何況諸位都是白衣布丁。藍兄，武林中是一套，官府中又是一套，兄弟雖是江湖出身，但我這點品位前程，在京城算不了一粒綠豆、芝麻。」

藍侗道：「北派太極門中弟子，個個身家清白，都是安份良民，平白無辜的拏問治罪，那不是官逼民反？」

張嵐冷然一笑，道：「藍兄，小聲點，造反是滅門之罪，禍連三代，罪誅九族，你藍兄雖然武功高強，北派太極門弟子中，確也不乏高手，但不能和朝廷大軍抗拒，再說大內侍衛和御林軍中，確也有幾位武林中知名高人，太極門下弟子，都是善良之家，一旦造成風浪，株連所及，只怕要上千條的人命，男女老幼，皆從一體，藍兄，兄弟不是嚇唬你，有道是民不和官鬥，北派太極門高手再多，也鬥不過大明朝廷。」

藍侗長長吁一口氣，道：「張大人的意思，要老朽如何？」

張嵐一咧嘴冷冷的說道：「委屈你藍兄，幫我兄弟一個忙，張某人自擔上這個京畿總捕的擔子後，對北派太極門中人，一向是另眼看待，兄弟沒幫過太極門的大忙，可也沒有找過岔子，風順船快，人捧人高，以你藍兄在北五省武林道上的地位，只要挺身出來說句話，兄弟我就受益不淺。」

這一番話軟中有硬，甜裡帶辣，只把燕山一鵰藍侗說的臉上發白，心頭打鼓，暗裡自驚，急道：「張大人你吩咐吧！只要我太極門中能辦的，老朽決不推辭。」

張嵐一抱拳，道：「藍掌門一言九鼎，兄弟這裡先行謝過。」

藍侗啼笑皆非，欠身還了一禮，不再多言。

李聞天久年在江湖上走鏢，見聞博廣，爲人自是圓通，低聲說道：「張大人，藍爺是武林大家，咱們不能拖著他老人家團團轉。」

張嵐道：「李兄說的是，得旺，給藍爺安排個地方休息。」對藍侗拱拱手，接道：「藍掌門，你老先去歇著，我們有什麼不解之處，再向你老請教。」

于得旺應聲行了過來，欠身說道：「藍爺，西廂有一間靜室，在下給你老帶路。」

藍侗心頭還憋著一股氣，一拱手道：「老朽年紀大了些，我去養養神，張大人需要老朽之處，派人去招呼一聲，老朽是隨傳隨到。」

張嵐一抱拳，道：「藍爺言重了，有事情，兄弟會找你老求教。」

藍侗不再答話，跟在于得旺身後而去。

張嵐目睹藍侗去遠，微微一歎，道：「李總鏢頭，形勢逼人，在下不得不對那掌門人，說幾句狠話。」

李聞天道：「藍老兒自恃身分，不屑和我等同坐同行，張大人點他幾句，那也是人情之常了。」

張嵐道：「在下言語間，可能是說得難聽一些，其實也是實情，哈哈，我想諸位決不會眼看著我張某人被拏問治罪。」這兩句話中，可是說給那李聞天聽，言下之意，無疑是說事情如不能辨個水落石出，大家都別想再混下去。

李聞天沉吟了一陣，道：「趙一絕如若肯全力查訪，不難找出眉目，再加上藍老兒太極門中高手全力相助，這案子並不難破，至於兄弟我，自然赴湯蹈火，在所不辭，問題是時間太急促了一些，一日夜的工夫，覓蹤尋線，還要救出人來，實在是有些措手不及。」

張嵐道：「李兄說的是，如不是事太急，諸位都是大忙人，兄弟我也不敢驚動諸位。」

李聞天苦笑一下，道：「這要看那趙一絕的苗頭了。他如能在明天日頭落山前，找出線索，咱們有一夜工夫，也許有望救出人來，明天日落前，踩不出底子，事情就難辦了。」

張嵐雖然未再答腔，人卻在大廳來回走著，心裡那份焦急，形諸於神色之間。

李聞天背著手，行出廳外，仰望滿天繁星，不自覺地輕輕歎一口氣，想到自己一生保鏢為業，走南闖北，實也經過了不少風浪，未死於保鏢的生涯中，但丟了個新科狀元，竟把自己無緣無故地拖下混水，如若那八臂神猿張嵐，真的情急誣攀，只怕還要落個抄家滅門的大禍，心裡這一急，忽然想起一個人來，不自禁一跺腳，自言自語地說道：「早該去問問他啊！」

張嵐正急得繞著大廳步動，聽得李聞天自言自語，一提氣飛身而出，道：「李兄，你說的什麼？」

李聞天道：「兄弟想起了一個人，或能指給大人一條明路。」

張嵐道：「什麼人？」

李聞天：「這個人麼，寂寂無名，說出來，只怕你張大人也不肯相信。」

張嵐道：「只要有一條路，上山下海，兄弟是無不從，快說，是哪位高人？」

李聞天道：「關帝廟前擺相攤的高半仙。」

張嵐怔了一怔，道：「兄弟我幹了幾十年京畿總捕，可是從未聽說過這個人。」

李聞天道：「在下如非經歷過一件事，別人說給我聽，在下也是難以相信。」

張嵐啊了一聲，道：「那是件什麼事情？」

李聞天道：「這話一年多了，我們懷安鏢局子接了一趟鏢，兄弟適巧去關外未回，犬子不知天高地厚，接下了一件紅貨珠寶……」

張嵐道：「那和高半仙有何關係？」

李聞天道：「紅貨珠寶還未出京城，就被人在鏢行裡暗中竊走，第三天兄弟趕到家裡，鏢局子裡正鬧得天翻地覆……」

頓了頓，接道：「懷安鏢局做保鏢生意，不能不認這筆帳，但一算下來，兄弟就是全部

家當賣光，還不夠賠人家，那時兄弟急得快要發瘋，行經關帝廟，剛好走過那高半仙的卦攤子，當下兄弟也正是六神無主，就隨便要高半仙算了一卦……」

張嵐截口道：「那一卦很靈嗎？」

李聞天道：「靈！簡直是靈得有點邪氣，他告訴我失物可以找回，而且就在我們鏢局子後園一個枯井中，兄弟回家一看，果然在後園枯井中，找回了全部失物。」

張嵐道：「有這等事，怎麼連一句傳言也未聽過？」

李聞天道：「兄弟覺著這事並不光彩，一直未說，再說，這事說出別人也很難信。」

張嵐道：「照李兄的說法，咱們也該去卜他一卦了？」

李聞天道：「在下親身經歷，只是跡近神奇。」

張嵐沉吟道：「既有這麼一處所在，咱們不妨去見識一下。」

李聞天道：「事近玄虛，張大人最好別說出去，剛才兄弟苦思良策，猛然間想起了這檔子事，等刁佩和趙一絕回來之後，如是還沒有眉目，兄弟倒勸你張大人，不妨去碰碰運氣。」

張嵐苦笑一笑，道：「好吧，等他們兩位回來再說。」

天到五更左右，趙一絕和刁佩轉回賓園。

張嵐急急迎了上去，道：「兩位辛苦了半夜，可曾查出一點眉目？」

趙一絕搖搖頭，道：「我和刁兄走遍了燕子胡同十幾家班子，但卻未查出一點線索。」

張嵐道：「趙兄手下，萬把兄弟，京裡頭有人的地方，大約都有你趙兄的手下……」

趙一絕接道：「這個不勞你張大人吩咐，我已經和刁兄走了幾處暗號，要他們連夜出動，全城訪查，只要那位新科狀元還留在京裡，兄弟相信定可找出一點線索來。」

張嵐道：「咱們的時間不多。」

趙一絕道：「張大人不用點我，趙某人心裡頭有數，你既然找上了我趙某人，這件事辦不出一點頭緒，我趙某人也無法在京裡再混下去，我已經招呼他們，明日午時之前，把消息送到賓園中來。」

張嵐回頭瞧了于得旺一眼，道：「得旺，你回督府一趟，把一些精幹的捕快，全給我集中到賓園中來，咱們暫時以這地方做爲本營，也便於和吏部中人接頭，順便再稟報提督一聲，就說我已約好幾位高人幫助，在全力追查之中。」

于得旺一抱拳，道：「屬下領命。」轉身自去。

# 二　風塵奇人

幾人一夜未眠，天亮後，吃了一點東西，就在賓園中坐息一下，于得旺辦事得力，卯時光景，已帶了三十二位精幹捕快集於賓園中待命。

天到正午，趙一絕的屬下，十路回報，也分別報到賓園，但那位新科狀元有如入海泥牛，竟是查不出一點消息。

八臂神猿張嵐，眼看半日一夜過去，事情全無眉目，限期只餘下半日一夜，心中更是焦急，病急亂投醫，忍不住說道：「李兄，咱們去卜一卦吧！」

趙一絕奇道：「去卜卦？」

張嵐道：「不錯，聽說關帝廟外，有一位擺攤的高半仙，卜卦很準，咱們去瞧瞧如何？」

趙一絕道：「兄弟倒是聽說過這麼一個人，卦卜得不錯。」

張嵐站起身子，道：「李總鏢頭，咱們走一趟吧！」

趙一絕道：「在下也去瞧瞧，對這些行道中人，在下略有瞭解，那高半仙是否有一套，兄弟自信聽他說幾句話，就可以料他個八、九不離十了。」

張嵐道：「好，那就有勞趙兄同行一趟了。」

獨目金剛刁佩插口接道：「兄弟也去一趟，見識一下那位高半仙。」

張嵐道：「如是那高半仙真的有識人慧眼，兄弟一個人去，也是瞞他不過，如若刁兄有興，同去瞧瞧也好。」

李聞天道：「刁兄，那高半仙只是一個賣卦為生的人……」

刁佩接道：「星卜之學，亦是一門很高深的學問，當年兄弟曾遇到過一位相術大家，指點了兄弟幾點迷津，當真是言無不中，兄弟能夠急流勇退，洗手退隱，亦是受了那位相術大家的影響，李總鏢頭只管放心，就算那位高半仙，是一位胡言的江湖術士，兄弟也不會怪他。」

李聞天道：「兄弟曾經要他卜過一卦，那是靈驗得很，兄弟只是有過這麼一次經驗，這一次能否卜得很靈，那就無法知曉了。」

張嵐道：「這是死馬當活馬醫的法子，兄弟也不信卜出新科狀元的下落，但李兄既有那麼一次經驗，咱們只好去碰碰運氣了。」

刁佩道：「就憑咱們幾個人，我不信找不出新科狀元的下落，棘手的是時間太短，老實說，明日五更之前，要找出失蹤的新科狀元，完全是碰運氣的事情，去卜一卦，也不過借機會

消磨一點時間。」

趙一絕哈哈一笑，道：「張大人和刁兄，都說的不錯，說不定咱們運氣好，卜卦的真能指示咱們一條明路。」

趙一絕右手一提長衫，快行了兩步，追在張嵐身側，低聲說道：「張大人，新科狀元失蹤的事，牽涉極大，瞞上不瞞下，要吏部想個法子，換一個掛紅遊街的日子。」

張嵐奇道：「換一個日子，怎麼一個換法？三年一次大比，欽點三鼎甲，中秋前一天，掛紅遊街，這是國家的典制，豈是隨便能夠改的？」

趙一絕道：「天有不測風雲，人有旦夕禍福，吃五穀雜糧，難保沒有病疼，要吏部上一本，就說新科狀元得了重病，我不信皇帝老子，非要他抱重病掛紅遊街。」

張嵐呆了一呆，道：「這是欺君之罪，一旦露了馬腳，就要滿門抄斬。」

趙一絕微微一笑，道：「欺君有罪，但你明天交不出新科狀元，一樣是吃不了兜著走，老趙這主意，你可以不聽，但今晚你見著提督大人時，不妨給他提一提，要他去吏部商量一下。」

張嵐道：「提督大人是一位廉正的好官。」

趙一絕察顏觀色，已知曉那張嵐被自己說動，打蛇順棍上，接口說道：「廉正好官，也不能提著頭硬往刀口上撞，這是不得已的事情，應該怎麼辦，由提督和吏部尙書斡酌，他們都

是二品大官，得來不易，咱們只是給提督大人提一提這個主意罷了。」

張嵐沉吟了良久，道：「趙兄說的也是，不過，就是新科狀元得了重病，也不能一病不起，提督問起，幾時才能要新科狀元病好，要兄弟我如何回答？」

趙一絕頷首一笑，道：「難免這樣問，至於寬限之期，趙某人的看法，一個月的時限該夠了，盡我們幾人之力，生的找著人，死的找著屍。」

張嵐臉色一變，肅然說道：「兄弟討不到一月限期，也就罷了，如是討到了一月限期，到時間還找不出新科狀元，要兄弟如何交代？」

趙一絕道：「張大人可是要我們具結？」

張嵐道：「只要諸位答應一句話就是。」諸位兩個字用的很妙，言下之意，把刁佩和李聞天也算了進來。

趙一絕目光一掠刁佩笑道：「刁兄，咱們一條線上拴兩個蚱蜢，飛不了你，也蹦不了我，咱們也該給張大人一句話。」輕輕咳了一聲，接道：「你張大人如能討得一月期限，交不出新科狀元，我趙某人願受連坐，你張大人犯的什麼罪，兄弟我跟著受罰就是。」

刁佩道：「到時候，我刁某也算一份。」

張嵐道：「兩位言重了。」目光一掠李聞天道：「李總鏢頭，對這件事，有何高見？」

李聞天無可奈何，打個哈哈，道：「好吧！兄弟也跟著領罰就是。」

張嵐眼見三個人都被套了進去，這才長長吁一口氣，道：「兄弟不想事情鬧到那步田地，但願三位能全力助我，找出那新科狀元的下落，三位這份情意，張某人日後必有報答。」

幾人邊走邊談，不覺間已到了關帝廟前。

這是個雜耍匯集的處所，說書的、唱大鼓的……百藝雜陳。

李聞天輕車熟路，帶幾個人直到關帝廟旁。

果見一面兩尺長短的白布上，寫著「高半仙」三個字。

張嵐打量了招牌一眼，目光轉注到高半仙的身上，只見他年約五旬，兩道花白眉毛，留一綹稀稀疏疏鬍子，身上穿一件破舊藍長衫，坐在一張矮腿木椅上，大約是看相的生意不好，餓的他一臉菜色，全身上下，除了骨頭架子，只怕找不出五斤淨肉。

身前一塊白油布，說它是白的，其實已變成淡灰色，四角破爛處，各壓著半塊紅磚，上面畫的八卦圖案，已然顏色脫落的瞧不清楚，油布上擺著一個搖卦用的龜殼，和六枚銅錢，一個裂痕斑斑的竹筒裡，放著幾十根竹籤，一只破硯臺，一支用禿的毛筆，旁邊一個小葫蘆，此外再無陳設，估計那一攤東西，撥撥算盤珠兒，賣不了兩錢銀子。

張嵐似是微感失望，來此時那股碰碰運氣的念頭，消退了大半，回頭望了李聞天一眼，道：「李兄，就是這一位高半仙嗎？」

李聞天低聲說道：「人不可貌相，海水不可斗量，兄弟確受過這半仙先生的指點，才免傾家蕩產之禍。」

張嵐無可奈何地道：「咱們既然來了，卜它一卦也好。」

那位高半仙一直在閉目養神，似乎根本未聽到幾人談話。

李聞天對那位衣著襤褸、面有菜色的高半仙，極是敬重，彎下身子，沉聲說道：「高先生，在下打擾一下。」

高半仙睜開眼睛，瞧了一眼，道：「你要卜卦？」

李聞天道：「在下懷安鏢局李聞天，年前，承蒙先生一卦，解了我一家蕩產之厄，在下感激不盡。」

高半仙搖搖頭，道：「我生意雖然不太好，但一年來也卜有百來卦，哪裡會記得許多，你不用給我套交情，找我高半仙卜卦，別想少給一分錢，我高半仙的卦攤是姜太公釣魚，願者上鉤。」

趙一絕輕輕咳了一聲，道：「老兄，吃開口飯的在江湖上屬於下九流，賣的是一張嘴和眼色二字，你不能說幾句好聽話嗎？」

高半仙道：「好聽，琵琶絲弦好聽，沒有人給你彈，卜卦就是卜卦，大丈夫問禍不問福，要好聽到對面茶館去，聽那王二妞唱段大鼓，不用找我高半仙卜卦了。」

趙一絕一怔，道：「啊，高半仙，你吃了耗子藥啦，說話這等衝法。」

高半仙道：「你們找我卜卦的，還是找我抬槓的，我高半仙可沒有這份工夫，給你閒磕牙。」

趙一絕抓抓頭皮，道：「說你胖，你就喘起來，你就算不認識我趙一絕趙老大，總也該聽人說過吧！」

高半仙搖搖頭，道：「趙一絕，沒有聽人說過。」

趙一絕臉色一變，正待發作，卻被李聞天從中勸開，道：「也許這卦攤生意不好，咱們來卜卦，用不著節外生枝。」

高半仙拿起龜殼，放入銅錢，左手中搖了一陣，道：「一卦十文，先付後卜。」

李聞天取出十文錢，放在油布上。

高半仙一鬆手，六枚銅錢，落在油布上的八卦圖案中，凝視了半晌，道：「問什麼？」

李聞天正待開口，卻被張嵐搶先說道：「你瞧瞧卦裡說我們來此地要問什麼？」

這是誠心找麻煩的語氣，再靈的卦，也無法算出來客人要問什麼？

趙一絕心中暗笑，忖道：「這張總捕正憋著一肚子氣，這小子一句答錯，就有得一頓排頭好吃。」

李聞天卻聽得心裡發急，心中暗道：「這高半仙解了我傾家蕩產之禍，總不能給他找頓苦頭來吃，張總捕這等口氣，實有些找麻煩的味道。」正待開口勸解，卻被張嵐搖頭阻止。

只見高半仙雙目凝注在六枚銅錢上，口中唸唸有詞，良久之後，才抬頭說道：「卦裡疑雲重重，有若霧中之花，你們要問的應該是找人，如是我高半仙卦沒有卜錯，你們十文錢花得不冤，如是卜的不對，我是分文不取。」

一面說話，一面動手收起了油布上的銅錢，心中似是頂有把握，賺定了這十文錢一般。

這時，高半仙如若抬頭望上一眼，定可瞧到張嵐的臉上一片驚訝之色，事實上，不只是張嵐，趙一絕和刁佩都不禁悚然動容，倒是李聞天臉上平靜中微現興奮之色，似乎是早在他預料之中。

霎時間，張嵐對這位衣衫破爛、面帶菜色的高半仙，態度大變。

須知這些人，都是善觀氣色，見風轉舵，有著豐富江湖經歷的人物，那高半仙一語道破幾人來意，頓使幾人心頭震駭，這位高半仙如不是一位息隱風塵的高人，也是一位精研星卜，胸羅玄機的奇士。

張嵐一抱拳，笑道：「神卦，神卦，兄弟有眼不識泰山，對高兄多多失敬。」

高半仙冷冷接道：「我高半仙給人卜卦從來不套交情，想要我少收卦錢，咱們免談。」

張嵐笑道：「卦錢應該付，而且還應該重厚酬，你老開價過來，兄弟是無不從命。」

高半仙道：「一卦十文，多一個也不要，少一個也不行，我高半仙卜卦一向是老不欺，

少不哄，王公販夫一樣看待。」

張嵐道：「是，是，是，高先生是胸懷奇術的高人，自有風骨，兄弟一切遵照規矩，在下等確是要找一個人，還望你老先生指示一條明路。」

高半仙：「卜一卦，只能問一件事，你們剛才已經問過一件事了，現在問什麼，還得再卜一卦。」

張嵐伸手從懷中摸出一塊碎銀子，道：「高先生，這塊碎銀子，大約夠了吧？」

高半仙接過銀子，在手中掂了一下，道：「太多了。」

伸手從懷中摸出一把銅錢，數一數放在油布上，道：「這個找給你的。」

張嵐不敢不收，撿起油布上制錢。

高半仙又搖了一卦，道：「這次你又問什麼？」

張嵐道：「兄弟要找一個人，希望能在明天五更之前找到他，不知是否能夠如願？」

高半仙搖搖頭，道：「卦象裡凶中藏吉，吉中含煞，明天找不到。」

張嵐心中一涼，急急說道：「那是找不到了？」

高半仙道：「如是找不到，凶中哪會藏吉，人是可以找到，只不過要多幾天時間罷了。」

張嵐道：「高先生能不能給在下一個日子？」

高半仙沉吟了一陣，道：「卦象裡變化多端，如若是具有非常才慧的人肯幫忙，二十五天後，我要討你一杯酒喝，如是沒有非常才慧的人從中相助，時間還得長些。」

張嵐啊了一聲，道：「多承指點。」

高半仙嗯了一聲，接道：「不過吉中含煞，那是說你們縱然能找到人，也難免要大費一番手腳，這中間帶有血光，只怕要有人傷亡。」

張嵐道：「先生神卦，實叫人佩服得很，傷亡流血，那是意料中事了。」

趙一絕輕聲接道：「高先生，在下想請教一句，先生能不能給我們一條明路、方向？」

高半仙道：「那還得再卜一卦。」

張嵐急急數了十枚制錢放下，道：「那就有勞先生了。」

高半仙又搖了一卦，抬頭四顧了一眼，道：「往西北方位找，線索不出十里，說不定就在京城。」

趙一絕道：「高先生，能不能給我們一點明教？」

高半仙道：「你是卜卦啊！再算下去，還不如我高半仙去給你找人了。」

趙一絕輕輕咳了一聲，接道：「如是先生真肯幫忙，我自是感激不盡。」

高半仙冷冷說道：「我老人家年紀老邁，還想多吃兩年安穩飯，這卦裡帶有血光，我老人家手無縛雞之力，幫你們豈不是白送老命。」

趙一絕道：「那麼我們再卜一卦如何？」

高半仙道：「卦不過三，再卜下去就不靈了。」抬頭望望趙一絕，接道：「不過我老人家可以送你一相。」

趙一絕道：「在下洗耳恭聽。」

高半仙乾咳了兩聲，道：「你的相形肖猴，猴有一副好身手，可惜你相裡無子女，這一門至你而絕。」

趙一絕哈哈一笑，道：「靈極，靈極，我趙一絕娶了三房妻妾，就是一無所出。」

高半仙冷漠一笑道：「你生就一對好眼睛，能分辨天下人等形色，可惜缺少好心肝，只會看不會想。」

趙一絕愣了一愣，道：「這一點，兄弟還想不明白。」

高半仙道：「多用一點心，或可補拙。」

收起卦攤，道：「上午生意不錯，連卜了三卦，我老人家該去打酒喝了。」收了招牌，不再理會幾人，逕自轉身而去。

四個人七隻眼睛，瞧著那高半仙逐漸遠去，消失不見。

趙一絕一手拍在頂門上，道：「好一筆『畫龍點睛』，我老趙啊，當真該多用點心思才成。走！咱們快回賓園，臭丫頭，差一點把我瞞過。」一面說話，一面轉身疾走。

這番話沒頭沒腦，舉動又突如其來，張嵐、刁佩、李聞天三個人，都被他鬧得莫名所以，只好快步追了上去。

張嵐緊行兩步，追上趙一絕，道：「趙兄，你說哪個臭丫頭？」

趙一絕道：「除了那侍候新狀元的桂香，還有哪個，哼！這丫頭，我第一次瞧到她時，就覺著有些不對，正想不出她怎會混入吏部，派在賓園。」

張嵐道：「趙兄認識那位桂香嗎？」

趙一絕道：「她根本不叫桂香，是燕子胡同素喜班的小素蘭，怪不得我一見她，就覺著有些面善。」

張嵐道：「燕子胡同，素喜班中的小素蘭，正好和藍掌門認出的那塊黑砂黏土連在一起。」

趙一絕道：「哼！小丫頭大約認爲我已經忘了她，我頭一次見她還是三年前，那時候臭丫頭還未開懷，剛出道的小清倌，那高先生說的可是真對，我趙某人生成一對好眼睛，瞧它一次，十年難忘，可就是沒有一副好腦子，很多人似乎面善，就是記不起在哪裡見過面。」

李聞天道：「燕子胡同，可不在京城西北方位，那位高半仙，應該改稱活神仙，才算名副其實。」

刁佩道：「卜卦卜得準到那等程度，確是近仙道之學，我刁某人走了半輩子江湖，可沒

有遇上過這等靈的卜卦先生，照兄弟的看法，那位高半仙，決非平庸之人。」

李聞天道：「刁兄，看他一身皮包骨，一張菜色臉，就算是高人，也不過是一位對星卜之學上有著大成的人，大概和武功無關。」

刁佩道：「難說啊！難說。有道是真人不露相。」

趙一絕一心念著桂香，腳步愈行愈快，不大工夫，已到賓園，張嵐搶先而行，帶頭直入桂香軒，只見兩個身著五色勁裝的精幹捕快，來回在廳中走動。

那廚師、老媽子、福兒等，仍然集坐在大廳一角，他們從昨夜被集中在這大廳之上，一直到午時過後未離開過，看守大廳的捕快，執令甚嚴，送入的茶飯，也限令幾人在廳中進食。

行入桂香軒，趙一絕就大聲嚷道：「小素蘭，你給我滾出來，臭丫頭膽敢作怪，往我趙老大眼睛裡揉沙子。」一面喝叫，兩隻眼睛卻已開始在廳裡四下搜望。

兩個當值的捕快，聽得直發愣，不知趙一絕叫的什麼。

張嵐目光一轉，已瞧出廚師、書僮、老媽子都在，單單不見了丫頭桂香，心裡已經有些發毛，沉聲對兩個捕快說：「那個丫頭呢？」

兩個捕快齊聲應道：「在啊！剛剛還見她吃飯。」

轉目望去，只見那廚師、老媽子和書僮福兒，蟄伏廳角，單單不見丫頭桂香的影兒。

兩個捕快，這一驚非同小可，同時開始行動，直奔入狀元臥室。

這些都是久辦刑案的幹練京捕，一發覺桂香失蹤，立時想到，這廳中雖有一個後門，但已經封閉，而且還在兩人目光所及之處，唯一能夠避開兩人目光的逃走之路，就是悄悄溜入狀元臥室，越窗而去；兩人的判斷不錯，只是晚了一步，但見臥室中窗門半開，丫頭桂香顯然已越窗而去。

一個捕快，一躍跳上窗前木案，向窗外撲去，卻被隨後而入的張嵐一把抓了下來，道：「人已經逃走很久了，現在追，還有個屁用。」

兩個捕快垂首抱拳，道：「屬下無能，願領責罰。」

張嵐冷冷說道：「你們仔細地問問那老媽子、廚師和書僮福兒，然後，把他們送入督府捕房，聽我發落。」

兩個捕快應了一聲，退了出去。

這時，趙一絕、刁佩、李聞天魚貫行了進來，趙一絕望望那半啓的窗門，道：「那丫頭跑了？」

張嵐道：「跑了。」

趙一絕道：「不要緊，咱們到燕子胡同素喜班去找她。」

刁佩冷冷說道：「趙兄請稍安勿躁，有幾件事，咱們要先弄明白。」

趙一絕道：「什麼事？」

刁佩道：「趙兄可是已確定那桂香是素喜班的小素蘭嗎？」

趙一絕道：「絕錯不了，兄弟自信沒看錯她，第一眼我就覺得似曾相識，所以兄弟看了她很久。」

刁佩道：「如若她是小素蘭，怎會學得了一身武功？」

趙一絕道：「這個，兄弟就想不明白，但兄弟見她之時，她還是個小女孩。」

刁佩道：「那時間，她是否已會武功呢？」

趙一絕道：「十三、四歲的毛丫頭，兄弟只覺著她長得倒還清秀，未留心她是否學過武功，不過，這不難查出來。」

刁佩道：「就目下情形看來，那小素蘭不但會武功，而且一身武功還不算太壞，在幾位精悍的捕快監視之下，仍然能輕易逃走。」

趙一絕怔了一怔，道：「就兄弟所知，素喜班是燕子胡同的老班子，大概有幾十年了，班子姑娘，從無一人會武功，這丫頭的武功，是從哪裡學得呢？」

李聞天道：「也許那小素蘭早已離開了素喜班。」

趙一絕道：「不錯，小素蘭可能已經離開了素喜班，但就在下所知，這是唯一找尋小素蘭的地方，無論如何，咱們應該去一趟，也許能在班子裡問出一點名堂。」

張嵐道：「好！咱們走！兄弟也去一趟。」

趙一絕搖搖頭，道：「你張大人這身衣著，就算是普通的人，也能一眼瞧出你是吃公事飯的人物，何況那些王八、鴇兒、大茶壺，一對眼珠兒，見識過多少三六九等的人物，他們做生意，多一事不如少一事，你如問小素蘭，保險他們是三緘其口。」

張嵐道：「這麼說來，兄弟是不能去了？」

趙一絕道：「李總鏢頭說得不錯，小素蘭九成九是已經離開了素喜班，咱們走一趟，是希望能問出小素蘭的去處，她在素喜班裡蹲了好幾年，總有幾個好姊妹，咱們是話裡套話，暗探口風，你張大人如是要去，先得換套衣服，像素喜班子裡那等地方，大概是沒人不認識我趙一絕，只要不被他們認出你是提督府的總捕快，跟我一起去，就不會使他們動疑。」

張嵐道：「好吧！兄弟去換件衣服。」

獨目金剛刁佩冷冷說：「趙兄，我刁某人能不能去？」

趙一絕道：「刁兄這份形貌，和兄弟同往，正是牡丹綠葉，相得益彰，不過，要委屈你……」

刁佩接道：「委屈我什麼？」

趙一絕笑道：「北京城裡，無人不知我趙一絕交遊廣闊，三山五嶽的好漢，五湖四海的朋友，兄如願暫時捧捧兄弟的場，一切聽從兄弟之命行事就行。」

刁佩冷笑一聲，接道：「什麼，我聽你之命行事，那豈不是做你的保鏢嗎？」

趙一絕微微一笑，道：「兄弟正是這番用心，只是未出口而已。」

這時，張嵐已換了一件藍長衫，頭戴藍緞帽子，手中握著一把檀香木描金摺扇，緩步行了出來。

趙一絕打量了張嵐一眼，道：「妙啊！張大人這一裝扮，全無公門中人的味道，倒像一位大銀號中的二掌櫃了。」

張嵐神情肅然地說道：「咱們的時間不多，如是要去，兄弟覺著應該早些去。」

趙一絕道：「刁兄怎麼說？」

刁佩道：「為朋友兩肋插刀，刁某人這次認啦。」

趙一絕望望天色，道：「咱們慢慢的走，到了燕子胡同，剛好班子開門，太早了亦會引起他們的懷疑。」

李聞天輕輕咳了一聲，道：「趙兄，我看兄弟不用去了，我回鏢局子一趟，二更時分，我再到賓園來候命。」

趙一絕道：「李總鏢頭，查不出新科狀元的下落，事情可不是我趙某一個人擔，貴局如是生意大好，最好先退掉幾筆，再說你李總鏢頭，交遊廣闊，我不信你沒有去過班子裡，打過茶圍，咱們目前是福禍與共，誰也別想閒著。」

李聞天無可奈何地笑一笑，道：「既然趙兄覺著兄弟能派上用場，兄弟自是不便推

辭。」

張嵐眼看趙一絕替自己拖住了刁佩和李聞天不放，落得個閉口不言，幾人悄然行出賓園，直奔燕子胡同。

燕子胡同雖不是高等班子，但素喜班卻是這地方最大的一家班子，高大黑漆門外，挑著兩盞大紗燈，硃砂寫著「素喜班」三個大紅字。

這時，天色尚早，兩個大紗燈還未點燃，素喜班也剛剛開門，還未上客，院內一片寂靜。

大門口站著一個十四、五歲的青衣小童，見客人上門，哈腰說道：「四位大爺早啊！」青衣小龜奴，大約是初來不久，竟然是不認識趙一絕。

趙一絕揮揮手，道：「去給我通報閻二娘一聲，就說趙一絕趙大爺，今晚上請兩個朋友，給我準備個大房間，安排一桌上好的酒席。」

青衣小童口中啊啊連聲，人卻站著未動，抬頭直打量趙一絕。

刁佩冷哼一聲，喝道：「你小子瞧什麼，不認識趙大爺，難道沒有聽你們老闆說過，快去給我通報，再愣在這裡，我挖下你兩個眼珠子。」

刁佩長相本已夠凶惡，獨目神光閃閃，更是威凌逼人，那青衣小童被他一唬，嚇得兩條

腿一軟，轉身就跑。

趙一絕輕聲讚道：「刁兄，這一手很絕。」

刁佩想到以自己昔年在江湖上的盛名，竟然做了趙一絕的保鏢，雖然是別有所圖，假做假唱，但想一想，心中就覺著窩囊，冷哼一聲，轉過臉去。

趙一絕不再多言，舉步向門內行去，一腳跨入門內，只見一個身著翠綠羅裙，翠綠衫，頭插珠花的半老徐娘，急急迎了出來，一面喘著氣，一面叫道：「哎喲，我的趙大爺，哪一陣香風把您給吹來了？」

趙一絕瞇瞇眼，笑道：「咱們幾年不見，素喜班是越來越發達，蓋了不少新房子，你閻二娘可也是越來越年輕了。」

閻二娘摸摸鬢上的珠花，道：「趙大爺，您還記得我這老婆子，真是難得的很，快請到屋裡坐。」

趙一絕一面跟在閻二娘身後走，一面說道：「今兒個，我要在這裡請兩個朋友，聽說你們素喜班裡來了幾個標緻的姑娘。」

閻二娘道：「倒有幾個姑娘，長得還算不錯，不過您趙大爺眼光太高，只怕您老瞧不上。」

口中說話，腳未停步，帶幾人行入一個寬敞的房間裡，接道：「這是班子裡最好的一個房間，趙大爺將就一下吧。」

趙一絕目光轉動，只見房裡佈置得還算雅致，白綾幔壁，四角吊著四盞走馬燈，房中擺了一張紅漆的八仙桌，四張紅漆木椅上，還放著紅色絨墊子，一個青衣小婢，捧茶而入。

閣二娘陪著笑，掃掠了張嵐和李聞天一眼，道：「趙大爺的朋友，自然是大有名望的人，我已叫人催姑娘上妝，諸位先請喝杯茶，我再去催她們快一些。」

趙一絕道：「不用慌，我們來得太早一些，叫姑娘慢慢上妝，我們等一會兒也不要緊，咱們先談談。」

閣二娘本待要轉身而去，聽到趙一絕這樣說，又停下來，笑道：「趙大爺既是不急，我就先陪諸位聊聊。」

語聲一頓，接道：「今兒個您趙大爺來得正好，您不來，明兒個我也要登門拜訪。」

趙一絕端起桌上的瓷茶碗，品了一口茶，道：「什麼事？」

閣二娘道：「這兩天班子裡來了兩位客人，銀子不肯花，脾氣卻大得很，三句話說不對，出口就罵，動手就打，一連兩晚，被他們打傷了四個人。」

張嵐嗯了一聲，道：「有這等事？」

趙一絕重重咳了一聲，接道：「是地面上的人呢，還是外路來客？」

張嵐心中警覺，立時住口。

閻二娘道：「聽口音好像地面上的人，不過，我卻從來沒有見過他們。」

趙一絕搖頭晃腦地嗯了一聲，道：「他們現在何處？」

閻二娘道：「兩個人乾打茶圍，掌燈時分來，二更左右走，每次要吃要喝，卻不肯多付一文錢，班子生意還好，不給賞錢，也還罷了，出手就打人，實在叫人受不了。」

趙一絕道：「他們打傷的什麼人？」

閻二娘道：「兩個男夥計，兩位姑娘。」

趙一絕道：「今兒個叫我趕上了，算兩個小子倒楣。二娘你只管放心，今天晚上他們再來，定叫他們吃不完兜著走。」

閻二娘道：「趙大爺肯作主，北京城裡大概再無人敢來素喜班裡鬧事。」

談話之間，布簾啓動，兩個花枝招展的少女行了進來。

閻二娘叫道：「你們快過來，見見趙大爺，趙大爺是京城裡，第一號大人物，只要關照一聲，你們兩個人就受用不盡了。」

張嵐目光轉動，只見兩個少女，都不過十八、九歲的年紀，長得倒秀麗，只是臉上的脂粉厚了一些。

趙一絕望了二女一眼，笑道：「二娘，這兩個叫什麼名字？」

閻二娘道：「頭上插紅花的叫小玉蘭，鬢戴白花的叫做小香蘭。」

趙一絕瞇著眼，頷首說道：「小玉蘭、小香蘭，名字不錯。」似是突然間想起了一件重大之事，語音一頓，接道：「二娘，我想起一個人來，不知可否找來坐坐？」

閻二娘道：「什麼人？」

趙一絕道：「自然也是素喜班中的人了。」

閻二娘道：「趙大爺還記得她的名字嗎？」

趙一絕道：「還記得，她似乎是叫小素蘭。」

閻二娘道：「小素蘭？」

趙一絕道：「不錯，不錯，你這小玉蘭、小香蘭的一叫，也使我想起小素蘭來，記得幾年前，她還是一位清倌，時隔很久，只怕已破了身子。」

他裝作剛剛想起，隨口探問，暗裡卻是極留心那閻二娘的神情。

只聽閻二娘輕輕歎息一聲，道：「趙大爺還記得小素蘭，可惜您來晚了一步。」

趙一絕笑容一斂，道：「怎麼來晚了一步？」

閻二娘道：「三個月前，小素蘭被人贖身而去，離開了這裡。」

趙一絕急急說道：「三個月前？」

閻二娘笑道：「看來趙大爺很惦記她，唉！您怎麼會幾年不來呢？」

趙一絕鎮靜一下心神，緩緩說道：「我不過想起來隨口問問罷了。」

閻二娘道：「趙大爺四、五年不見小素蘭了吧？唉！丫頭倒是愈來愈標緻了，已算是我們素喜班中頭號紅牌姑娘了。」

趙一絕道：「那麼，二娘怎麼甘心讓人爲她贖身而去，那不是讓人拔走了一株搖錢樹嗎？」

閻二娘道：「人說婊子無情，這話還真說得不錯，小素蘭是我閻二娘一手把她養大捧紅，但小丫頭一紅，立刻變了樣，脾氣大得駭人，錢沒有替我賺回幾個，客人倒替我開罪了不少。」

趙一絕道：「班子裡有規矩，不聽話的姑娘，總難免皮鞭加身之苦，難道那小素蘭就不怕打嗎？」

閻二娘道：「哎喲！我的趙大爺，姑娘紅了，別說打了，罵上兩句，她就要尋死賴活，鬧得家神難安。」

趙一絕笑一笑，道：「這麼說起來，那位小素蘭是紅得發紫了。」

閻二娘登時眉開眼笑地道：「說起來小素蘭，這兩年實是紅透了半邊天，就是脾氣太壞了，花錢的大爺，到班子裡找樂子，如碰上丫頭不高興，說不定當面就給人一頓排頭，說起來，這也是一樁怪事，不少貴公子和富商巨賈，被她罵一個狗血噴頭，竟還是笑嘻嘻地不發一

句脾氣。」

張嵐聽她盡扯些不相干的事，忍不住說道：「二娘，那位小素蘭被什麼人量珠聘走？」

閻二娘道：「一位很少來的貴公子，三個多月前吧！他來到素喜班，和小素蘭一見鍾情，在這裡一住七天，以黃金三百兩，替小素蘭贖身。」

趙一絕微微一笑，道：「三百兩黃金，這人的手筆不小啊！二娘不是又大大地撈了一票。」

閻二娘道：「如是小素蘭脾氣好一點，三百兩黃金用不著她半年賺。」

張嵐道：「那位貴公子在這素喜班住了七、八天，二娘一定和他很熟識了。」

閻二娘道：「熟識倒是談不到，因爲，那位公子很怪，日夜都守在小素蘭的房子裡很少出來，偶爾出來，也很少和人說話，有一天遇到老身，竟也視若路人，連招呼也不打一個。」

趙一絕道：「有這等事，二娘怎會讓他娶走小素蘭呢？」

閻二娘道：「如是不讓她走，她今天要上吊，明天要吞金，想一想她如是真的死了，我到哪裡去找回這三百兩黃金？」

語聲一頓，接道：「趙大爺，你陪幾位朋友坐坐，我去招呼一下，姑娘都該上妝接客了。」

張嵐突然起身，橫跨一步，攔住了閻二娘的去路，笑道：「二娘，在下還有事請教。」

閻二娘對那趙一絕十分畏懼，趙大爺的朋友，自然也不敢開罪，停下腳步笑道：「您大爺貴姓啊？」

張嵐淡淡一笑，道：「敝姓張。」

閻二娘道：「張爺有什麼吩咐？」

張嵐道：「據在下所知，小素蘭還在京裡，二娘可知她住在何處？」

閻二娘一理鬢邊的散髮，道：「喲！我說張大爺，國有國法，行有行規，小素蘭如未從良，她是素喜班子裡的姑娘，您大爺喜歡她，那是她的造化，如今她跟人從良，不論是做大做小，都已是良家婦女，就算她還在京裡，我也沒有法子找她陪您張大爺玩，張大爺不是給我出難題嗎？」

張嵐心中暗道：「這老鴇母不給她一點顏色瞧瞧，只怕她還要放刁。」

心中念轉，臉色一沉，冷冷說道：「二娘只要能說出她住的地方，能不能玩到手，那是張大爺的手段，不用你二娘費心。」

閻二娘怔了一怔，笑道：「張大爺，這是京畿重地，天子腳下，霸佔良家婦女，那是砍頭的大罪。」

張嵐冷笑一聲，道：「那是張大爺的事，再說，趙大爺的朋友，縱然鬧出事，也有趙大爺替我攬著。」

閻二娘道：「張大爺，您是說玩笑吧？」

張嵐道：「大爺我很認真。」

閻二娘回頭瞧瞧趙一絕，道：「趙大爺，您這位朋友是……」

趙一絕摸摸鼻梁骨，接道：「我這位朋友，就是脾氣強，二娘如若知曉那小素蘭的住處，那就告訴他，出了事，自有我趙某人扛。」

閻二娘搖搖頭，道：「說真的，趙大爺，我不知道。」

趙一絕乾笑兩聲，道：「二娘，我不想在素喜班裡鬧事，但我趙某人請客，不能叫朋友們玩不開心，小素蘭在你班子裡做了幾年，京裡有什麼親戚好友，我不信你全不知道。」

語聲一頓，道：「再說，那小素蘭總有一、兩個手帕至交，也許她們知道。」

閻二娘無可奈何地說道：「好吧！張大爺，我去給您問問。但張大爺怎知她還在京裡？」

張嵐道：「錯不了，昨天還有人看到她，只要你二娘肯幫忙，定可問出下落。」一閃身，讓開了去路。

閻二娘舉步往前走，耳際中，卻聽到趙一絕哈哈大笑之聲，道：「二娘，咱們是黑夜點燈，打鈴聽聲，你要早去早來啊！」

只聽閻二娘應道：「我閻二娘有幾個膽子，敢打你趙大爺的馬虎，問著問不著，都有回音。」

李聞天端起酒杯，道：「來，咱們先乾一杯。」

張嵐大步行回座位，端起酒杯，目光卻轉到趙一絕的身上，道：「趙兄，天已入夜，咱們時間越來越短了，希望你趙兄幫忙，成不成要早些弄個水落石出。」

趙一絕笑道：「張兄放心，兄弟是一定盡力。」

兩個陪坐的姑娘，也知道趙大爺手眼通天，人多勢大，很想找個機會巴結一下，但兩人卻一直聽不懂人家談的什麼，呆呆地坐著接不上口。

張嵐心頭沉重形諸於色，乾了一杯酒就坐下不再說話。

李聞天雖然很想把場面調理得輕鬆一下，但一時間，竟也是想不出適當的措詞。幸好是不多久，閻二娘就去而復來，身邊還帶著一位十七、八歲的小姑娘。

小姑娘穿得一身紅，粉紅羅裙，粉紅衫，足下穿著一雙粉紅色緞面繡鞋，柳眉淡掃，薄施脂粉，一對黑白分明的大眼睛，襯著玉鼻櫻唇，怎麼看，也是個美人胚子，比起素喜班別的姑娘，似是鶴立雞群。

趙一絕、李聞天，連同那心事重重的張嵐，都不覺眼中一亮，六道眼光，一齊投注到那紅蝴蝶似的少女身上。

閻二娘陪著笑說道：「趙大爺，這是第三代小素喜，也是我們素喜班子裡的招牌，小素

蘭丫頭去了之後，素喜班就靠這一塊牌子頂著。這模樣，小素蘭可還得讓她三分，不是我閻二娘誇口，北京城裡，再想找一個小素喜這樣的姑娘，打著燈籠找，也得找上老半天了。」

趙一絕笑一笑，道：「她來了多久？怎麼這樣的美人兒，我都未聽人說過。」

閻二娘道：「趙大爺您是事多人忙，我就是想找您，可也難得見了，不過，話可說回了頭，小素喜到這裡還不過兩個月。」

張嵐心中一動，道：「兩個月？」

閻二娘道：「是的，兩個月，您張大爺見過小素蘭，比比看，小素蘭能否及得？」

趙一絕舉手一招，道：「姑娘，你過來，坐在張大爺身邊聊聊。」

小素喜啓唇一笑，露出一口又白又小的玉牙，姍姍走了過來，傍著張嵐身側坐下。

趙一絕輕輕咳了一聲，目光又轉向閻二娘，道：「二娘，橋歸橋，路歸路，托你打聽小素蘭住處怎麼樣了？」

閻二娘笑道：「趙大爺吩咐，我怎敢不辦，我已派了兩個人，去查那丫頭的地方。」

趙一絕道：「這等事，不敢有勞你二娘，只要你說出地名，我自會派人去找。」

閻二娘道：「她有個手帕交，去過她住的地方，可是她記不得那是什麼所在，老身派一個男工和她同去，小素蘭如若在家，就要她帶她同來。」

張嵐道：「你不怕勾引良家婦女犯王法了？」

閻二娘道：「你張大爺一定要找小素蘭，趙大爺擺下話大包大攬，老身還怕什麼？」

張嵐嗯了一聲，道：「他們走了好久？」

閻二娘道：「出去不久。」

張嵐霍然站起身子，道：「他們走的那個方向？」

閻二娘怔一怔：「這個老身沒看到。」

小素喜盈盈一笑，道：「張大爺，您真是情有獨鍾，不知小素蘭幾世修來的好福氣，見一面竟使張大爺您如癡如狂，別忘了我還在您身邊坐著，快坐下陪我喝杯酒，找到了小素蘭，我再讓位不遲。」

面對著如花似玉的小姑娘，張嵐心裡再急也發不出脾氣，只好忍住心中的焦慮，說道：「對！在下應該陪姑娘喝一杯。」端起酒杯，一口喝乾。

小素喜似是有著很好的酒量。自斟了一杯酒，說道：「張爺抬愛，小女子也該奉陪一杯。」輕啓櫻唇一飲而盡。

趙一絕揮揮手，道：「二娘，班子裡正忙的時候，你不用招呼我們了，不過，一有小素蘭的下落，二娘要盡快來告訴我們。」

閻二娘：「這個老身知道。」

這位久歷風塵的半老徐娘，憑一雙閱人無數的眼睛，已經瞧出來情形的不對，這些人不像是來此找樂子的嫖客，口裡應著話，人卻轉身而去。

小素喜揚一揚柳眉兒，笑道：「二娘愛財，為了錢，不知坑害了多少小姑娘，她也許有罪，但她卻是個很可憐的人。」

趙一絕笑道：「可憐？她吃的是雞鴨魚肉，穿的是綾羅綢緞，哪一點可憐了？」

小素喜道：「嗯！趙大爺逼的她很可憐。」

趙一絕道：「姑娘言重了，這是從何說起呢？」

小素喜嫣然一笑，道：「我們的二娘，似是對您趙大爺十分敬畏，當著您面時，打起了精神，還有說有笑，背著您卻嚇得直打哆嗦，若不是您趙大爺逼的她無路可走，她怎會含著眼淚跪在地上求我。」

趙一絕怔一怔，道：「求你？」

小素喜微微一笑，道：「不錯，您趙大爺可是覺著有些驚訝？」

趙一絕道：「京城裡大大小小數十個班子，趙大爺全去過，卻從未聽過老鴇跪著求姑娘的事，你小素喜大概是紅的還勝小素蘭一籌了。」

小素喜盈盈一笑，道：「您趙大爺在地面上臉大手大，門下人多，武功了得，跺跺腳城門搖晃，一個班子裡的老闆娘，哪裡能禁得住您趙大爺嚇唬。」

趙一絕未料到一個小姑娘，竟有著這等見識，聽得怔一怔，笑道：「好一個利口姑娘，

你對趙大爺的事，似乎是很清楚。」

小素喜道：「趙大爺的名頭大，北京城裡有誰不知道您趙大爺。」

這姑娘利口如刀，不但聽得趙一絕直瞪眼睛，連張嵐和李聞天也聽得怦然心動，不自覺又仔細地打量她幾眼，只見她秀眉星目，臉蛋兒白裡透紅，美而不妖，有一股靈秀之氣，怎麼看也不像路柳踏花的接客姑娘。

三個人，都是博聞識人，歷練有素的人物，眼睛裡揉不進一顆沙子，打量罷小素喜，心裡頭，都有著一種感覺，小素喜不是風塵中人。

六道眼光盯著她，直看的小素喜竟有點面泛羞意，垂下粉頸兒，嬌聲嗔道：「瞧什麼？人家臉上又沒有花。」

趙一絕對張嵐打了一個眼色，道：「姑娘，你把我趙大爺臭了半天，正經話還未談一句。」

小素喜道：「趙大爺您說說，什麼算正經話？」

趙一絕道：「你姑娘的出身來歷。」

小素喜捏捏辮梢兒，笑道：「趙大爺，淪落風塵斷腸花，還有什麼身世好談，我說了您也不信，咱們還是談些風月好。」

趙一絕笑道：「趙大爺談風月可是談不出好聽的話，說錯了，你可是不能生氣。」

小素喜道：「生氣！就憑我一個小窯姐兒，敢生您趙大爺的氣？」

趙一絕道：「那敢情好，我是粗人說粗活，趙大爺我想住你一宿，不知要多少銀子？」

小素喜聽得一呆，眨動了兩下眼睛，立時又恢復了鎮靜之色，笑道：「趙大爺，您說笑了，我是張大爺叫的姑娘，再說，我在喜素班和別的姐妹們有些不同。」

趙一絕道：「敢情你和趙大爺初見小素蘭時一般模樣，還是一位清倌不成？」

小素喜淡然一笑，道：「如說我小素喜清清白白，諸位也許不相信，不過，我進入素喜班，做的自願生意，高興了我可以來捧茶送酒，如是我不高興，也可以歇工幾天不來，如若我是閻二娘買來的姑娘，她也用不著一把鼻涕一把淚地求我上這兒來。」

趙一絕笑一笑，道：「難得啊！你小小年紀，能夠自善其事，可真是有些不容易。」

小素喜笑道：「我說歸說，信不信要看您趙大爺，反正這地方講究的是花言巧語，殺人償命，騙死人卻不犯罪。」

她能說會道，措詞犀利，趙一絕被她幾段話，說的想不出回答之言。

李聞天輕輕咳了一聲，笑道：「好厲害的口齒，不過，姑娘這一次只怕是瞧錯了人，惹得趙大爺火起來，給你個霸王硬上弓，不知你姑娘要如何應付？」

小素喜笑道：「趙大爺是地面上的頭號人物，總不會和一個小窯姐鬧得面紅耳赤，君子動口不動手，何況諸位都是體面人。」

張嵐一聽便覺情形不對，一個班子裡的姑娘，竟把京城裡頭號土混兒不放在眼中，細看

她神態鎮靜，行若無事，單單這份膽氣，就不是常人所有。

心裡念轉，口裡卻忍不住說道：「姑娘這一回大概是看走了眼，咱們如是講體面，也不會跑來逛窯子了。」

趙一絕揮揮手，要身邊兩個姑娘退出去，整個房間，只留下了小素喜一個人，才重重咳了兩聲，笑道：「我做過不少犯法的事，添一件，也不算多。」

小素喜伸出纖纖玉手，端起酒杯，笑道：「趙大爺，酒壯色膽，來，我敬您一杯。」

趙一絕拿起面前酒杯，道：「姑娘貌傾眾生，如想潔身自愛，就不該到這等地方來。」突然一翻五指，彈回手中酒杯，五指反扣，一把抓住了小素喜的右手腕脈。

小素喜一顰柳眉兒，嬌聲說道：「趙大爺，輕一點，再用力就要捏碎我的腕骨了。」

趙一絕雙目神光炯炯，凝注在小素喜臉上查看，同時蓄勁五指，只要一發覺對方有反擊之力，就扣緊她的脈穴，但覺對方腕上肌膚，嬌嫩滑膩，柔若無骨，卻是全無內力反擊。

當下冷笑一聲，道：「姑娘，你是真人不露相啊！但趙大爺不容人在我眼裡揉沙子。」暗中加了一成勁力。

小素喜粉臉通紅，泛現出痛苦之色，柔聲說道：「趙大爺，快放開我，有話好好說，小素喜已經是淪落在風塵中人，就算我心比天高，但卻命比紙薄，趙大爺您如一定要賤妾薦身枕席，也該好好商量啊！」

她唱做俱佳，舉動言詞，無不配合的天衣無縫，任是趙一絕見多識廣，心裡也拿不穩是怎麼回事，緩緩放開了手，道：「小姑娘，我趙某閱人多矣，怎麼看，你也不像是風塵中人，咱們打開天窗說亮話，你混跡於此，必有作用，小素蘭現在何處，希望實話實說，我趙某先說實話，這位張爺是京畿提督府的總捕快，今夜裡到此處，是為辦一件大案子，光棍不擋財路，你姑娘如是肯幫忙，儘管開價過來，咱們也用不著再作僞演戲了。」

小素喜似乎是餘痛猶存，搖搖右手腕，長長吁口氣，道：「趙大爺想和我談生意？」

李聞天接道：「不錯，和氣生財，好聚好散，你姑娘開個價吧！」

小素喜臉上笑容突斂，粉臉上如罩上一層寒霜，沉吟了一陣，道：「我想先問諸位一句話。」

張嵐道：「好！姑娘請說，咱們是知無不言。」

小素喜道：「什麼人指點諸位到此，不是賤妾口氣托大，憑三位的才智，決想不到找上素喜班來。」

趙一絕道：「關帝廟邊的高半仙，一卦把我們卜到了素喜班。」

小素喜道：「哼！狗不改吃屎，果然又是他從中搗亂。」

三個人聽得全都一怔，互相望了一眼，趙一絕才開口說道：「姑娘認識高半仙？」

小素喜道：「北京城藏龍臥虎，高半仙也算不得什麼，咱們不用談他了。」

張嵐道：「姑娘似乎是早已知曉我等來意了。」

小素喜道：「那只爲您們遇著閻二娘，指名要找小素蘭，我就是再笨一些，也該知道您們是何許人物。」

張嵐道：「在下的時間不多，請姑娘早指點我們一條明路，」

小素喜又恢復輕鬆神態，笑一笑，道：「張大爺，咱們是在談生意，談得好，銀貨兩清；談不好，買賣不成仁義在，歡迎諸位再到素喜班來打茶圍。」

三個人都聽得啼笑皆非，八臂神猿張嵐，更是心頭火發，但想一想茲事體大，強忍心中怒火，未發作出來。

趙一絕搖搖手，笑道：「這位是懷安鏢局的總鏢頭，我們三個的身分，都抖了出來，你姑娘能不能報個真實姓名？」

小素喜道：「自然是可以，不過，現在還不是時候，咱們還是先談生意要緊。」

趙一絕道：「姑娘做的獨門生意，我們沒辦法掂斤計兩，你只管開口，要多少銀子成交？」

小素喜搖搖頭，道：「做成了這票生意，大概我已無法在京畿停留，就算您們給我一座金山，我也沒法揹著它趕路。」

張嵐道：「那你姑娘要什麼？」

小素喜目光盯注在趙一絕的臉上，笑道：「這要趙大爺割愛才成。」

趙一絕愣了一愣，道：「什麼？」

小素喜道：「趙大爺收藏有一塊墨玉。」

趙一絕如被人突在前胸打了一拳般，心頭一跳，道：「不錯，有那麼一塊玉，姑娘想要？」

小素喜道：「不夠，不夠。」

趙一絕道：「那你還要什麼？」

小素喜道：「趙大爺還收藏了一面古銅鏡子，鏡子後面，雕刻一龍一鳳，栩栩如生。」

趙一絕暗裡叫了一聲，我的媽呀，這丫頭怎知我收存有這兩樣物件，右手直抓頭皮，道：「姑娘對我趙某人的家當很清楚。」

小素喜笑一笑，道：「不知道賤妾說對了沒有？」

趙一絕道：「也不錯，趙某確然收藏有那麼一面銅鏡。」

小素喜道：「行啦！趙大爺如若肯交出墨玉、銅鏡，咱們的生意就算做成了。」

張嵐急急說道：「趙兄，找人要緊，趙兄的墨玉、銅鏡，日後小弟都負責賠償。」

趙一絕苦笑一下，道：「我明白，不過，得先說清楚。」目光轉到小素喜的臉上，接道：「趙某人交出了墨玉、銅鏡，但不知你姑娘換給我們什麼？」

小素喜笑一笑，道：「新科狀元的下落。」

張嵐道：「那新科狀元現在何處？」

小素喜笑道：「我不能說，一說了，趙大爺怎願交出墨玉、銅鏡？」

趙一絕道：「姑娘，咱們的交易不公平。」

小素喜道：「哪裡不對了？」

趙一絕道：「趙某人告訴你，我確然藏了一塊墨王、一面銅鏡，那銅鏡之後，確然雕刻了一龍一鳳，我趙某人收存這墨玉、銅鏡，已有了不少年代，不知道你姑娘怎會知曉？」

他似是自知話離了題，急急接道：「不管你怎麼知道這樁隱秘，也不管這兩樣東西如何珍貴，我既然答應，一定會給你，趙某在江湖上混，講究的是義氣，為了朋友，傾家蕩產，在所不惜，不過，要把東西交出來，你只告訴我們新科狀元的下落何在，我們難免太吃虧了。」

小素喜道：「您的意思呢？」

趙一絕道：「一手交人，一手交貨，你交出新科狀元，我交出墨玉、銅鏡，那才是公平交易。」

小素喜淡然一笑，道：「趙大爺似乎是有了誤會，覺著那新科狀元失蹤一事和我有關。」

趙一絕道：「不論那新科狀元是否和你有關，但咱們做主意必求公允，在下提出的不算過份吧！」

小素喜笑一笑，道：「趙大爺，辦不到，我只能告訴您那新科狀元現在何處，能不能救出來，那要靠您們的本領。」

八手神猿張嵐一聽說有了新科狀元，恨不能立時間知曉他在何處，急急接道：「姑娘，我們的時間不多，必須在五更前救出人來。」

小素喜道：「我知道，張大爺，明天就是欽賜御宴的日子，新科狀元要掛紅遊街，不過，這件事和我無關，我已經開出了價，生意成不成要看您們了。」

張嵐道：「在下願意作保，找到了新科狀元，趙兄定會把墨玉、銅鏡交給你姑娘。」

小素喜道：「可惜我不能相信您。」

張嵐道：「張某人向來言出必行。」

小素喜搖搖頭，接道：「江湖上素多詭詐，公門中人，更是不能相信，賤妾是不見兔子不撒鷹，張大人，您不用多費唇舌。」

張嵐臉色一變，道：「姑娘，得撒手時且撒手，不要逼人過甚。」

小素喜伸出玉手，挽起酒壺，笑道：「張大爺，賤妾是班子裡的小窯姐，生意談不成，咱們且談風月，我敬您大人一杯。」玉腕舒展，輕輕在張嵐面前酒杯中斟滿了酒。

張嵐冷笑一聲，突然伸手向小素喜玉腕之上抓去，這一次小素喜似乎有了準備，玉腕一轉，迎向張嵐五指，張嵐去勢勁急，收手不住，但聞波的一聲，一把錫壺，被張嵐五指抓中，壺扁酒溢灑了一桌。

小素喜鬆開錫壺，玉腕疾縮，笑一笑，道：「大人，小不忍則亂大謀，找不到新科狀

元，大人要如何向貴上交代？」

趙一絕哈哈一笑，道：「姑娘終於漏了底啦。」

口中說話，人卻一按桌面，疾如鷹隼地翻過桌面，攔在門口。

張嵐也霍然起身，棄去手中錫壺，緩步向小素喜逼了過去。

李聞天雙手用力一托，生生把一張木桌和滿桌酒肴托了起來，放在身後壁角處。

剎那間，形勢大變，三個人分占了三個方位，把小素喜圍在中間。

小素喜仍然端坐在木椅上，好整以暇地，從衣襟處拉出來一條粉紅絹帕，笑道：「那高半仙要您們到這裡來，難道沒有告訴您們該怎麼做嗎？」

張嵐人已逼近到小素喜身前兩尺所在，停下腳步，道：「姑娘，趙兄答應了墨玉、銅鏡，張某人擔保他不會賴帳，姑娘先請帶我們找到了新科狀元，不管事情是否牽扯到你姑娘，張某人保你平安離京，如是姑娘不幫忙，說不得咱們只好勉強了。」

小素喜舉手理一理鬢邊散髮，笑道：「張大人，不要唬我，恕我說一句放肆的話，如是我小素喜沒有一點道行，也不敢匹馬單槍來這裡見您張大人。」

趙一絕冷哼一聲，道：「這麼說來，你是有備而來了？」

小素喜笑一笑，道：「嗯！就算我是有備而來吧！但這些似乎是無關緊要的事，要緊的是那位新科狀元，如若您能在天亮之前，救他出來，對三位有百利無一害，我如是您趙一絕

……」

趙一絕接道：「怎麼樣？」

小素喜道：「早些派人取來了墨玉、銅鏡，咱們的交易已經談成，用不著多費唇舌了。」

張嵐逼近了一步，伸手之間，可及小素喜全身大穴要害，但他目睹小素喜那等神色自若的沉著，不禁心中一動，暗道：「一個十幾歲的窯子姑娘，面對著京畿提督府的總捕，和京裡的土混頭兒，竟是若無其事一般，如非身懷絕技的人物，焉能如此。」

心中念頭一轉，忍下怒火，冷冷說道：「聽姑娘的口氣，似乎是大有來頭的人物，不知何以竟甘混跡於風塵之中？」

小素喜嫣然一笑，道：「咱們無暇談論別的事，還是交易要緊。」

這時，李聞天、趙一絕都覺著情形有些不對，小素喜如此鎮靜，似乎是早已胸有成竹。

趙一絕乾咳了兩聲，道：「閻二娘這老鴇母膽子不小，竟敢把我趙某人玩弄於股掌之上，跑得了和尚跑不了廟，你姑娘離此之後，我會找她慢慢地算帳。」

小素喜冷笑一聲，道：「閻二娘是一位很可憐的女人，開這家素喜班，逢人先帶三分笑，賺銀子賺得夠辛苦，素喜班這點生意比不上您趙大爺一號小賭場，說害人，閻二娘比起您趙大爺簡直是小巫見大巫，閻二娘如論罪該死，您趙一絕該當何罪？」

趙一絕不怒反笑，仰臉打個哈哈，道：「罵得好哇！趙某人有生之年，未聽人這麼痛快

地罵過我。」

目光一掠張嵐和李聞天，接道：「兩位跟小素喜姑娘談談，兄弟回去取墨玉、銅鏡。」也不待兩人答話，一躍出室而去。

趙一絕的舉動，大出了兩人意料之外，想不到那趙一絕，竟甘忍下這小素喜一頓大罵，張嵐皺皺眉頭，未多說話，緩步行到門口，若有意若無意地攔住了小素喜的去路。

李聞天卻一拱手，道：「趙兄已去取墨玉、銅鏡，李某人想借此機會，請教姑娘幾件事。」

小素喜道：「您可盡量地問，但我未必會回答您。」

李聞天笑一笑，道：「姑娘已經露了底，大約已不會再在京城裡混下去，不知可否把真實姓名與身分見告？」

小素喜沉吟了一陣，搖搖頭道：「恕難應命，但您們很快就會知道我是誰，用不著我自己說了。」

李聞天碰了一個軟釘子，淡然一笑，道：「姑娘混入素喜班中，就是爲了趙一絕收藏的墨玉、銅鏡嗎？」

這句話問中要害，張嵐亦暗中凝神傾聽，但表面上卻不露聲色，連頭也未轉一下。

小素喜嗯了一聲，道：「我到京城裡來，確是爲了趙一絕收存的墨玉、銅鏡，但混入素喜班，卻和此無關，李總鏢頭如是覺著是我布下了引您們到此的陷阱，那就錯了。」

李聞天道：「照姑娘的說法，咱們的會面，是一樁巧合了。」

小素喜道：「自然不算巧合，諸位如不是找高半仙卜了一卦，諒您們也找不到這地方來。」

李聞天道：「這地方，我們昨夜裡已經來過，只不過沒有見到你姑娘罷了。」

語聲頓住，良久之後，仍不聞那小素喜回答之言，才輕輕咳了一聲，又道：「如是在下沒有猜錯，姑娘混入這素喜班的用心，是在監視那位小素蘭了。」

小素喜眨動了一下大眼睛望望李聞天，道：「懷安鏢局的總鏢頭，果然是名不虛傳。」

李聞天心中早有打算，盡量地引誘那小素喜開口，她多說一句話，就可能多洩漏出一點隱秘，當下哈哈一笑，道：「好說，好說，姑娘對京裡的人物、形勢，似是已經摸得很清楚了。」

小素喜淡然一笑，道：「李大爺，夠了，趙一絕輕功不弱，很快就要回來，李大爺最好趁這點時間，養養精神，說不定，等一會兒，您們還要有一場廝殺。」言罷，閉上雙目，不再理會李聞天。

李聞天暗自忖道：「這丫頭好緊的口風。」一面用心思索，北六省綠林道上，有什麼年輕的少女高人。

室中突然間靜了下來，片刻之後，趙一絕去而復返，手中捧著一個紅漆木盒，行入室中，放於木桌之上，道：「姑娘要的東西，趙某人取來了。」

小素喜緩緩站起身子，行近木桌，伸手去揭盒蓋，卻被趙一絕一手按住，道：「姑娘帶

我們去找那新科狀元。」

這時，八臂神猿張嵐，也行近木桌，和李聞天分站兩個方位，這些人都是老江湖，不論怎麼移動，都對那小素喜形成包圍之勢。

小素喜盈盈一笑，道：「趙大爺，我要先看看盒中的東西。」

趙一絕道：「那容易。」左手拿起木盒，退了兩步，右手打開盒蓋，接道：「姑娘過目。」

張嵐、李聞天、小素喜，六道目光，全都投入木盒之中，只見盒中放著一塊墨黑的方石和一面銅鏡，銅鏡上鏽痕斑斑，顯然年代已久，以張嵐和李聞天的閱歷，竟然瞧不出那墨玉和銅鏡有什麼特異之處，回目望去，只見小素喜兩道目光，一直投注在那銅鏡、墨玉之上，良久之後，才頷首說道：「不錯，趙大爺未耍花招。」

趙一絕合上盒蓋，道：「姑娘看夠了嗎？」

小素喜略一怔神，又恢復鎮靜，笑道：「把墨玉、銅鏡交給我，我帶您們去找人。」

趙一絕嗯一聲，笑道：「東西在這裡，不過，找不到新科狀元前，趙某人不會交給你。」

小素喜略一沉吟，道：「好！咱們走吧！」走字出口，人已轉身向外行去。

趙一絕、李聞天、張嵐等三人互相望了一眼，緊追在小素喜身後而行。

小素喜對素喜班十分熟悉，穿堂過院，由後門行去，後門外是一條巷子，矮屋茅舍，都是販夫走卒的住處。

李聞天突然想起了獨目金剛刁佩還留在素喜班中，急急說道：「姑娘止步。」

小素喜回過身子，道：「李總鏢頭，可是想起了刁佩？」

張嵐微微一怔，道：「姑娘知道的可真不少！」

小素喜答非所問地說道：「不用找他了，他已經離開了素喜班。」

李聞天道：「姑娘一直和我們守在一起，又怎知那刁佩離開了這地方？」

小素喜冷冷說道：「他如未離開素喜班，早就會找您們去了。」

張嵐等三人覺著她說的話十分有理，但卻想不明白原因何在。

趙一絕道：「他可是受了暗算？」

小素喜道：「他作惡多端，殺人越貨，就算是死了也是該受的報應。」

趙一絕冷哼一聲，道：「看來你們這座勾欄院，倒真的成了藏龍臥虎的地方。」

李聞天接道：「刁兄雖然閉門不和武林同道來往，但就兄弟所見，他一身武功並未放下，就算是武林一流高手，對付他也要費番手腳，咱們怎的竟未聽聞一點響聲？」

小素喜一顰柳眉兒，道：「人家不會把他引誘出素喜班嗎？」

張嵐嗯了一聲，突然一探右手，五指箕張，扣向小素喜的右腕脈門。

他素有八臂神猿之稱，擒拿手乃是他得意之學，這一招突然發難，更是快如閃電，極難

防備。

哪知小素喜右腕一挫，腿未屈膝，腳未抬步，陡地向後退開了三尺，淡淡一笑，說道：「張大人，我勸您留些勁頭，等會兒再用吧！」

張嵐一把未抓住對方，心頭悚然一驚，想那小素喜，必然要回手反擊，立時全神戒備，哪知小素喜竟然是一笑置之。

小素喜這一閃之勢，李聞天、趙一絕，都已瞧出苗頭，這位混跡風塵的少女，確是一位身負絕技的人物，適才張嵐那出手一抓，在相同的情形下，兩人就自知無能避開，但那小素喜卻能在間不容髮中從容避過。

趙一絕生恐張嵐惱羞成怒，把事情鬧僵，急急接道：「張兄，夜長夢多，咱們先找新科狀元要緊。」

張嵐尷尬一笑，道：「姑娘好快速的身法。」

小素喜道：「不敢當您張大人的誇獎。」舉步向前行去。

此刻，張嵐等三人，都已瞭然情勢非比尋常，暗中提氣戒備緊追身後。

## 三　夜探王府

藉夜色的掩護，四人的行速甚快，小素喜似是早有成竹，走的盡都是僻街靜巷，行約有一頓飯工夫左右，在一處高大的圍牆外面停下。

小素喜伸手指指那高大的圍牆，低聲道：「到了，那新科狀元，就在這座宅院中藏匿。」

張嵐抬頭打量那高大的圍牆一眼，不禁心頭一震，這雖是後園的圍牆，但張嵐也瞧出了這是平遼王的宅院，呆了半晌，道：「姑娘你可是在說笑話嗎？」

小素喜道：「我說的千真萬確，誰和你說笑話了。」

張嵐臉色一沉，道：「你知道這是什麼地方？」

小素喜道：「平遼王府的後花園。」

張嵐怔了一怔，道：「平遼王難道會和新科狀元的失蹤案有關？」

小素喜道：「那不關我的事了，我不願多管，但那失蹤的新科狀元在裡面，不會有

錯。」

趙一絕抓抓頭皮，道：「邪氣，邪氣，平遼王把新科狀元弄到王府裡，用心何在呢？」

小素喜一伸手，道：「趙大爺，拿來吧！我要走了。」

趙一絕雙手抱著木盒，道：「姑娘不用慌，在下既然拿來了，自有割愛之心，不過，咱們說好的是，找到了新科狀元……」

小素喜接道：「你可是不信我的話？」

趙一絕道：「趙某人不是不信，而是無法相信。」

小素喜冷笑一聲，道：「你們不敢進去，是嗎？」

趙一絕道：「敢不敢進去，那要看張大人。不過，在未見到新科狀元之前，趙某人不能交出東西。」

小素喜淡淡一笑，道：「咱們談好的是，我告訴你們新科狀元的下落，你交出墨玉、銅鏡，對是不對？」

趙一絕道：「趙某人答應姑娘是見人交物，人貨兩訖。」

小素喜臉色一變，道：「你可是存心想賴？」

趙一絕道：「趙某人混了半輩子江湖，一向是言出必踐，若是存心想賴，我也不會抱著東西來了。」

李聞天拱拱手，道：「姑娘沒有錯。」

小素喜接道：「那是趙一絕錯了，就該交東西給我。」

李聞天笑道：「趙兄也沒有錯。」

小素喜道：「你這兩句話，不是白說了嗎？」

李聞天道：「錯的是事前沒有講明白，平遼王府中窩藏了失蹤的新科狀元，不但張大人和趙兄沒有想到，就是區區在下，也覺著事情難信，但在下也相信姑娘決不會無的放矢。」

小素喜道：「李總鏢頭的意思呢？」

李聞天道：「咱們也不敢勞駕你姑娘幫忙，但總要見過新科狀元之面才成。」

小素喜沉吟了一陣，道：「你們不敢進去，如何能瞧到他？」

趙一絕道：「姑娘敢進去嗎？」

小素喜聽趙一絕說她不敢進平遼王府，不由笑道：「你也不用激我，進去就進去，我有什麼不敢。」

一提氣，身子突然飛起，停身在高逾丈二的圍牆之上，她終是年紀幼小，口中說著不受人激，但人卻有了行動。

趙一絕低聲說道：「張兄，咱們進去瞧瞧吧！」

張嵐搖頭，道：「平遼王府，豈能隨便進出，一旦出了事，不但兄弟我這總捕快擔待不

起，就是敝上提督大人，也一樣擔待不下來。」

趙一絕道：「如是那位新科狀元，確實隱身在王府中呢？」

張嵐道：「唉！就算要進去，兄弟也得先向敝上說明一下，請其定奪。」

小素喜突然一個鷂子翻身，由圍牆上飄落實地，道：「諸位既是不敢進去，我也不能多等，咱們兩便罷！」

趙一絕道：「這麼辦吧！在下先把墨玉交給姑娘……」

小素喜道：「銅鏡呢？」

趙一絕道：「等我們見到那新科狀元之後，再給姑娘銅鏡。」

小素喜道：「你們怕平遼王的官大，不敢進入王府找人，錯不在我。」

趙一絕接道：「我們並無責怪姑娘之意，只是事情變化的太離譜了，張大人一時無法拿定主意。」

小素喜道：「這與我無關，我只要東西。」

趙一絕道：「形勢如此，姑娘也只好多等一下了。」

小素喜臉上的笑容，突然斂去，冷冷地說道：「如若是我不肯等下去呢？」

趙一絕道：「這個嘛，倒叫我老趙爲難了。」

小素喜冷笑一聲，道：「有理行遍天下，無理寸步難行。我雖是女流之輩，但我很講理，如是你趙大爺不願講理，那是逼我動手了。」

趙一絕道：「動手打架，唬不了人，不過，我不願節外生枝，姑娘你帶我們只到平遼王王府外面，迄今爲止，我們還沒有見過那新科狀元，怎知他一定在此？」

小素喜道：「我說他人在王府，你們不敢去看，那要我如何證明？」

李聞天道：「如是我敢進去呢？」

小素喜道：「我帶你們去找。」

李聞天道：「就此一言爲定，我們一看見新科狀元，就給姑娘墨玉、銅鏡，能不能救出來，那是我們的事了，和你姑娘無關。」

小素喜話出口，人就有些後悔，但已被李聞天用話套住，只好說道：「好吧！我帶你去找。」

李聞天回過身低聲對張嵐說道：「張兄，目下似乎只有這一個辦法，平遼王雖是官高爵大，但那狀元御筆親點，怎麼說，平遼王也不該把他藏入府中。咱們如是真的找到了新科狀元，張兄似乎也不必畏懼平遼王的勢焰。」

張嵐沉吟了一陣，道：「如是找不到那新科狀元呢？」

李聞天道：「找不到咱們悄然退出王府。」

張嵐道：「王府中甚多護院巡更，只怕會發覺我們行蹤。」

李聞天道：「咱們蒙面而入，小心一些，不要傷人就是。」

張嵐長長吁一口氣，道：「素喜姑娘，如是此去找不到新科狀元，咱們私入王府，其罪可不輕啊，姑娘準備如何？」

小素喜淡然一笑，道：「找不到新科狀元，我就不要那墨玉、銅鏡。」

張嵐道：「太便宜了。」

小素喜道：「那你要準備如何？」

張嵐道：「找不到新科狀元，姑娘你就別再想離開這裡，私入王府的罪名，姑娘也要擔當一份。」

小素喜淡然一笑，道：「好吧！到時間再說。」

張嵐伸手從懷中取出一方絹帕，包在臉上，趙一絕、李聞天，同時也取出絹帕，包在臉上。

張嵐回顧了小素喜一眼，道：「姑娘最好也設法掩去廬山真面目。」

小素喜拉下胸前一條粉紅色的汗巾，包在臉上，道：「你們最好別讓王府中的護院抓住了。」

趙一絕收好了墨玉、銅鏡，道：「姑娘照顧好自己就夠了。」

小素喜不再答話，飛身躍上圍牆，她一身粉紅色的衣著，雖然在夜暗之中，看上去也特別刺眼。

李聞天、趙一絕各自一提真氣，飛上圍牆，張嵐猶豫了一陣，才飛身而上，凝目望去，只見那圍牆下面，是一座廣大的花園，夜色裡，隱隱可見假山荷池。

小素喜一抬腿飄落實地，趙一絕、李聞天，緊隨著躍下圍牆，夜風中飄過來一陣濃郁的花香。

趙一絕回頭望去，只見張嵐站在牆頭上出神，心中暗自好笑，忖道：「京畿提督府的總捕快，平日裡是何等的威風煞氣，想不到一進平遼王府，竟像是進了貓窩的小耗子，所有的威風煞氣，全然消耗盡了。」

張嵐站在圍牆上猶豫了良久，才飄身落著實地。

小素喜冷哼一聲，道：「你這樣磨時間，可是要違約？」

趙一絕笑道：「好姑娘，忍耐一些，墨玉、銅鏡還在趙某人的手中。」

小素喜冷笑一聲，道：「在你的手中又怎麼樣？我可以動手搶。」

趙一絕心想她年紀不大，心機再深，在涵養上總歸要差些，如新科狀元還未找到，就先在平遼王府中打了起來，那可是一樁大遺憾事。

心念一轉，低聲說道：「墨玉、銅鏡，已是姑娘之物，只要一找到新科狀元，在下就交出東西。」

小素喜冷笑一聲，道：「我不過是要守信約罷了，並非是無法搶得你手中之物。」

趙一絕聽得心頭動火，暗道：「好狂的丫頭，你這點年紀，就算你一出娘胎就練武功，又能練得多大火候。」

他為人陰沉，雖在氣怒之中，但仍然忍下了心中的怒火，淡淡一笑，道：「見了人在下就交東西，姑娘用不著費事去搶啊！」

小素喜被拿話一套，只好說道：「你們跟著我來。」舉步穿越花叢而過。

趙一絕看她的行動，似是對這裡的形勢十分熟悉一般，不禁心頭一動，暗道：「平遼王府，門禁森嚴，小素喜這丫頭行來卻似輕車熟路，決不是第一次來。這麼看來，平遼王府中果然有點奇怪了。」

突然，小素喜嬌軀一探，隱入花叢之中，右手一揮，示意趙一絕等也隱藏起來，這三人都是久歷江湖的人物，進得王府，個個都運氣戒備，眼觀四面，耳聽八方。

小素喜忽然伏下身子，三人已自警覺，不待小素喜的手勢，也已隱入花叢，三人也不過剛剛藏好，耳際間已響起了一陣步履之聲。

趙一絕抬頭望去，只見四人隱身處八尺以外，是一條白石鋪成的小徑。

兩個身著藍衣，懷抱雁翎刀的大漢，一前一後地行了過來。

這是王府的巡邏。

直待兩人的步履之聲消失不聞，小素喜才站起身子，穿過花園，飛身躍上一座屋面。身法乾淨俐落，不帶一點聲息。

張嵐三人同時提氣長身，飛上屋面，只見小素喜正伏在屋脊上，向下瞧著。

這時，已經是二更過後的時分，偌大王府宅院，都已經熄燈就寢，只有五丈外，一個跨院裡透出燈光。

小素喜看了一陣，道：「就在那裡了，咱們過去瞧瞧吧！」

趙一絕道：「在哪裡？」

小素喜指著那燈光透出之處，道：「那一座跨院，是這座王府主人的書院，現在是新科狀元藏身之處。」

趙一絕道：「姑娘對這平遼王府很熟悉呀！」

小素喜道：「不敢當，略知一、二罷了。」

趙一絕道：「希望姑娘猜得不錯，咱們能夠及時找到那新科狀元，在下亦可把銅鏡、墨玉，交給姑娘。」

小素喜道：「但願你是真心之言。」

趙一絕微微一笑，道：「老實說，銅鏡、墨玉，在下雖然保存了很久，但確不知它有何大用，姑娘這般重視這兩件東西，在下相信，這兩件東西都是非常之物。」

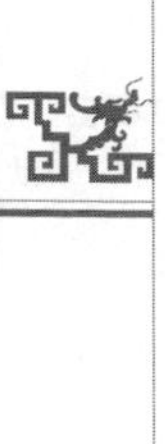



小素喜沉吟了片刻，道：「咱們不談那銅鏡、墨玉的事，找人要緊。」

趙一絕暗暗忖道：「這丫頭好緊的口風。」

只聽小素喜道：「最好的辦法，就是你們能夠在神不知鬼不覺中，救走那新科狀元，因為平遼王的官太太了，你們招惹不起。」說完，身形飛躍而起，落在另一座屋面上。

張嵐估計她這一躍之勢，足足有兩丈多遠，而且身法乾淨俐落，不帶一點聲息，心中暗暗驚道：「這丫頭的輕功，如此高明，決非江湖上的無名之輩，竟混在風塵之中，不知是什麼來路？」

但見小素喜舉手招動，趙一絕、李聞天雙雙飛躍而過，張嵐暗中觀察，發覺這輕身功夫，李聞天似乎是比那趙一絕略遜一籌，但兩人比起那小素喜來，又似是有了一段距離，心中暗中掂算三人的斤兩，人卻也隨著飛落在丈餘之外的屋面上。

趙一絕回顧了張嵐一眼，低聲說道：「張爺，事情有些奇怪。」

張嵐道：「奇怪什麼？」

趙一絕道：「平遼王府中，似乎是戒備得太鬆懈了……」

小素喜突然一指按在唇上，示意噤聲，趙一絕及時而住，凝目望去，只見那書院中一扇房門，突然大開，一個手執燈籠的青衣人，走在前面，身後緊隨著一個身著紫袍的中年人，那中年人步履緩慢，但卻給人一種沉穩的感覺。

燈光下張嵐看出那紫袍人正是平遼王，不禁心頭大震。

趙一絕低聲問道：「姑娘認識那穿紫袍的老者嗎？」

小素喜道：「他就是平遼王，你趙大爺在京城裡混了幾十年，怎麼連平遼王也不認識？」

趙一絕笑道：「人家是王爺身分，我趙一絕不過是在江湖上混混的人，彼此身分懸殊，自然是不認識了，姑娘能一眼認出了平遼王，這使得在下十分訝異。」

小素喜道：「有什麼好訝異的，我見過他，再見他時自然就記得了。」

趙一絕道：「那是說，姑娘在今夜之前，已經到過平遼王府？」

小素喜道：「你趙大爺問的很奇怪，我如若沒有來過平遼王府，怎能信口開河地帶你們來這裡找那新科狀元。」

兩人接耳低談，聲音極微，但那手提燈籠的青衣人，卻突然停了下來，抬頭四顧。

趙一絕等幾人都是老江湖，青衣人停下腳步，已自警覺，急急伏在屋面上，閉住了呼吸，那青衣人四下瞧了一陣，又向前行去，穿過了一個圓門不見。

小素喜一挺身，花蝴蝶似地由屋面上飄落到跨院裡。

趙一絕一提氣，輕飄飄地落在小素喜的身側，道：「姑娘，那個打燈籠的青衣人，似乎是個會家子。」

小素喜冷冷說道：「是不是會家子，你自已不會看嗎？怎麼事事都要問我一個女孩子。」

趙一絕怔了一怔，道：「姑娘似乎是火氣很大。」

小素喜卻似是未曾聽聞一樣，抬頭瞧了天色，突然飛身而起，她身法奇快，起落之間，已經到了正房的門外。

這座書院，是三合頭的房子，兩面廂房，環成一座天井，院中紅磚鋪地，擺滿了盆花，夜色中花氣陣陣，幽香襲人，兩廂中未燃燈火，門窗緊閉，只有正房中透出了燈光，虛掩房門。

小素喜不但身法快速靈巧，而且看上去，似是頗有江湖經驗，左手抓住了門環，右手輕輕推開房門，探首向裡面瞧了一眼，舉手對趙一絕一招。

趙一絕輕步行了過來，低聲說道：「什麼事？」

小素喜低聲說道：「新科狀元就坐在那裡，可以把銅鏡、墨玉給我了。」

趙一絕探首向房裡望了一眼，果然瞧到一個二十三、四的青衣人，端坐在木案前面，案上燒火融融，正在閱讀一本羊皮封套的舊書。

這時，張嵐和李聞天都緩緩步行了過來，探首向房裡窺看。

那青衣人似是看得十分入神，絲毫不知曉室外有人張望。

趙一絕道：「張兄，你認識新科狀元嗎？」

張嵐搖搖頭，道：「沒有見過，但這人看起來，頗有狀元氣度，年紀也正相當。」

李聞天道：「張兄該進去問問他。」

趙一絕伸手從懷中取出墨玉、銅鏡，道：「張大人問過之後，在下就立刻交出銅鏡、墨玉。」

小素喜顰顰柳眉兒，臉上泛現出不悅之色，但她卻強自忍下去，未發作出來。

張嵐沉吟了一陣，閃身而入，他步履輕巧，直走到那青衣人的身後，那青衣人仍未警覺。

張嵐繞過木案，輕輕咳了一聲，道：「閣下可是這一科的新科狀元？」

那青衣人臉上閃掠一抹驚訝之色，但不過一瞬之間，重又恢復了鎮靜，目光轉到張嵐的身上，緩緩說道：「閣下是何許人？」

張嵐目光何等敏銳，眼珠兒轉一轉，已瞧出那羊皮封套的舊書上，果然是一種很怪的文字，只覺那文字曲曲轉轉，長短不齊，像是圖畫一般，心中猜測那應該就是所謂的天竺文了，口裡卻應道：「在下乃京畿總捕張嵐，奉命尋找這一科新科狀元的下落。」

青衣人搖搖頭，接道：「你找錯人了，在下不是。」

張嵐笑接道：「大人，在下自信還有一點眼力，怎麼看，你都很像走失的新科狀元，你如是不願做官，那就別來京應試，俗語說官身不由己，既然你考上了狀元，題名金榜，那就由不得你。天亮後，就是皇賜御宴，掛紅遊街的大日子，你老兄躲在這裡逍遙自在，卻不知急煞了吏部的官吏，和提督府的捕快，在下身為京畿的總捕快，找你老兄的重責大任，自然落在我的肩上，現在，天色不過三更，一切都還來得及，咱們該走了。」他口氣之中，軟裡帶硬，而且很詳細地亮出了身分。

青衣人道：「平遼王的官威，比你京畿提督府如何？」

張嵐淡淡一笑，道：「平遼王位極人臣，但他也不能犯法，我張某人只要有真憑實據，就算龍子龍孫，我也一樣辦他。你老兄是御筆親點的狀元，欽賜聖宴，披紅插花，這是國家的典制，平遼王的官位，實在很大，但他也大不過國家的王法。事情如能順利辦成，在下也不能冒犯到平遼王，你老兄跟著我回到吏部賓園，這件事就算了結，平遼王還是平遼王，你老兄還是新科狀元，在下還是提督府的總捕快。這是一好三好的辦法，狀元爺還請三思。」

青衣人臉上泛現出一片異樣的神色，沉吟了一陣，道：「張總捕頭似乎是已經認定我是這一科的新狀元。」

張嵐稍一猶豫，道：「有這麼點意思，閣下如是硬不認帳，隨在下到吏部賓園一行，自然可以找個證明出來。」

青衣人淡淡一笑，道：「不論我是何身分，但我身在平遼王的府中，諒你們也不敢對我無禮。」

張嵐臉色一沉，道：「你既名上金榜，那就不能爲所欲爲，你如是硬不買我張某人的面子，說不得只好動強了。」

青衣人道：「你的膽子很大。」

張嵐道：「不錯，我要先辦你一個棄職潛逃的罪名。」一伸手，抓住了那青衣人的右腕脈穴，順手把那本羊皮封面的舊書，也藏入了懷中。

那青衣人完完全全地不會武功，張嵐一伸手，輕而易舉就扣住了那青衣人的脈門。

青衣人疼得臉色一變，滾下來兩顆冷汗珠子。

張嵐微微放鬆五指，道：「大人，你最好別叫，光棍不吃眼前虧，事情鬧砸了，說不定我會一掌劈了你。」

青衣人疼苦稍減，轉頭望向趙一絕、小素喜，說道：「你們來人不少啊！」

張嵐道：「狀元爺，你最好別說話，閉上眼睛，在下揹你出去。」

青衣人向前行了兩步，突然停下道：「不對，不對……」

張嵐冷冷接道：「你發的什麼瘋？哪裡不對了？」

青衣人道：「京畿提督府中，哪來的女捕快，你們定非提督府中人。」

張嵐道：「在下如非提督府中人，那就用不著深更半夜地來這裡找你了。」

趙一絕接道：「你如認為我們不是提督府中人，閣下就更該聽話一些，免得多吃苦頭。」

青衣人怔了一怔，道：「你們如非提督府中人，殺了我，我也不去。」

察顏觀色，張嵐已經認定了他是這一科的新狀元，心中只有一個願望，早些帶他回到吏部賓園，了卻這一段公案，青衣人一上火，張嵐真還是有些為難，想到他是新科的狀元，而且明朝就要面聖，無論如何不能讓他真的大吃苦頭。

趙一絕卻憋得怒火大起，冷笑一聲，道：「你如是硬要和我們泡上，那也是沒有法子的事了。」突然一長腰，出手點去。

他舉動突然，來勢迅快，張嵐想阻止已自不及，急叫道：「趙兄，不能傷他。」

趙一絕一指點中了青衣人的肩窩，笑道：「不管他是不是這科的新狀元，或是平遼王府中人，在下也不敢傷他，我只是點了他一處穴道，好方便帶他離開。」

張嵐扛起了青衣人，道：「好，咱們可以走了。」

小素喜冷笑一聲，攔住去路，道：「大爺，你們已經找到人了，墨玉、銅鏡，可以交給我了。」

趙一絕笑一笑，道：「出了王府，再交給你如何？」

小素喜道：「不行，我已經讓步很多，你們要得寸進尺，那就是存心耍賴。」

李聞天低聲說道：「趙兄，給她吧，小不忍則亂大謀。」

趙一絕奉上木盒，道：「姑娘，你好人做到底，陪我們到賓園一行如何？」

小素喜接過放置墨玉、銅鏡的木盒，道：「你們的條件太多了，恕我不再奉陪。」轉身一躍，飛上屋面，再一次飛躍而起，人已消失不見。

趙一絕、李聞天未料到她說去就去，一眨眼間，人已走得蹤影不見。

張嵐目睹小素喜的快速身法，心中暗自吃驚，低聲說道：「咱們也得快些走！」

他說話的聲音很低，但語聲甫落，立時聽得一聲冷哼，傳了過來，道：「只怕諸位走不成了。」

隨著語聲，書院門外，緩步行入了一個身著長衫，年約四旬，長髯垂胸，手中提著一柄長劍的中年人，凝目望去，只見來人面目冷峻，隱隱間透出一股肅殺之氣。

三人爲著行動方便，都未帶常用的兵刃，張嵐和李聞天，各帶著一把匕首，趙一絕是兩把手叉子。

但張嵐揹著人，而且他心中對平遼王府中人，一直有著很深的畏懼，陡然見人出現，心中一驚，停下了腳步。

李聞天和趙一絕，原本站在張嵐兩側，看張嵐停下腳步，立時各自踏前了一步，擋在張

嵐身前。

趙一絕探手從靴子筒裡拔出兩把手叉子，道：「閣下來得很巧啊！」

長衫人冷笑一聲，答非所問地道：「三位的膽子不小，竟敢來平遼王府中擄人。」

趙一絕道：「閣下在王府中是什麼身分。」

長衫人冷肅地說道：「你們很膽大，竟敢反客為主，問起我的身分來了。」

趙一絕道：「在下很懷疑，你朋友早不來，晚不來，偏巧在那位姑娘去了之後，你就及時而至，不是有意地放水，就是早有勾結。」

張嵐經過一陣沉思之後，覺出事到臨頭，怕亦無用，平遼王府中窩藏了失蹤的新科狀元，挑明了，平遼王也不敢把事情鬧大，如是彼此大殺一陣，鬧出人命，反而把事情鬧得更麻煩。

心中念轉，人卻重重地咳了一聲，道：「在下京畿提督府中總捕快張嵐。」

長衫提劍人，聳了聳眉頭，道：「失敬，失敬，原來是張總捕頭。」

緩緩舉起手中長劍，接道：「張捕頭可知這是什麼地方？」

張嵐道：「平遼王府。」

長衫人接道：「對！平遼王府，這地方豈是你做捕頭的人來得的所在？」

張嵐淡淡一笑，道：「平遼王官大勢大，但他不應該犯法，窩藏新科狀元，那是擾亂國家的典制。」

抬頭看看天色，接道：「我們此刻趕回賓園，新狀元還可趕上披紅插花，提督府無意和王爺鬥氣，新狀元找了回來，我們也算有了交代，離此之後，我們絕口不提平遼王府一個字，王爺如能高抬貴手，這件事算一筆勾消。」

青衫人淡然一笑，道：「好一篇動人的說詞，可惜在下不吃這個。」

張嵐道：「那你準備如何？」

青衫人面上殺氣陡增，冷冷說道：「一條路，死；一條路，束手就縛。」

張嵐神情肅然，道：「閣下是誠心把事情擴大，鬧得不堪收拾。」

青衫人長劍在空中劃起了一圈銀光，道：「你如是心中不服，那就不妨動手試試。」

張嵐只覺那劃出的光圈，透出一股森寒之氣，直逼了過來，不禁想起一個人來，頓然心頭一寒，右手一鬆，揹在身上的新科狀元，也突然跌了下來，摔得砰然一響。

趙一絕兩手叉交胸前，橫移一步，道：「李兄，你護著張總捕闖出去，兄弟擋他一陣。」

這位土混頭兒，倒不是繡花枕頭，遇上硬擋子，一樣是豪氣橫生。

青衫長劍緩緩指向了趙一絕，道：「你是什麼人？」

趙一絕道：「趙一絕，你老兄如果住過北京，大概聽過老趙的名字。」

青衫人道：「土混頭兒。」

趙一絕道：「強龍不壓地頭蛇，在下也瞧出了，你朋友是一位已窺上乘劍法的高手，你不信趙某人的話，那就不妨試兩招看看，不過……」

青衫人接道：「不過什麼？」

趙一絕道：「你朋友在動手之前，應該想想後果，如果咱們動上手，鬧出事情，在下也許有一個夜犯王府擅闖私宅的罪名，但平遼王府中，窩藏了欽點狀元，平遼王一樣是擔待不起，你朋友一定要把事情鬧大，真不知是給那平遼王增添麻煩，還是給他幫忙？」

青衫人冷然一笑，道：「這個不勞你姓趙的費心。」目光轉到李聞天的身上，道：「你也報個名字過來。」

李聞天是何等的老練人物，看那青衫人一個個問名追姓，心中忽地一動，暗暗忖道：「這人問名追姓，顯然是心有顧慮，但看上去，他又不像顧慮官府中勢力，不知他忌憚的什麼？」

心中琢磨，口中說道：「朋友能認出趙兄，想必也認識在下了。」

青衫人冷笑一聲，道：「聽口氣，閣下也是京畿地方上的混混兒了。」

李聞天冷然一笑，不再答話。

青衫人略一沉吟，道：「三位都已擺明了身分，在下實在瞧不出諸位有什麼來頭靠山，

你們亮兵刃吧，我要三十招內，取三位性命。」

八臂神猿張嵐暗中提一口真氣，道：「朋友很大的口氣，夠豪壯也夠狂妄，既敢動手拒捕，想來不是無名之輩。」

趙一絕接道：「張大人說得不錯，發瘋不當死，你朋友橫的可以，但也該亮亮招子，是騾子是馬牽出來蹓蹓，是小子是女娃抱出來瞧瞧，姓趙的眼睛裡不揉沙子，你朋友招牌亮，咱們自會認栽。」

青衫人冷肅的臉上，湧現出一片殺氣，冷冷說道：「你們想認識區區不難，先瞧瞧我手中之劍。」

突然踏前一步，長劍顫動，閃起了一片耀眼的劍花，但劍勢並未刺出。

這一招使得趙一絕心頭爲之一震，他雖然無法認出這一招是何名堂，但卻感覺那招中，暗藏著強烈的力量，如是青衫人這一劍對自己刺出，必有著驚人的氣勢。

張嵐目睹那青衫人震起的劍花，更證實了自己的想法，失聲叫道：「萬花劍。」

青衫人冷肅的臉上，泛現出一抹得意的笑意，道：「想不到啊!京畿地面上，公門中人，還能認出萬花劍法。」

張嵐臉色大變，緩緩說道：「萬花劍法，一向出沒在江南地面，想不到，竟會突然到了京裡，而且做爲平遼王府中的護院。」

青衫人笑一笑，道：「你們已知曉遇上了什麼人，如再不束手就縛，後果如何，不用區區多說了。」

趙一絕盤踞京畿，對江湖中事，知曉不多，從未聽人說過萬花劍之名，當下冷哼一聲，道：「萬花劍法又怎麼樣？還不是用手拿劍殺人，我不信學會了萬花劍後，手中的寶劍會飛，我趙某人就不信這股邪氣。」

青衫人長劍陡然指向趙一絕，冷冷地說道：「你可是想試試看？」

趙一絕冷冷說道：「頭割下不過碗大的疤，萬花劍再厲害，也不過是把人殺死，姓趙的不相信學會了萬花劍能夠多死幾次，你儘管出手，在下認了命，也要接你幾劍試試。」

張嵐和李聞天都聽得爲之一怔，暗道：「想不到這個土混頭兒，一旦遇上了事情，竟然是豪氣萬丈，視死如歸，下九流中，有這等鐵錚錚的漢子，實不簡單，趙一絕能夠出人頭地，成了京城裡土混總頭兒，亦非偶然。」

兩人心裡這麼一慚愧，登時膽氣一壯，張嵐重重咳了兩聲，道：「萬花劍在江南道上誠然有名，但龍生九子，子子不同，你朋友學的萬花劍，未必就能把這套劍法練到登峰造極。再說萬花劍法，江湖上也只是傳名而已，能不能真的殺死人，還得試試才行。」

趙一絕道：「好！兩位給我掠陣，趙某人笨鳥先飛，我要打不過，兩位再接我不遲。」

口中說話，人卻一錯步，腳下不丁不八，兩柄手叉，左前右後地平在前胸。

青衫人冷然一笑，道：「小心了。」長劍微微一顫，刺向趙一絕的前胸。

明明是一劍刺來，但劍近前胸時，卻幻起了一片耀眼的劍花。

趙一絕道：「果然是花俏劍法。」

前面手叉子向上一挑，在前胸耍起了一片銀光，後面手叉子，卻備而不用，護住前心，

但聽嗆的一聲，青衣人手中長劍，和趙一絕的手叉子接觸在一起。

青衫人劍上的力道甚強，挑開了趙一絕手叉子之後，劍尖寒芒，突然直逼趙一絕的咽喉。

趙一絕護在前心的手叉子，突然振起，一揚之下，及時而至，封開了青衫人的長劍。

這一招，不但看得張嵐和李聞天暗中佩服，就是那青衫人，也看得為之一怔，挫腕收劍，退後兩步，道：「住手！」

趙一絕雖然把一劍封開，心頭卻也咚咚亂跳，忖道：「這小子，劍法果然有點邪門。一劍刺出了無數劍花，瞧得人眼冒金星，抽冷子由那閃起劍花中分出一招實攻，來得又詭奇，又迅速，當真叫人難以防守。」

張嵐搶著說道：「李兄，一塊兒上，咱們聯手收拾他，這不是武林中比武定名的事，而是捉拿要犯。」

青衫人冷冷道：「諸位儘管聯手而上，不過，我有幾句話，問過這位姓趙的，咱們再動

手不遲。」

趙一絕道：「要問我的話，只怕要你老兄失望，趙某人是粗人粗話，一向難聽。」

青衫人冷哼一聲，道：「你剛才那一手叉子挑開了我的長劍，那一招叫什麼？」

趙一絕哈哈一笑，道：「那一招麼，名字叫『拋石打狗』。」

青衫人怒道：「如此不雅之言，你竟能說出口來。」

趙一絕微微一笑，道：「趙某人早說過，我是粗人粗話，要想雅，就別問我老趙。」

青衫人無可奈何地說道：「那一招是『點鐵成金』，乃高三先生的手法，你從哪裡學的？」

趙一絕道：「我老趙這身武功，學得十分博雜，南短北長，刀劍拳掌，各門各派的武功，老趙都會一點……」

青衫人冷笑一聲，接道：「看來你和那高三先生並無源淵。」

長劍一振，又向那趙一絕刺出一劍。

萬花劍法的奧妙奇幻之處，就在它每攻出一劍時，閃起了很多劍花。

李聞天閱歷豐富，在兩人動手幾招中，已瞧出趙一絕接那青衫人的劍招，十分吃力，隨時有傷在那人劍下的可能，身子一側，欺身而上，口中說道：「我們都是做為護身之用的短兵刃，傢伙不順手，以二攻一，並不為過。」

青衫人長劍一展，冷冷說道：「諸位想聯手而攻，儘管出手就是，用不著往臉上擦粉，找個交代。」

口中答話，手中長劍，閃起了朵朵的劍花，把李聞天也圈入了劍光之中。

趙一絕兩把手叉子，李聞天一把匕首，再加上兩個人豐富的閱歷、經驗，竭力合作施展，但卻無法取得半點優勢。

那青衫人的劍勢，卻是愈來愈見凌厲，劍花重重翻起，把兩人圈入了一片耀眼的劍花之中。

李聞天和趙一絕，在青衣人劍花重重迫壓之下，都已感覺到今日凶多吉少，難再支持下去，李聞天一面揮動匕首封擋劍勢，一面高聲說道：「張兄，不用管我和趙兄了，你快些帶著人走。」

張嵐也覺出形勢不利，想不到平遼王府中，竟然會有著這等武林高手，照目下情勢看去，自己上去，以三對一，也未必能夠占得上風，但要捨棄兩人不管，自己帶人而去，道義上又覺著說不過去，雖聽得李聞天呼叫之言，仍然是有些猶豫難決。

趙一絕兩把手叉子急如輪轉，封閉那飄花落英般的劍勢，在險象環生中回目一顧，張嵐仍然站著未動，不禁心頭火起，大聲叫道：「張總捕頭，你還不走，站在這裡等什麼？」

張嵐左手抱起被點穴道的新科狀元，右手橫著匕首，說道：「兩位只管放心，兄弟一離

開這裡就會帶人趕來。」話說完，一提真氣，向屋上飛去。

八臂神猿張嵐輕功造詣，雖然不錯，但他揹了一個人，重量不輕，飛身一躍，竟未能落上屋面，但他是經驗十分豐富的人，臨危不亂，右手一振，投出匕首，五指一探，抓住了屋椽，但聞一陣波波輕響，一片椽瓦，應手而碎。

可是張嵐卻借勢換一口氣，五指加力，一個翻身，登上了屋面。

但聞一個清冷的聲音傳入了耳中，道：「你這樣笨手笨腳的還想逃命嗎？」

抬頭看去，只見一個身著黑衣，兩手分執一對日月雙輪的大漢，站在屋脊之上。

張嵐倒吸了一口冷氣，暗道：「我說呢，這裡鬧得天翻地覆，怎麼只有那一個青衫人出現，原來，他們早已有了很嚴密的佈置。」

心中念轉，口中卻冷冷地喝道：「在下京畿提督府總捕快張嵐……」

黑衣人冷冷接道：「所以，不能放你離開此地。」

張嵐道：「諸位都面生得很，似是很少在京畿地面出現，」

黑衣人冷哼一聲，道：「你龜兒子死定了，格老子少和我套交情。」

張嵐先是一怔，繼而淡淡一笑，道：「我明白了。」

黑衣人接道：「你明白什麼？」

張嵐道：「你朋友的身分。」

黑衣人冷笑一聲，道：「在下從未到過燕、趙一帶來，你張總捕快十幾年來，足未離過京畿地面，如是在下的記憶不錯，咱們似乎是沒有見過。」

張嵐道：「但你朋友的口音，和你手中那一對外門兵刃青銅日月輪，告訴了在下，如是在下猜得不錯，閣下是川東雙傑的老二，天罡手羅平。」

黑衣人臉上突現緩和之色，微微一笑，道：「正是區區，想不到京畿地面上還有知曉在下的人。」

語聲一頓，突轉冷厲，接道：「但咱們兄弟叫川東雙煞，你朋友這雙傑二字，用得太捧我們兄弟了。」

張嵐道：「張某有些不解，諸位和平遼王府有何淵源？」

天罡手羅平冷然一笑，道：「你身為京畿總捕頭，竟然不知很多武林高手，進入了京畿，說出來，實叫人齒冷得很。」

張嵐道：「諸位潛伏京畿，隱身於平遼王的府中，在下耳目雖靈，也查不到王府中來，也想不到堂堂正正的皇親王爺，竟然是劫奪新科狀元，破壞國家典制的幕後主犯。」

羅平哼了一聲，道：「你說話最好是乾淨一些。」

張嵐淡淡一笑，道：「看情形，諸位是已經有了趕盡殺絕的佈置，除了你朋友之外，我想別的方位上，也早已設有埋伏，大概不准留下活口。」

羅平肅然地站著，既不承認，也不否認。

張嵐重重地咳了一聲，接道：「在下想見見王爺。」

羅平道：「你不配。」

張嵐怔了怔，道：「既是如此，在下也把話說在前面，我張某人在提督府幹了十幾年的總捕頭，如沒有兩把刷子，也不能撐到現在，你們有千條計，我有老主意，如是五更之前，我們不能生離王府，提督府有一百多名捕快，都將雲集到王府中，你朋友攔住路，卻遲遲不敢動手，大約是也有這一點顧慮，在下話已說明，你朋友可以出手了。」

羅平並未立刻出手，卻冷冷地說道：「提督府中捕快，都不過是些酒囊飯袋，我不信他們敢到平遼王府來。」

這幾句話，說得強中含軟，顯然是他們遲遲不肯下手的原因，確然是有此顧慮。

張嵐是何等人物，豈能聽不出這點苗頭，膽氣一壯，道：「在下說的句句真實，你朋友如是做不了主，不妨請示一下王爺。」

羅平冷笑一聲，道：「你口口聲聲，要見王爺，可是相信王爺會被你唬住嗎？」

張嵐道：「官場中事，和江湖上有些不同，個中利害，平遼王應該比諸位瞭解。」

羅平略一沉吟，道：「你想見王爺不難，不過，得答應一個條件。」

張嵐道：「什麼條件？」

羅平道：「放下人，自縛雙手。」

張嵐輕輕咳了一聲，道：「這個太苛了一點吧！就是朝聖面君，也用不著自縛雙手。」

羅平道：「這是條件，如是不願自己動手，在下只好代勞了。」右手青銅輪一抬，點了過來。

張嵐匕首疾劃而出，想逼開輪勢，但那青銅乃是專門鎖拿刀劍之類的外門兵刃，張嵐手中匕首又短，反被羅平輪勢，迫得向後退了一步。

羅平左手青銅輪緊隨遞了上來，道：「朋友，別敬酒不吃吃罰酒，川東雙煞手下，從無全身而退的人。」

張嵐手中匕首急舞緊揮，擋開了羅平的兩招攻勢，人已迫得退到了屋簷所在。

羅平冷然一笑，道：「張大人，我瞧你認命吧！何苦要鬧得血淋淋時，才肯罷手。」口中說話，左、右雙輪，卻一齊壓了過來。

張嵐手中匕首，長不過尺，羅平雙輪又是專門克制刀劍的外門兵刃，再加上他揹著一個人，一腳未踏穩，直向下面摔去。

匆急之間，張嵐伸手一抓，抓住屋椽，人雖穩住，但背上的新科狀元，卻向下跌摔下去。

張嵐心中大急，一鬆手飄落實地。

但見人影一閃，屋椽下幽暗處，躍出一個全身黑色勁裝的人，蜻蜓點水一般，一個飛躍，接住了由上摔下來的青衫人，又躍入了書房之內。

張嵐腳落實地，那人已帶著新科狀元，隱入書房不見。

目睹此情，張嵐才覺出情勢不對，敢情這書院暗處、屋上，都已經有了很嚴密的佈置，只不過這些人都未現身罷了。

這時，羅平已然由屋面上飛躍而下，雙輪一展，道：「張大人是明理識時的人，如是不到黃河不死心，不見棺材不掉淚，那就是逼在下施展毒手了，你張大人想不到平遼王府中，可以窩藏新科狀元，別人也同樣的想不到，王府之中會殺人。」

張嵐道：「在下來此之時，提督府中已有人知曉，區區如若是真的埋骨王府，只怕王爺也不會太平下去。」

羅平怒道：「你龜兒子不肯聽好言相勸，格老子就拿點顏色給你瞧瞧。」雙輪齊出，分由左、右兩個方位攻了過來。

張嵐匕首揮動，和羅平鬥在一起。

羅平雙輪招術奇幻，不過四、五招，已迫得張嵐手忙腳亂，應接不暇。

## 四　神乎其技

再說李聞天和趙一絕，雙鬥萬花劍，支撐了一十餘回合，亦鬧得險象環生。

只見那青衫人手中長劍，泛起重重劍花，攻勢愈來愈是強猛，兩個人兩把手叉子、一把匕首，被那重起的劍氣，圈入中間。

突聞那青衫人喝道：「著」，一劍刺中了李聞天的右臂，衣袖破裂，肌膚開綻，鮮血淋漓而下。

李聞天五指一鬆，匕首跌落實地。

趙一絕兩把手叉子，同時遞出，分左、右刺了過去。

青衫人冷笑一聲，長劍疾起，一聲金鐵交鳴，封開手叉子，劍勢一側，直點咽喉。

青衫人冷笑一聲，陡然欺身而進，長劍左、右搖顫，幻出兩朵劍花，封開了趙一絕的手叉子，長劍一探，森森寒芒，抵在趙一絕的咽喉之上，道：「放下兵刃。」

趙一絕一閉眼，道：「老子認輸了，你有種就給我一個痛快。」

青衫人劍芒微顫，在趙一絕的咽喉上，劃了一道血口子，道：「一個人只能死一次，不管你怕不怕死，死了就難再復生。」

但聞噹的一聲，張嵐手中的匕首，也被羅平右手輪逼落在地上，左手輪迫進，逼在張嵐的前胸上，道：「閣下可是想嘗試一下日月雙輪下的死亡滋味。」

只聽一個沉重的聲音喝道：「不要傷害他們。」

羅平和青衫人，同時應了一聲，伸手點了趙一絕和張嵐的穴道而退。

趙一絕睜眼看去，只見兩個紗燈高舉，一個身著紫袍，胸垂長髯，氣度威重的人，站在五、六尺外，心中暗道：「這人氣度不凡，一派官威，大約是平遼王了。」

心念轉動之間，耳際間已響起了張嵐的聲音，道：「小人京畿提督府總捕快張嵐，見過王爺。」

紫袍人拂髯一笑，道：「常聽你們提督大人誇獎你，說你是很能幹的人。」

張嵐道：「小人慚愧得很。」

紫袍人重重地咳了一聲，道：「張嵐，這兩位，可也是提督府中的捕快嗎？」

張嵐道：「他們是我的朋友，應我之邀，為我助拳，任何事都和他們無關，王爺如能放了他們……」

紫袍人擺擺手，道：「咱們如若可以談好，連你也會釋放。」一面舉步向室中行去。

青衫人用長劍逼住李聞天，左手伸出，也點了李聞天的兩處穴道，才跟著紫袍人，行入房中，兩個執燈僕從，搶先推開了廳門，引導那紫袍人，在書案後面一張太師椅上坐下。

左面一張木椅上，坐著那位新科狀元，右首坐著一位頭戴黑色方巾，身著黑色長衫，留著長髯的中年人。

驟然看去，那中年人的黑色長衫，很像一件道袍，因爲，除了夜行衣著之外，很少人穿著黑色的長衫，那長衫中年，不但衣帽全黑，而且連靴子也是黑的。他穿著一身黑衣，卻偏生著一身細皮白肉，燈光下看去，白的有些出奇，一張臉雪也似的白，一雙手像晶瑩的白玉，白不泛紅，給人一種清冷的感受，除了露在外面的頭臉和雙手之外，全身都隱藏在一片黑色之中，他的衣著是那樣簡單，但因鮮明的黑、白對映，自成一種奇詭的氣勢形態，也使人一見之下，深刻難忘。

黑衣人舉起白玉般的右手，微微一揮，道：「解開他們三人的穴道。」

善用萬花劍法的青衫人，和名震綠林的羅平，對那黑衣人似是十分敬畏，恭恭敬敬地一欠身，解開了張嵐等三人穴道。

高居首位的平遼王，輕輕咳了一聲，道：「看座。」

兩個僕從應聲搬過三張木椅，放在張嵐身後。

趙一絕伸手抹抹頸間的鮮血，笑道：「坐啊！是福不是禍，是禍躲不過。」當先坐下。

李聞天隨著坐下，張嵐卻一抱拳，道：「王爺有何吩咐？」

平遼王未立時回答張嵐的問話，卻回目望望那黑衣人。

黑衣人揮揮手，笑道：「你們都退出去。」

羅平和青衫人，當先退出書房，兩個僕從也跟著退去，書房中只餘下了平遼玉、黑衣人和那位新科狀元。

只聽平遼王道：「張嵐，你心中定然有很多疑問，不過，目下時間寶貴，寸陰如金，咱們先談談重要的事。」

張嵐心中已有點明白，口中說道：「王爺請說。」

紫袍人淡然一笑，道：「第一件事是你現在是否能夠確定我是平遼王。」

這問題，問得大是意外，張嵐怔了一怔，道：「在下見過王爺，不過王爺不識得卑職罷了。」

紫袍人笑一笑，道：「那很好，你既能確定我是平遼王，當知本座在朝中的權勢如何了。」

張嵐道：「王爺位極人臣，平遼功高，極爲當今寵愛。」

紫袍人笑道：「看起來，你對這些瞭解得很清楚，你如想求前程，跟著本座，比一個小小的京畿提督，總該有出息一些，是嗎？」

張嵐道：「這個，這個……」

紫袍人接道：「你如願意追隨本座，後天早朝，我就保你一本，升你個都統幹幹，獨當一面，統率千騎，比你這京畿提督府的總捕快，應該是神氣多了。」

張嵐道：「王爺的意思是……」

紫袍人接道：「跟著我做事，你在京裡混了這麼久，總該聽懂本座言中之意了。」

張嵐道：「王爺可是要小人放棄追查新科狀元的事？」

紫袍人道：「不但要你放棄追查新科狀元的事，而且還要你投入本座麾下。」

坐在右側的黑衣人，輕輕地咳了一聲，道：「你們只有兩條路可以選擇，一條是死，一條是降。人生難免一死，人人都知曉死亡的事，不用多作解釋了，不過這降字，區區要解說一下。」

趙一絕道：「降就是投降，在下是粗人，但也瞭解降字之意，用不著閣下多作解說了。」

黑衣人冷然一笑，道：「降服王爺，必出至誠，不能有一點懷疑之心。」

趙一絕道：「大丈夫一諾千金，說了就算，如是我等真的降了閣下，自然不會再有二心，但問題在我們願不願降。」

黑衣人冷冷說道：「願不願降，是諸位的事，但如是要降，必得獻出忠誠。」

趙一絕道：「忠誠存於心，如何能夠獻出？」

黑衣人道：「諸位如是真有降服之意，首先要留下手模腳印，簽下降書，然後，再請諸位打上血印。」

趙一絕道：「打上血印？」

黑衣人道：「不錯，那血印是王爺特有，諸位如願打血印，那才算是真的降服。」

趙一絕道：「這不是賣牲口，還要打火印，閣下想的很絕啊！」

黑衣人道：「如是你等不願降，在下決不相勸，其實，像三位這等身手，降與不降，都屬無關緊要，如不是王爺心存好生之德，區區根本就不會和三位浪費唇舌。」

張嵐輕輕咳了一聲，道：「現在，我們還未答應降服，朋友先談降服之後的事，未免操之過急了。」

黑衣人望望那紫袍人，一欠身，道：「這三人桀驁不馴，王爺不用為他們多勞心神，交給在下處置就是。」

紫袍人點頭一笑，道：「好！除非他們冥頑不化，最好替他們留條生路。」

黑衣人道：「這個在下明白。」

紫袍人站起身子，舉步向外行去。

張嵐急急叫道：「王爺留步。」

紫袍人停住步，回頭說道：「什麼事？」

張嵐道：「王爺乃當今重臣，一人之下，萬人之上，權位崇高，但對國家的王法，定然知曉的十分清楚了。」

紫袍人道：「嗯，怎麼樣？」

張嵐道：「王爺熟悉大明法律，當知窩藏欽點狀元的罪名。」

紫袍人道：「這個人，你已經看到了。」

張嵐道：「王爺應該知道，這罪名如若追查起來，禍連三代，罪誅滿門。」

紫袍人道：「所以，你們如是不肯降服於我，那只有死亡一途，我不能放你生離此地，洩漏了隱秘。」

張嵐淡然一笑，道：「王爺可殺人滅口，但你卻無法使他們不來……」

紫袍人道：「什麼人？」

張嵐道：「提督府的捕快，他們已知曉我夜入平遼王府，我如是不回去，他們自然會找上來，事情一旦鬧開，只怕王爺也擔不下來。」

紫袍人冷笑道：「你在威脅本座麼？」

張嵐道：「卑職不是威脅王爺，說的句句真實，我張嵐幹了十幾年京畿總捕，豈是全無心機的人。」

紫袍人道：「張大人的意思是……」

張嵐接道：「王爺放在下和新科狀元，在下答應不洩漏今宵在王府中所見所聞。」

紫袍人略一沉吟，道：「這個，要本座如何能夠相信？」

張嵐道：「王爺，兩害相權取其輕，王爺三思。」

紫袍人道：「好！本座會三思而行。」舉步向室外行去。

張嵐暗暗忖道：如若平遼王離開此地，我們又將減少幾分生存的機會。

那黑衣人似是已從浮動不定的神色上，瞧出了張嵐的用心，冷笑一聲，道：「張總捕，接區區一掌試試如何？」

張嵐一抬頭，突覺一股暗勁，直逼過來，不禁心頭大震，還未來得及運氣拒擋，那力道已沖上前胸。

但聞砰的一聲，張嵐連人帶椅子，被那股暗勁撞得翻倒地上。

李聞天、趙一絕霍然站起身子，右手一探，疾向那紫袍人抓去。

但見人影一閃，勁風拂面，那黑衣人疾躍而到，兩隻白玉般的手掌，左、右分出，快速絕倫地扣住了趙一絕和李聞天的右腕。

黑衣人的動作，快如閃電流星，李聞天和趙一絕還未看清楚那黑衣人的來勢，兩人的腕穴已被扣住。

紫袍人回首一笑，搖搖頭，道：「諸位這等浮躁，如何能當得大任。」舉步行出書房。

張嵐由地下挺身而起，那紫袍人已出室而去。

黑衣人放開了李聞天和趙一絕的腕脈，冷冷說道：「諸位如若再向前行進一步，就不要怪在下心狠手辣。」

其實，張嵐、李聞天等，都已心中明白，這黑衣人的武功，高過三人甚多，他如是認真出手，輕易地可取三人之命。

張嵐彈彈身上的灰塵，道：「以朋友的武功，殺我們並非難事，遲遲不肯下手，想來是心中有所顧慮了。」

黑衣人淡然一笑，道：「張總捕，你不用巧言施詐，對閣下這幾日的行動，我們一直是十分清楚，你到平遼王府中來，不但貴上不知，就是你那位助手于得旺，也不知你到了平遼王的府中。」

張嵐怔了一怔，道：「這麼說來，諸位是有意地誘我等進入平遼王府了。」

趙一絕道：「素喜班的小婊子，替諸位牽馬拉線，把我們送入了虎口，老子能活著出去，非燒了素喜班不可。」

黑衣人嗯了一聲，道：「趙一絕，你不用發狠，能不能生離平遼王府，還要看諸位決定。」

目光轉到李聞天的身上，接道：「李總鏢頭，你開設鏢局子，更是不能和江湖中人結怨，不是區區誇口，閣下那家鏢局子，如是還想開下去，最好和在下訂交。」

李聞天道：「閣下的意思是……」

黑衣人笑一笑，接道：「在下的話，已經說得很明白了，三位都是老江湖了，在下的話，應該不難懂。」

張嵐皺皺眉頭，道：「事情已經擺明了，閣下也不用躲躲藏藏，有什麼話痛痛快快地說出來。」

黑衣人點點頭，道：「那很好，咱們坦坦白白地說個明白，也是辦法。」

張嵐道：「我們洗耳恭聽。」

黑衣人從懷中取出一個玉瓶，打開瓶塞，倒出來三粒白色的丹丸，道：「這是三粒毒藥，服下去立可致命。」

趙一絕望著那三粒白色的丹丸，道：「三粒致命的丹藥，可是想逼我們服毒而死？」

黑衣人微微一笑，道：「不論三位是何等模樣的英雄人物，也不管三位有些什麼打算，但目下只有兩條路可走，一條是降，一條是死。」

兩道冷森的目光，由三人臉上掠過，接道：「區區不願下手，殺死諸位，諸位如是決定要死，自己服下藥丸，即可如願以償。區區告退，諸位也好商量一下。」

望了對面坐的新科狀元一眼，又道：「咱們走吧！」
青衣人站起身子，當先向外行去，黑衣人亦隨身而起，斷後保護。
張嵐等三人，都知曉這黑衣人武功高出自己太多，就算三人一齊出手，亦是全無勝算，三人想法如一，所以都坐著未動，目睹那黑衣人行出書房。
黑衣人行到門口時，突然停下腳步，回頭說道：「諸位如是決心尋死，就自己服藥，如是不想死，那就請在房中等候一陣，一頓飯工夫之後，區區再來聽候回音。」
輕輕咳了一聲，接道：「不過，諸位千萬不要存逃走之心，那將使你們嘗到生不生、死不死的痛苦滋味了。」也不待三人答話，轉身自去。
張嵐歎了口氣，道：「兩位受此無妄之災，兄弟極感慚愧。」
李聞天道：「事已至此，張兄也不用作這等無謂的客套了，目下要緊的是咱們要設法逃離此地。」
趙一絕道：「逃得走嗎？」
李聞天道：「機會雖然不大，但咱們也不能坐以待斃啊！」
趙一絕道：「自然是不能袖手等他們來殺，也不能服下藥丸自絕，要死咱們就死它一個轟轟烈烈。」
張嵐道：「趙兄豪壯得很，說說看咱們要如何一個死法？」

趙一絕道：「我這是土匪法子，要是平常日子，你張兄聽到了，只怕要請兄弟到提督府中走走。」

張嵐苦笑一下，道：「趙兄，此時何時，你還有心情說笑，什麼法子，快說出來，咱們研究研究。」

趙一絕笑道：「咱們先放把火，燒了他這座書房，然後，合力向外衝，戰死此地，也比吞服這些……」

張嵐皺皺眉頭，道：「這個，這個……」

趙一絕哈哈一笑，接道：「我知道，老趙的法子你張兄絕對不會贊成。」

張嵐道：「不是兄弟不贊成……」

趙一絕快步行近木案，接道：「張兄既然贊成，咱們就立刻動手。」伸手抓住臺上的火燭。

張嵐急急叫道：「慢來，慢來。」

趙一絕放下手中的火燭，道，「又怎麼啦？」

張嵐低聲說道：「兄弟在公門中幹了幾十年，就經驗而論，平遼王似是犯不著賭這一把，所以到此刻爲止，兄弟還是覺著他們不敢殺咱們。」

趙一絕道：「我老趙的看法，和你有些不同，就算平遼王沒有殺咱們的用心，但情勢已逼得他非殺咱們不可。唉！咱們武功不如人，就算被人殺了，那也不算什麼。老趙最不服氣的，就是小素喜那個丫頭，咱們三個人加起來一百多歲，竟然上了那個十幾歲黃毛丫頭的當。」

一直很少說話的李聞天，突然開口說道：「其實那丫頭一直帶著咱們找到平遼王府中來，顯然有些可疑，只可惜咱們沒有留心罷了。」

趙一絕道：「進入平遼王府中，一點阻礙沒有，也是一件很可疑的事，老趙被鬼迷了心竅，竟然想不到這件事，一直被她送到牢籠中來。」

張嵐低聲說道：「怎麼，趙兄又改變了主意？事已至此，咱們如若能生離此地，再找那丫頭算帳不遲。」

趙一絕道：「臭丫頭不但把咱們送入牢籠之中，而且還騙去了我的墨玉、銅鏡。」

突然轉頭望著李聞天，一拍桌子，接道：「李兄！」

李聞天怔了一怔，道：「什麼事？」

趙一絕道：「這個當，咱們得從高半仙那裡算起，要不是到他那裡卜一卦，咱們也不會到素喜班去，這一路下來，咱們都在人家的圈套之中。」

張嵐道：「不錯，那高半仙也確然有些問題。」輕輕咳了一聲，接道：「趙兄，目下只要咱們能夠想個法子，把消息傳出去，平遼王就不敢對咱們施下毒手。」

李聞天搖搖頭，道：「兩位不用多費心機，平遼王府防守十分森嚴，咱們生離此地的機會不大。」

趙一絕道：「既然死定了，燒了他這書房，也可稍出一口鳥氣。」

李聞天道：「這座書房，全用青磚砌成，你縱然要燒，也引不起大火，就算他們任咱們放火去燒，也不過燒去一些室中的存書。」

趙一絕四下打量了一眼，道：「李兄話是說得不錯，但不知李兄有何高見？」

李聞天搖搖頭，道：「脫身之策麼，兄弟還未想到，而且，照兄弟的看法，對方決不會輕易地放走咱們，如是咱們不降服，自然是死定了。」

趙一絕啊了一聲，道：「李兄可是很怕死？」

李聞天搖搖頭，道：「不是兄弟怕死，而是我感覺到今夜中所見的事有些奇怪。」

張嵐和趙一絕，似乎都被他用的奇怪二字吸引，同時轉過臉去，望著李聞天，問：「奇怪什麼？」

李聞天低聲說道：「平遼王不但權重位高，極得當今寵愛，而且和當今皇上，還是叔侄至親，除非他想造反，怎會做出這等大逆不道的事情。」

張嵐點點頭，道：「李兄這麼一提，兄弟也想起來一件事了，不久之前，敝上和在下談過平遼王，還說他是國之棟樑，當年率軍北征，十二年未返京畿，一口氣削平北遼諸夷，是一

個大大的忠臣，但咱們又明明在平遼王的府中，難道還會是假的不成？」

李聞天道：「兩位之中，哪一位見過平遼王？」

趙一絕道：「老趙雖然在京裡混了幾十年，但我見過的官員，算是以張兄最大。」

張嵐苦笑一下，道：「兄弟見過，但只是遠遠目睹，未能仔細瞧過。」

李聞天道：「那麼，張兄是否能確定，咱們見到的那位紫袍人，是真正的平遼王呢？」

張嵐道：「就兄弟一眼之下的記憶，那人十分神似。」

李聞天道：「如是找一個長得很像平遼王的人，冒充平遼王，只怕張兄是無法辨認。」

張嵐道：「如是有人冒充，又長得極似平遼王，兄弟就無法認出來了。」

李聞天道：「事情怪的就在此處，平遼王位極大臣，功在國家，算他年歲，已近花甲，似乎是沒有造反的理由，怎會甘冒大不諱，擄來新科狀元，這中間只怕是別有原因。」

語聲一頓，接道：「趙兄雖然在京畿地面上徒眾極多，但對武林中事卻是知曉不多。」

趙一絕道：「這話不錯，除了北京城這方圓數十里外，兄弟未在江湖上走動過。」

李聞天道：「綠林道上的人物，也許張兄比兄弟知道的還多一些。」

張嵐道：「提督府中，搜集了很多綠林巨盜的資料，使用的兵刃、暗器，甚至形貌、特徵，都有著圖形記載，所以兄弟一見之下，就能叫出他們姓名來歷，但如講江湖上的行走經驗，兄弟就不如李兄了。」

李聞天笑一笑，道：「張兄客氣了。」

張嵐道：「兄弟言出衷誠。」

李聞天道：「今夜中咱們所遇的人，包括那位混跡風塵的小素喜在內，都算是江湖上一等一的高手，兄弟常年在江湖上走鏢，但也不常見到這等高手，所以，趙兄也不用心裡難過，咱們敗得應該。」

趙一絕接道：「照李兄的說法，咱們是雖敗猶榮了？」

李聞天道：「至少不算太丟人的事。」

趙一絕嗯了一聲，不再多言。

李聞天接道：「京畿地面上，在張兄十餘年的苦心治理之下，算得是十分安靜，江湖上的恩怨、糾紛，很少在京裡發生，這一次，不但齊集了不少江湖上第一流的高手在京裡做案，而且還牽扯到平遼王府。」

趙一絕道：「李兄說了半天，還沒有說出目的。」

李聞天道：「兄弟的意思是，咱們既然無法衝出去，那就不如守在這裡，坐以待變。」

趙一絕道：「老趙一向最不喜歡聽人擺佈，坐以待變，比敗在那小子的淩厲劍招之下，還要難過。」

李聞天道：「所以，在下勸趙兄忍耐一下，那位高半仙卜的卦象不錯，咱們都見了血。」

趙一絕接道：「嗨！李兄還在相信那位高半仙……」

李聞天道：「兄弟親身經驗，那高半仙的卦……」

張嵐接著：「靈得很，是嗎？」

趙一絕道：「他們是一丘之貉，事先早已預謀，那還會不靈嗎？」

李聞天搖搖頭，道：「剛才兄弟也有這等想法……」

趙一絕接道：「現在怎麼變了？」

李聞天道：「兄弟冷靜地想了一陣之後，覺著此事和那高半仙並無關係。」

沉吟了一陣，接道：「如是趙兄忘性不大，應該還記得那小素喜說過了一句話。」

趙一絕道：「說的什麼？」

李聞天道：「咱們提到那高半仙時，那小素喜曾經說過，原來是那老怪物在作祟……」

趙一絕嗯了一聲，道：「不錯，有這麼一句話。」

李聞天道：「小素喜那句話，可證明一件事。」

張嵐道：「什麼事？」

李聞天道：「證明高半仙不是他們的同路人，至於那小素喜，在下不敢妄作斷語，但就在下的看法，這件事也似是一個巧合。」

趙一絕道：「巧合？這個老趙不敢苟同。」

李聞天道：「兄弟只是就經過之情而言，但如那小素喜善做作，不但騙過了兄弟，而且也把趙兄和張兄蒙在鼓裡，那就另當別論了。」

張嵐皺皺眉，道：「李兄之言，倒也有理，細想咱們在素喜班中經過，小素喜倒是有些不像和這些人早有勾結。」

趙一絕道：「看他們擺下的陣勢，分明是咱們一進入平遼王府，就被他們發覺，早已蓄勢相待，何以偏偏放走了那位小素喜，才出手攔住了咱們，難道這也是巧合？」

李聞天道：「這自然不是巧合，他們是有意地放走小素喜。」

趙一絕道：「為什麼？」

李聞天道：「很難說，也許是那小素喜的武功太高強，也許是那小素喜有著很大的背景力量，使得他們不敢動她。」

趙一絕道：「嗨嗨，聽起來倒似乎有一點道理。」

李聞天道：「所以，咱們要多多忍耐一些。」

趙一絕道：「李兄，我老趙又要給你抬槓子了。」

李聞天道：「抬什麼？」

趙一絕道：「你要咱們忍耐什麼？」

李聞天道：「目下情況還未明朗，咱們能忍多久，就忍它多久。」

趙一絕道：「最多是半個時辰，如是他們要殺咱們，難道咱們還忍著被殺不成？」

李聞天道：「他們如是真有殺咱們的用心，只不過是舉手之勞，似是用不著這樣多費周折了。」

目光轉到張嵐的臉上，接道：「如若是他們有所作爲，張兄這京畿總捕的位置，實在太重要了。」

趙一絕道：「這話倒是不錯，京畿總捕頭，官位雖不大，但卻權勢不小。」

輕輕咳了一聲，接道：「李兄，老趙聽你的了，你說咱們應該怎麼辦，就怎麼辦。」

李聞天道：「兄弟只有一個字，忍，忍到無法再忍時，再作道理。」

只聽一陣步履聲傳了過來，那黑衣人緩步而入。

張嵐回顧了那黑衣人一眼，指指木案上放的三粒丹丸，道：「咱們不想死，所以，沒有服下毒藥。」

黑衣人道：「那很好，諸位如是不願死，那是願意降服了。」

張嵐道：「降服的事，咱們還得想想。」

黑衣人道：「沒有人會想到諸位在平遼王府中，拖延時間對諸位也未必有利。」

趙一絕道：「至少有一個人知道。」

黑衣人道：「什麼人？」

趙一絕道：「素喜班的小素喜，提督府的捕快，早知道張大人查案子到了素喜班，趙某人手下一般兄弟，也早知道我趙某人的去處，跑得了和尚跑不了寺，他們找不到小素喜，會找到素喜班，早晚會找到平遼王的府中來。」

黑衣人冷冷說道：「鴨子死了嘴巴硬，諸位如真是鐵錚錚的漢子，早就該吃下了毒藥自絕。」

張嵐突然厲聲喝道：「住口，咱們不願服毒，但也不願聽憑宰割。」

黑衣人道：「這麼說來，諸位是還想動手一戰了。」

張嵐一提氣，道：「閣下儘管出手，咱們死於閣下之手，強過服毒自絕。」

黑衣人突然仰天大笑，道：「好！三位倒也算得是三條漢子，但咱們動手相搏，也該有點彩頭，區區再給三位一個機會如何？」

趙一絕道：「說說看，什麼機會？」

黑衣人道：「三位聯手攻我，以每人二十招為限，二三得六，三位合攻我六十招，在下足不移步，封擋諸位的攻勢，如是諸位能把區區逼得移動一下腳步，區區就當場認輸。」

趙一絕道：「閣下輸了，怎麼樣？」

黑衣人道：「在下擔起擔子，拚受王爺一頓責罵，放三位離此，而且讓你們帶走這一科的新狀元。」

李聞天道：「如閣下練有金鐘罩等武功，不畏拳腳……」

黑衣人笑一笑，道：「諸位如能擊中區區一拳，在下也願認輸。」

張嵐道：「丈夫一言。」

黑衣人道：「快馬一鞭。不過，諸位如是六十招中未能打中在下，亦未能逼在下移動一下腳步，又將如何？」

趙一絕道：「果真如此，我們認栽就是。」

黑衣人道：「認栽之後呢？」

趙一絕道：「我趙某人任憑處置。」

黑衣人道：「張大人和李總鏢頭準備如何？」

張嵐道：「閣下想要我張某人如何？」

黑衣人道：「要閣下降服王爺。」

張嵐淡淡一笑，道：「茲事體大，在下無法立刻答覆。」

黑衣人道：「如是三位聯手向我攻襲，合攻六十招，既不能逼我移動一下腳步，又不能擊中在下一拳一腳，那還有何顏面立足江湖，降服更不足以言恥了。」

張嵐臉現難色，沉吟不語。

黑衣人目光轉到了趙一絕的身上，道：「你先決定，怎麼樣？」

趙一絕道：「在下說過，任憑處置。」

黑衣人道：「這麼說來，你是答應了。」

目光轉到李聞天的臉上，道：「李總鏢頭的意思呢？」

李聞天道：「閣下武功之高，實爲在下生平僅見，但如說我們三人聯手合攻，閣下又不許還手，六十招不能把你逼得移動一下腳步，那未免有些神乎其說了。」

黑衣人道：「你常年在江湖上走動，見識廣博，所言自然有理，既然如此，不知閣下何以不肯賭它一下？」

李聞天道：「在下自然要賭。」

黑衣人道：「彼此的條件，你都聽到了？」

李聞天道：「聽到了，我們如是真的敗了，李某個人願憑吩咐。」

黑衣人道：「張總捕頭，你這兩位同伴，都巳答應，該當如何，要閣下一言決定了。」

張嵐左、右回顧，望望李聞天，又瞧瞧趙一絕，道：「兩位都答應了？」

趙一絕道：「咱們三人合攻，人家又不還手，六十招不能逼人家移動一步，咱們活在世上，實也無顏見人，明知是刀山油鍋，也該跳下去了，不過，話雖如此，我老趙心裡可是不信這點邪氣。」

張嵐道：「好吧！兩位都有必勝之心，咱們就賭一下吧！」

黑衣人微微一笑，道：「好！咱們一言爲定，三位請出手吧！」

說話之間，趙一絕已和張嵐、李聞天等布成了合擊之勢，大喝一聲，一招「直搗黃龍」，攻了過去。

黑衣人右手疾點而出，指向了趙一絕的腕脈要穴。他取位奇準，手指不用點出，趙一絕如是拳勢硬向前衝，自己一處穴道要先碰在那黑衣人的手指之上。

李聞天、張嵐在趙一絕拳勢攻出之後，也隨著發動，分由兩個方位，攻了過去。

但見那黑衣人雙手連探，掌勢絕倫地封住了兩人攻勢。三人分由三個方位，展開了一輪快攻。一時間掌影縱橫，分別向那黑衣人各大要穴攻去。

那黑衣人果有著非常的本領，雙手不停地揮轉，忽而點穴斬脈，忽然搶制先機，三人一輪猛功，不覺之間，已然各自攻出了十五招。

趙一絕大聲喝道：「住手。」當先而退。

張嵐、李聞天雖然聽得了趙一絕喝叫之言，但因攻勢太快，收招不住，各自多攻了一掌，才退了回去。

趙一絕收住了掌勢，緩緩說道：「朋友，咱們攻了幾招？」

黑衣人道：「閣下攻了十五招，他們二位每人多攻一招，合共四十七招，三位還可以攻

一十三招。」

趙一絕點點頭，道：「不錯，朋友很誠實。」

黑衣人微微一笑，道：「咱們在江湖上走動的人，講究是言出如山，不得反悔。」

趙一絕道：「閣下不用再拿話點我們，我們心中明白。」

黑衣人道：「明白人好商量，識時務爲俊傑，三位請繼續出手吧！」

趙一絕淡淡一笑，道：「別說還有十三招，就算我們每人再攻一百招，也是難操勝算。」

黑衣人微微一皺眉頭，道：「三位不準備再打下去了？」

趙一絕道：「自然要打，不過我們要商量一個打法。」

黑衣人道：「好！三位儘管商量，但時間不能太長，要在一盞熱茶工夫之內。」

李聞天突然接口說道：「朋友，在下會過的高人不多，但卻聽人談過很多，閣下的身手，在江湖之上極爲罕見，不知可否把姓名見告？」

黑衣人笑一笑，道：「等三位歸降了王爺，咱們就算自己人了，那時，在下不但要奉告自己的姓名，而且還要替三位引見一批朋友。」

語聲一頓，接道：「三位可以研究一個合攻之法，一盞熱茶工夫之後，在下再來。」說完，轉身而去。

張嵐目送那人去後，轉眼望著趙一絕，道：「目下情勢，已很明顯，咱們三人合手，恐怕也難是此人之敵。」

趙一絕道：「如是要打完六十招，咱們敗的應該是心服口服，那只有降服人家一條路了，如是要扯皮，就不能打完這一仗。」

張嵐道：「如何一個扯皮之法？」

趙一絕道：「老趙覺著咱們只有兩條路走。」

張嵐道：「哪兩條路？」

趙一絕道：「一條是依約行事，打完六十招，就規規矩矩的投降，一條是吞下毒藥，早些死去，免得言而無信，受人譏諷，還要吃足苦頭。」

張嵐搖搖手，打斷了趙一絕的話，接道：「提督大人待我情意很重，我不能背叛他，遇到這等節骨眼上，在下只有一死以報知遇了。至於兩位，應該走哪條路，在下倒是不便強行作主，這是生死大事，你們一不吃公糧，二不拿公俸，是非之分，要二位自己拿主意了。」

張嵐伸手取了一粒毒丸，托在掌心之上，行近李聞天和趙一絕，道：「我這十餘年來，辦了不少棘手的案子，想不到卻要死到辦案之中，這當真瓦罐不離井口破，將軍難免陣上亡，俗語說人之將死，其言也善，兩位本和此事無關，卻被在下牽了進來，我現在想通了，咱們無法勝過人家，餘下的十三招，也不用再打了。在下就此服藥自絕，他們主要是對付我，我死去

之後，兩位不妨和他們談談，只要他們確信兩位不會洩露，說不定會放了兩位。」

趙一絕道：「放了我們？張兄的算盤，打得太如意了。」

張嵐道：「如是他非殺兩位不可，那兩位就投降吧！」

趙一絕苦笑一下，道：「這是我們的事了，張兄已經決定死了，用不著再爲我等操心。」

張嵐苦笑一下，道：「好！兩位多多保重，在下先去了。」右手拇、食二指，捏著藥丸，向口中投去。

李聞天突然說道：「住手！」

張嵐收了藥丸，道：「什麼事？」

李聞天笑道：「張兄不能死。」

張嵐道：「情勢逼人，在下不死還有什麼別的法子？」

李聞天道：「如是兄弟料斷的不錯，咱們三人之中，張兄是主角，也是最重要的人，張兄死了之後，我們只怕也沒有留下的價值了。」

張嵐道：「這話怎麼說？」

李聞天微微一笑，道：「很簡單，張兄死去之後，只怕平遼王府中高手，犯不著留下我們的活口。」

張嵐道：「這個，不會吧。」

趙一絕道：「李兄說得也有道理，他們再三逼我們投降，就是想借重你張兄這個京畿總捕的職位，如是你先自絕而死，我和李兄就是願降，人家也未必會要。」

張嵐一皺眉頭，道：「這麼吧！等他進來時，我先和他談談。」

趙一絕雙手亂搖，道：「不行。」

張嵐道：「爲什麼？」

趙一絕道：「你這麼一說，人家定誤會我們是貪生怕死之徒了。」

張嵐道：「這個，兄弟就作難了。」

趙一絕道：「你不用作難，只管放心去死，我們如是被殺了，會在黃泉路上趕上你，大家結個伴，如是我們不會死，決不會忘記給你燒點紙錢。」

這當兒，那黑衣人突然急步行了進來，道：「三位商量好了沒有？」

張嵐道：「商量好了。」

黑衣人道：「那很好，希望三位這一番磋商，能夠創出一點奇招，擊中兄弟一拳、半掌的。」

張嵐道：「我們改變了主意。」

黑衣人笑道：「那也好，三位準備如何改變？」

張嵐道：「在下服毒自絕。」

黑衣人哦了一聲，道：「另外兩位呢？」

張嵐道：「他們麼，希望你放他們離開此地。」

黑衣人沉吟了一陣，道：「李總鏢頭和趙兄，太不夠義氣了，三位同時來此，兩位卻甘願拿朋友的死亡以苟全性命，日後，傳言於江湖之上，定然不齒兩位的爲人。」

趙一絕哦了一聲，道：「那麼，照閣下的意思呢？」

黑衣人道：「三位一番計議之後，大約是覺著無能取勝，才改變了主意，是嗎？」

趙一絕嗯了一聲，道：「在下常年守在京畿，很少在江湖上走動，京城附近的幾個人物之外，相識的武林人物不多，但我聽李總鏢頭講，閣下算是武林中一流高手。」

黑衣人道：「少來迷湯，兄弟不吃這個，咱們還是講正經事要緊。」

趙一絕道：「不用談了，張大人是堂堂的京官，他不願有負上級的愛護、提攜，所以才寧願早些自絕而死，也算對上級有了一個交代，這一股忠義之氣，足可媲美武林中的豪壯犧牲。」

黑衣人正待答話，突聞一陣步履之聲，傳了過來，一個身著天藍勁裝的少年，輕步而入，欠身說道：「弟子有要事稟報。」

黑衣人一皺眉頭，道：「什麼事？」

勁裝少年遲疑了半天，道：「弟子，弟子……」

黑衣人道：「什麼話，講出來就是，爲什麼要吞吞吐吐？」

勁裝少年受了叱責，欠身應道：「王府外面，發現了夜行人。」

黑衣人神色一變，道：「哪條道上的人？」

勁裝少年道：「弟子沒有和他們接觸。」

黑衣人接道：「現在何處？」

勁裝少年道：「徘徊在王府之外，似乎是不敢擅入。」

黑衣人冷冷說道：「也許是過路的人，你先退下。」

勁裝少年應了一聲，欠身而退。

張嵐突然把捏在手中的藥丸，放入袋中，道：「朋友，情勢已有了變化，張某人相信他們不是過路人。」

趙一絕道：「如若是過路的人，他們怎會在王府外徘徊不去？」

張嵐道：「還是那句老話，在下不願與王爺作對，你朋友這等身手，武林中極爲罕見，必是大有來歷的人物，把新狀元交在下帶回去，設法銷案，這件事就此一筆勾銷不提。」

李聞天道：「平遼王功在國家，官爵極大，京畿提督，也不願和他作對，你朋友如肯去和王爺商量一下，必會有一個圓滿的結果。」

黑衣人冷冷說道：「不用商量了，區區就可以做得主意。」

趙一絕道：「那更好不過，交出新科狀元，我們立刻退出王府。」

黑衣人突然向前行上一步，右手一翻，快速絕倫地抓住了趙一絕的右腕脈穴。

趙一絕眼看那黑衣人伸手抓來，已是閃避不及，被他一把抓住了右腕脈穴，不禁倒抽了一口涼氣，忖道：「我趙一絕坐井觀天，實不知江湖中竟有著如此的高手。」

只見那黑衣人緩緩舉起左掌，冷冷說道：「就算提督府中的捕快確知你們在平遼王的府中，諒他們也不敢搜索王府。」

張嵐冷冷喝道：「住手。」

踏前一步，蓄勢戒備，接道：「你們如是全然不顧及平遼王的地位，那就只管出手。」

黑衣人道：「你們官府中有一句俗話說，死無對證，區區如是殺了你們三位，毀去屍體，提督府找不出任何證據，又能對王爺如何？」

張嵐暗集全身功力，冷冷說道：「京畿總捕在此，豈容爾等行兇。」

黑衣人哈哈一笑，道：「好！我倒要看你能不能攔得住我。」

左掌正待劈下，突聞一個嬌滴滴的聲音，道：「掌下留人。」

人影一閃，一個全身勁裝的少女，飛躍而入。

張嵐等轉目望去，只看來人竟然是去而復返的小素喜，不禁為之一呆。

黑衣人皺皺眉頭，道：「是你！」

小素喜笑一笑，道：「不錯，是我。」

黑衣人怒道：「我們已放你離此，爲你留下了顏面，去而復返，是何用心？」

小素喜微微一笑，道：「我上了當，不得不去而復返。」

黑衣人道：「什麼當？」

小素喜道：「趙一絕這人真的很絕，他竟敢騙了我。」

趙一絕怒道：「臭丫頭，我哪裡騙了你？」

小素喜道：「你給我的那銅鏡是假的。」

趙一絕道：「我只有那一面銅鏡，如是假的，再也沒有第二個了。」

小素喜道：「你瞧瞧，他嘴巴硬得很，不給他一點苦頭吃，諒他是不肯說實話了。」

黑衣人面現爲難之色，沉吟了一陣，道：「在下已決定取三人之命，人死了之後，銅鏡仍在，姑娘儘管到趙府去找。」

小素喜搖搖頭，接道：「不行。我後天就要離開這裡，趙府中深宅大院，一面小小的銅鏡，誰知道他藏在何處。」

黑衣人道：「姑娘之意呢？」

小素喜淡淡一笑，道：「我倒是有一個辦法，只怕你不肯答允。」

黑衣人道：「說來聽聽！」

小素喜道：「你要的是命，暫把他交給我，找到銅鏡之後，我替你把他宰了就是。」

黑衣人怔了一怔，道：「姑娘說得很輕鬆啊！」

小素喜道：「本來就是如此，你說說哪裡不對了？」

黑衣人臉上一變，道：「姑娘不可得寸進尺，區區的忍耐，也有一定的限度。」

小素喜冷然一笑，道：「哎喲，你火什麼？須知提督府的捕快，和趙一絕的幾個得力手下，都已經到了王府外面。他們並非是無的放矢，遲遲不敢進入王府的原因，是被平遼王的官威所阻。但如他們一旦確定了總捕快和趙一絕，確在此地，必會一擁而入。」

黑衣人冷笑一聲，道：「姑娘在威脅在下嗎？」

小素喜道：「關我什麼事，我爲什麼要威脅你？我告訴你這些事，只不過不願把事情鬧得太惡化，免得咱們都無法在京裡待下去。」

語聲一頓，又道：「還有一件事，只怕你閣下還不知道，北派太極門也牽入了這場漩渦之中，而且，太極門下的人，也已經到了王府外面，只要稍微透出去一點消息，立刻間，就有人進入王府。」

黑衣人嘿嘿一笑，道：「姑娘不像是來找東西，倒像是來做說客了。」

小素喜道：「不論你怎麼想都成，事情我要說個明白，也算報答你們給我留面子的情

意，爲了重入王府，害得我換了一身夜行勁服。」

兩人交談之言，張嵐、趙一絕等都聽得清清楚楚，但卻未插口多言。

張嵐暗自盤算道：「小素喜和這黑衣人交談之口氣，分明是早已相識，至少雙方都瞭然對方的來歷，而且彼此之間，還有些互相畏懼。」

黑衣人沉吟了一陣，道：「好！區區把趙一絕交給你，希望姑娘能守信約，尋得銅鏡之後，把他殺死，至於這張嵐和李聞天，區區要留在這裡了。」

右手用力，向前一帶，趙一絕打了一個踉蹌，身不由主地向小素喜撞了過去。

小素喜左手玉腕輕翻，推出一股暗勁，穩住了趙一絕的身子。

就這一瞬之間，黑衣人已雙掌並出，分向張嵐和李聞天攻了過去。

兩人奮起全力，接了一掌，各自被震得向後退了三步，胸口血氣翻湧。

黑衣人欺身而上，雙手一齊拍出，分擊兩人大穴要害，顯然，準備在一擊之下，置兩人於死地。

小素喜急急叫道：「殺不得！」右手一起，拍向那黑衣人的背心。

她勢在意先，掌勢先到，話才出口，迫得那黑衣人不得不回手自保，硬把攻出的雙掌收了回來。錯步轉身，迎向小素喜的掌勢。

眼看雙掌就要接觸，小素喜卻突然收掌而退，笑道：「小不忍則亂大謀，閣下是聰明

人，用不著我說得太明白了。」

黑衣人臉上一片怒容，但卻強自忍著怒火，沒有發作，冷冷說道：「姑娘那一掌，如若是擊中在下，也許在下早已死去多時了。」

小素喜笑一笑，道：「這是圍魏救趙之計，我那一掌，如不攻向你要害大穴，張嵐和李聞天已死於你的掌下，殺人容易，再想要他們復生，那可是困難無比了。」

黑衣人冷冷說道：「姑娘的意思呢？」

小素喜道：「我先和張嵐談談，再作道理。」

張嵐被那黑衣人一掌震得血氣翻動，剛剛喘過一口氣，小素喜已逼到了面前，定定神，舉步行近張嵐，接道：「閣下是想死，還是想活？」

小素喜道：「想活著，我就替你求個情，帶你們離開王府，如是想死，我只帶著趙一絕道：「怎麼死，怎麼活？」

張嵐道：「在下相信，我們如是想活下去，定然還有別的條件。」

小素喜道：「不錯，離此之後，忘去了這裡事情，不許在人前提起。」

張嵐道：「在下也有條件。」

小素喜道，「好吧！你說說看！」

張嵐道：「我要帶走新科狀元。」

小素喜回目望了望黑衣人，道：「你都聽到了，能不能答應？」

黑衣人道：「在下可以答應，但要你姑娘從中作保。」

小素喜道：「這麻煩早在我意料之中，不過，應該有一個時間，我不能老待在京城裡替你作保人。」

黑衣人道：「七天，七天之內，平遼王府不許有任何風吹草動的事，也不許把今宵發生的事洩漏出去。」

小素喜道：「七天之後呢？」

黑衣人道：「不論發生什麼事，都和你姑娘無關了。」

小素喜道：「責任很重大，但時間不長，我願意冒一次險。」目光轉到張嵐身上，道：「你怎麼說？」

張嵐道：「如若能交出新科狀元，在下願守約定。」

小素喜道：「江湖上雖然險詐重重，但和你官場中有一點不同之處，那就是一諾千金，你如是背棄了承諾，我亦失信於人，那是逼我走極端了。」

張嵐道：「這個姑娘可以放心，張某不答應也就算了，答應了，那就是一言爲定，決不會失信於姑娘。」

小素喜道：「人家只限七天，實在是寬大得很，你們如是再不能守信約，那就不是人了。」

張嵐道：「只要能交出新科狀元，讓我帶走，七天之內，我決不洩漏一字，而且，在下還可以保證七天內，無人打擾王府。」

小素喜微微一笑，道：「那很好。」

目光轉到那黑衣人身上，道：「怎麼樣？這位張大人已經說得很清楚了，應當如何，還要閣下早作決定。」

黑衣人道：「衝著你姑娘的面子，就這麼辦。」

張嵐道：「新科狀元呢？」

黑衣人道：「交給你一起帶走。」

張嵐輕輕咳了一聲，道：「現在嗎？」

黑衣人道：「不錯，立刻交你帶走。」

張嵐似是大感意外，呆了一呆，欲言又止。

黑衣人冷笑一聲，道：「有一件事，區區必得先說清楚，放三位離開，又讓你們帶走了新科狀元，並非區區怕你們提督府的勢力，完全是衝著這位姑娘的情面。」

張嵐道：「這個，我們很明白。」

黑衣人道：「你明白就好，諸位可以動身了。」
張嵐道：「人呢？」
黑衣人道：「諸位到後園門口處，我們交人給你們帶走。」
張嵐道：「在下就此別過。」隨即大步向前行去。
趙一絕、李聞天，緊隨在張嵐身後而行，小素喜走在最後。
黑衣人輕輕咳了一聲，道：「姑娘，在下給足了你的面子。」
小素喜道：「小妹心中很感激。」
黑衣人道：「希望這是你最後一次管閒事。」
小素喜道：「好！以後，我盡量不插手你們的事。」
黑衣人道：「希望是姑娘由衷之言。」
小素喜道：「不用逼我作承諾，我自己也不願找這些麻煩。」邊說邊加快腳步，追在李聞天身後而去。
張嵐等行到後園門口，只見那萬花劍挽著那位新科狀元，及時而至。
萬花劍把人交給了張嵐，冷冷說道：「諸位如是運氣好，希望以後別碰上在下。」
張嵐接著新科狀元，道：「至少咱們在七日內不會再見。」

萬花劍一閃身，讓開了去路，卻望著小素喜，道：「姑娘一夜之中，兩進兩出平遼王府，全然不把我們放在眼中，好神氣啊！好威風啊！」

小素喜笑一笑，道：「你心中好像有些不服氣，是嗎？」

萬花劍道：「不錯。在下心中確然有些不服，希望姑娘能給我一個機會，讓在下領教一下姑娘高招。」

小素喜道：「可惜的是你做不了主。」

萬花劍道：「錯開了今夜，咱們哪裡見面哪裡算。」

小素喜冷笑一聲，道：「你如是真的希望和我動手打一架，那就要屈駕等到七天之後。」說時，張嵐等已經走出了後園。

小素喜加快腳步，追了過去。

哪知萬花劍卻當了真，冷冷說道：「小丫頭，七天後，我在哪裡找你？」

小素喜陡然停下身子，回過頭來，冷冷說道：「好！七天之後，我在素喜班中候駕，閣下只要寫四指寬一個條子，說明會見之地，我自會依約趕到。」

萬花劍道：「咱們是死約會……」

小素喜接道：「我知道，不見不散。」

轉過身子，快步追上了張嵐。

趙一絕輕輕歎息一聲，道：「今晚上多虧你姑娘相救，要不然，非得送掉我們三條老命不可。」

小素喜笑一笑，道：「趙大爺，拿你的銅鏡、墨玉，一點也不冤枉吧。」

趙一絕道：「姑娘這麼一提，在下倒想起一件事來，那銅鏡只有一面。」

小素喜道：「我知道，你那面銅鏡，本來也不是假的嘛！」

趙一絕道：「那麼姑娘是……」

小素喜接道：「我是找藉口，如是找不到藉口，如何能再進入平遼王府。」

張嵐道：「這麼說來，姑娘二入平遼王府，是專門爲了救我們。」

小素喜道：「正是如此。」

張嵐拍拍腦袋，道：「姑娘如是想要什麼條件，還望你早開出來。」

小素喜道：「你能給我什麼條件？」

張嵐道：「姑娘只管說，只要張某人能夠做到，決不推辭。」

趙一絕道：「張大人這是由衷之言，姑娘有什麼話，儘管請說。」

小素喜笑道：「謝謝好意，條件麼，趙大爺已經付過了。」

語聲一頓，接道：「諸位事情很多，恕我不奉陪了。」轉身一躍，人已消失於暗夜之中。

趙一絕急急叫道：「姑娘……姑娘……」

濃雲掩月，夜色淒迷，四野寂寂，哪裡還有小素喜的影子。

遠處，傳來了四聲更鼓。

張嵐望望天色，道：「不早了，咱們得盡快趕回吏部賓園。」一手抱起新科狀元，大步向前奔去。

趙一絕、李聞天緊隨身後，一口氣趕回吏部，只見于得旺正率著幾十個捕快，全身佩掛，等得心焦。一見張嵐快步迎了上去。

張嵐不待于得旺開口，急急揮手，說道：「快！通知吏部的人，就說找到了新科狀元。」

于得旺看三人都掛了彩，趙一絕更是半身是血，心想，他們雖然找回了新科狀元，必然經過一番血戰，心中甚想知曉經過，但因張嵐一疊聲地催促，只好去找吏部中人。

趙一絕低聲說道：「張兄，那小素喜不是說于大人帶著人在王府外……」

張嵐道：「那是詐術，逼那黑衣人就範而已。」說完，邁開大步行入廳中。

趙一絕、李聞天行入廚下，用水洗去臉上血跡，敷上藥，包好傷處。

張嵐卻無暇自理，把懷抱的新科狀元，放入椅子上，扶他坐好。

這當兒，于得旺已帶著一個睡眼惺鬆，身著藍袍的吏部官兒，急步行了過來。

那位藍袍的吏部官兒，跑得直喘氣，一腳踏進廳中，目光已落在那新科狀元的身上，道：「不錯，就是他，就是他。」

張嵐心中突然一動，想到自接過這位新科狀元，一直未聽他說過一句話，急急說道：「老兄，你十年寒窗就是圖明日一番榮耀，金榜題名，人生大喜，你怎麼有些不高興啊？」

目光轉到那青衣人的臉上，只見他臉色蒼白，緊閉嘴巴，不禁心中大驚，一伸手，扶住他雙肩，道：「狀元兄，你可受了內傷？」

青衣人一張嘴，吐出了一口鮮血，道：「我……」只有得一個字，人已經倒在椅子上。

張嵐伸手一摸，竟已氣絕而逝。

藍袍官兒急急說道：「張大人，怎麼樣了？」

張嵐黯然應道：「死了。」

藍袍人呆了一呆，道：「死了。」

整整頭上的方巾，道：「你們帶回來一個死人，要我如何向上面交代？」

張嵐冷冷說道：「死人，死人還是拿性命拚來的。再說，我們救他回來時，他還是好好地活著，誰知道他會突然死去。」

藍袍人凝目在新科狀元臉上瞧了一陣，道：「唉！死了就死了吧，總是比生不見人，死

不見屍的好一些。」

張嵐冷冷說道：「人是找回來了，如何回話，是你老兄的事了。」

藍袍人哈哈一笑，道：「打架拚命的事，在下不行，動動筆桿兒，報他個急症暴斃，是兄弟的拿手好戲，不過要勞動你老兄，想個法子把屍體移入臥室，以後的文章由兄弟作了！」

張嵐招呼兩個捕快，把屍體送入臥室，回頭對那藍袍人打個招呼，召來于得旺道：「得旺，你帶幾個人守在這裡，看看吏部怎麼吩咐，其他的人，叫他們散去回家好好休息兩天，過幾天，咱們還有大事要辦。」

于得旺一欠身，道：「屬下領命。」

輕輕咳了一聲，道：「大人，這幾天，你日夜奔走，未稍停息，人也夠苦了，身子要緊，你也該好好休息一下才是。」

張嵐點點頭，道：「這個我知道。」

突然放低了聲音，道：「太極門藍老爺子，還在嗎？」

于得旺道：「藍老爺子似是和人動上了氣，進門就蒙頭大睡，一直未出來過。」

張嵐道：「他是一派掌門人，我們這樣對他，實也委曲了他。你到四海客棧去要一座幽靜的跨院，把他安排好，如是有太極門子弟來，都要他們下榻四海客棧，交代掌櫃的，這是我們提督府的貴賓，要他好好招呼，吃、住的帳，都由咱們結算。」

于得旺一欠身，道：「屬下都記下了。」

張嵐道：「天黑之前，我都在逍遙池，沒有急要的事不要找我。」說完，帶著李聞天、趙一絕，離開吏部賓園。

第二天，北京城人聲沸騰，大街小巷，都在談論著新科狀元暴斃的事。這是從未曾有過的事，皇上手諭，三部會查新狀元的死因，三府仵作，會同驗屍，但官官相護，吏部中人仍然有辦法，報一個急症而亡，內、外無傷。

新狀元的大喪，更是辦得熱鬧，吏部賓園，暫做喪宅，吏部尚書領銜，帶著新科舉子陪祭、守靈，文武百官弔喪，事情辦得很風光，但街頭巷尾的謠言，卻是愈傳愈烈，說是新狀元被人謀殺而死，傳說紛紜，滿城風雨。

吏部賓園，整整地熱鬧了三天，才算辦完了新科狀元的喪事。人雖下了葬，但滿城的風言風語，卻仍未平息，這是一樁從未有過的怪事。新科狀元金榜題名之後，還未來得及披紅遊街，就得了急病暴卒京中。

再說張嵐帶著趙一絕、李聞天，直奔逍遙池，跑澡堂的夥計一看來了京畿提督總捕頭，和土混頭兒趙大爺，急忙哈著腰迎上來，又打躬又作揖，道：「三位爺大駕光臨……」

張嵐揮揮手，打斷了夥計的話，道：「替我們找一個寬敞的房間，左右前後四鄰房，都給我空起來。」

澡堂夥計一疊聲應著是，帶三人到一座寬敞的房間裡，四面鄰房，全都拉下了簾子，算是賣了座。

夥計送上三壺茶，張嵐才笑一笑，道：「兩位受我張某人拖累，這一天過得實在辛苦，咱們先洗個澡，好好地養養神，再仔細研商一番，兩位都不是吃糧拿俸的人，兄弟也不願多拖累兩位。」

三人洗了個熱水澡，擦背、搓腳，來了個全套。

張嵐閉目養神，但怎麼也睡不著，回頭看趙一絕和李聞天早已鼾聲大作。

兩人一覺醒來，已是太陽下山的時刻。

趙一絕重重咳了兩聲，喝一碗濃茶才說道：「張兄，目下是線路已明，餘下的該是咱們怎麼下手。好漢一言，快馬一鞭，這七日之約，咱一定得守，好在七日時間很快過去，咱們也有準備的工夫，問題是七天之後，你要怎麼辦，敢不敢明報貴上，調動五城兵馬，來一個兵圍平遼王府，這雖是乾坤一擲的幹法，但咱們只有一條路，如讓咱們幾個人跟人家暗裡比劃，那是肉包子打狗，有去無回。」

李聞天輕輕咳了一聲，打斷了趙一絕的話，接道：「這法子不行。」

趙一絕道：「李兄有何高見？」

李聞天道：「平遼王官太大，別說京畿提督惹他不起，就算是提著腦袋幹，調動大軍圍困王府，但七日時間，也足夠大家消滅證據，如是咱們找不到一點蛛絲馬跡，別說提督吃不完兜著走，就是你老趙也別想脫去干係。再說，平遼王府中幾個武林人物，都是一等一的高手，軍兵眾多，未必有用，兄弟的看法，這要張兄用點手段，逼北派太極門藍老掌門出手。」

趙一絕道：「提督府辦案子是公事，如是北派太極門出手，照江湖上規矩說，就不能再驚動官府。」

李聞天道：「比官勢，京畿提督決無法和平遼王比；說武功，如若沒有江湖上門派高手參與，但憑張兄手下的捕快，算上你趙兄和兄弟，我們也無法辦這件案子。」

張嵐輕輕歎息一聲，道：「這件事兄弟已反覆想過，先得請示提督大人，再作主意，兄弟不回提督府，是爲了尊重江湖道義，咱們答應了那位小素喜姑娘，七天內不洩漏這件事，兄弟一定得遵守承諾。」

李聞天輕輕咳了一聲，接道：「說起了小素喜，兄弟一直想不出她是個什麼樣的來路，就兄弟幾十年江湖閱歷觀察，王府中那位黑衣人，實是一位武林中罕聞罕見的高手，如是單以武功而論，小素喜決非那黑衣人的敵手，但那黑衣人似乎是對那位小素喜處處讓步。」

趙一絕道：「是呀！小婊子似乎是大有來頭，此後見到她，還真得小心伺候。」

皺皺眉頭，接道：「還有一點，老趙百思不解，要請教李兄了。」

李聞天道：「什麼事？」

趙一絕道：「小素喜要的墨玉、銅鏡，已經到了手中，為什麼她竟去而復返，又救咱們出來呢？」

李聞天道：「這的確是一件奇怪的事情，兄弟也想不明白。唯一的可能，是她取了你的墨玉、銅鏡，又把我們推入了絕境，心中大為不安，所以，又回來救咱們。」

張嵐搖搖頭，道：「事情不會這樣簡單，兄弟覺得，她去了又來，另有內情。」

趙一絕道：「什麼內情？」

張嵐道：「兄弟推想，她來救咱們，可能是奉命而來！」

趙一絕道：「奉命，奉誰的命？」

張嵐道：「這個，兄弟也不明白了。」

趙一絕道：「咱們再到素喜班去打打茶圍，順便看看小素喜。」

張嵐道：「好！咱們該去向那小素喜姑娘道聲謝。」

趙一絕匆匆穿上了衣服準備動身時，突然又停了下來，道：「李兄，你說那位小素喜姑娘，是否還會在素喜班中？」

李聞天道：「這個麼，兄弟也無法料斷。」

張嵐道：「在不在，咱們都該去碰碰運氣，還要問問她刁佩的下落。」

趙一絕道：「走！試試看。」三人穿好衣服，離開了逍遙他，直奔素喜班。

閻二娘帶著一張笑臉迎出來，道：「什麼風吹來了三位大爺？」

趙一絕一抱拳，道：「我們來謝謝二娘。」

閻二娘道：「不敢當，趙大爺今個太捧我了。」

趙一絕笑道：「我們來謝謝二娘，替我們找的好姑娘。」

閻二娘笑道：「諸位今宵來，可是想找小素喜嗎？」

趙一絕道：「不錯，二娘一猜就中。」

閻二娘道：「小素喜已料到了三位會來，所以，特別留封信給我，要我交給三位。」探手從懷中摸出一封信，恭恭敬敬地交給了趙一絕。

趙一絕展開看去，只見上面寫道：「諸位欲會賤妾，請教二娘。」幾個字寫得很客氣，但卻是捧足了閻二娘的場。

趙一絕看完信，急急一拱手，道：「二娘幫忙！」

閻二娘笑一笑，道：「幫什麼忙？」

趙一絕道：「小素喜信上說得明白，我們想見她就請教二娘。」

閻二娘先是一怔，繼而微微一笑，道：「我明白了，可是要我帶你去她住的地方？」

趙一絕道：「大概是吧！」

閻二娘道：「這丫頭真是有心人，今天下午來給我留個信，帶我去她住的地方瞧瞧，想不到今晚上就派上了用場。」

趙一絕道：「那就有勞二娘了。」

閻二娘道：「好吧！我去交代一聲，就帶你們去。」

轉身進屋，換了一身青布衣服，緩步而出，笑道：「咱們走吧！人家住的是清白宅院，我要換換衣服才成。」

趙一絕道：「二娘要不要坐個車子？」

閻二娘笑道：「趙大爺，你太客氣，老身我擔待不起。」

趙一絕道：「在下是由衷之言。」

閻二娘道：「不用了，咱們走吧！」舉步帶路。

三人隨在閻二娘身後，穿過了兩條街，轉入了一個小巷之中，走到盡頭，指著一個紅漆大門，道：「小素喜就住在這裡。」

趙一絕一欠身，道：「勞二娘叩門。」

閻二娘行近大門，舉手叩動門環，片刻之後，木門呀然而開。

一個身著青衣，頭梳雙辮的小丫頭，當門而立，欠身一笑道：「二娘。」

閻二娘笑一笑，道：「我說小娟啊，這三位爺拜訪姑娘，勞你駕通報一聲。」

小娟打量了張嵐等三人一眼，笑道：「二娘也進去坐吧！」

閻二娘道：「不成，班子裡剛開始上客，我還得回去照顧生意，不進去了。」也不等小娟答話，回頭就走。

小娟退了兩步，說道：「三位請通個姓名，我去替三位通報。」

趙一絕道：「在下趙一絕，這兩位是張嵐、李聞天，專程拜候姑娘。」

小娟道：「三位請稍候片刻。」虛掩雙門，轉身而去。

趙一絕回顧了張嵐一眼，低聲說道：「想得到嗎？班子裡一個姑娘，架子大得要京畿總捕頭在門口等候。」

張嵐笑一笑，道：「京畿地面上江湖行，提起你趙兄，應該比兄弟的名氣大得多了。」

談話之間，木門又開，小娟一欠身，道：「姑娘在客房候駕。」

趙一絕搶先一步，道：「老趙帶路。」放步直入。

這是一座小巧的宅院，院子不大，但卻種植著不少花草。行過一段小庭院，就是客廳，

小素喜早已坐在廳中等候。

這時，她換了一身綠，綠色羅衫，綠色裙，一對蓮足，穿著一雙綠面白花的繡鞋兒，粉面朱唇，彎彎兩道柳眉兒，一雙水汪汪的大眼睛，清雅中自帶有一種秀媚勁兒。

趙一絕抱抱拳，道：「打擾姑娘。」

小素喜站起身，道：「三位請坐。」

小娟獻上香茗，欠身退了出去。

趙一絕輕輕咳一聲，道：「姑娘，咱們無事不敢驚擾，張總捕頭，想請教姑娘幾件事。」

小素喜道：「我先問，新科狀元被他們暗施毒手，死在賓園，諸位準備怎麼辦？」

張嵐道：「不管事情如何變化，我們都要守七日之約，所以，在下連提督也未晉見，先來拜會姑娘。」

小素喜道：「那很好，我一直擔心你們輕舉妄動。」

語言一頓，接道：「還有那位獨眼金剛刁佩，受了點傷，已經回到他的隱廬。」

趙一絕道：「咱們這番拜訪姑娘，一來是問問那位刁佩兄的下落，二是想請教姑娘，對平遼王府中事，我們應該如何？」

小素喜淡淡一笑，道：「應該如何？似乎是不用問我。我小素喜只不過是素喜班中一個

小窯姐罷啦！」

趙一絕道：「姑娘是真人不露相，在下有眼不識金鑲玉，過去有甚麼開罪姑娘之處，還望姑娘不要放在心上。」

這一頂高帽子，送的是恰到好處，小素喜嬌媚的臉蛋上，泛起了一片笑意。理理鬢邊散髮，道：「趙兄太客氣啦，咱們會面的場合不同，也難怪你把我視作路柳牆花的小窯姐。」

目光轉到張嵐的身上，道：「大約你張大人心中很爲難，七天之約的時間雖然不長，但時機稍縱即逝，何況七日之約，你身負京畿治安大任，深感難以向貴上交代，是嗎？」

張嵐道：「姑娘說得不錯，但我們承姑娘相救，又訂下七日不生是非之約，姑娘是保人，咱們絕不能叫你姑娘作難，拚著丟了這京畿總捕的前程，也不能毀去承諾。」

小素喜接道：「難得！做官的人，能守這樣的信約倒是很少見到。」

張嵐道：「但在下作難的是七天之後怎麼辦？」

小素喜道：「過了七天，我就卸去了擔保的責任，你心想怎麼做，就怎麼下手，用不著顧慮我。」

張嵐道：「在下之意是請姑娘指點指點。」

小素喜嗯了一聲，道：「張大人，我不是京畿提督，問我如何辦，我很難答覆。」

趙一絕道：「我等是一片誠心，還望姑娘指點一條明路。」

小素喜沉吟了一陣，道：「情面拘人，趙兄這樣客氣，倒叫我很難自處了。」

李聞天一抱拳，道：「姑娘蘭心蕙質，如能不吝賜教，可救不少人的性命。」

小素喜沉默良久，道：「張大人，小女子雖沒有完善之策，但卻奉勸大人幾句話。」

張嵐道：「姑娘之言，字字金玉，在下洗耳恭聽。」

小素喜道：「新科狀元雖然死去，但吏部中有不少刀筆凌厲的師爺，官官相護，他們自會設法掩遮，事情不至於牽連到你。」

張嵐點點頭，道：「姑娘身在江湖，但對官場中事，卻是瞭解很多。」

小素喜道：「再說平遼王府那幾個人，不是我小看三位，就算集中你們提督府所有的捕快高手，再加上懷安鏢局的鏢師，也無法是人家的敵手，若是勉強出手，必然鬧一個灰頭土臉。」

張嵐道：「姑娘的意思是要在下裝聾作啞，不問此事？」

小素喜道：「官場中有一句名言說，明哲保身，張大人若是不想找麻煩，最好是一眼開一眼閉，不要理會此事。」

張嵐道：「姑娘知道，在下是京畿提督府的總捕頭，身負京畿治安的重任，如若是他們在京畿鬧事，在下縱然不想管，只怕也無法不管。」

小素喜沉吟了片刻，道：「照我的看法，他們不會再鬧事情。」

張嵐道：「那麼他們用心何在呢？」

小素喜道：「天下讀書有成的才子，集於京畿，他們來這裡，只不過是想找幾個有才氣的讀書人罷了。」

張嵐道：「作用何在呢？」

小素喜道：「張大人涉險王府，幾乎丟了性命，難道就瞧不出一點苗頭嗎？」

張嵐道：「瞧倒是瞧出了一點，但不知是否全對。」

小素喜道：「說說看！」

張嵐道：「他們似乎在找一種人才，能夠瞭解那種古怪的文字。」

小素喜道：「對，那是天竺文，這等人才，世間不多，只好求才京畿了。」

張嵐道：「那文字中有什麼隱秘呢？」

小素喜道：「這個，我也不清楚。」

張嵐道：「最使在下不解的，這件事怎會牽扯上平遼王？」

小素喜緩緩站起身子，來回走動，久久不答。

趙一絕道：「姑娘可是有難言之隱？」

小素喜回目望了趙一絕一眼，道：「我是在想，應不應該告訴你們內情。」

張嵐聽得怔了一怔，忖道：「這丫頭似乎是知道很多事情，實叫人摸不清楚她是何來路。」

趙一絕輕輕咳了一聲，道：「事情經過是我們親身經歷，人是我們親目所見，老趙想不出，還有什麼內情，我們不知道。」

小素喜笑一笑，道：「你知道？」

趙一絕道：「張大人是京畿捕頭，不能隨便說話，其實他心裡早已雪亮，問你姑娘，只不過是想求證一下罷了。」

小素喜道：「我說你不知道。」

趙一絕哈哈一笑，豪情橫飛地道：「武功方面在下自知不如姑娘，但如說察顏觀色，在下相信不會在姑娘之下。」

小素喜道：「那你就說說看？」

趙一絕晃晃腦袋，道：「舌頭是軟的，頭是扁的，在下若說對了，姑娘硬是說不對，那也是沒有法子的事啊。」

小素喜被趙一絕一番說詞，激起了好勝之心，道：「好，我先寫在手上，你猜過之後，我伸手給你們看看，對不對，一目了然，就無法做假了。」

趙一絕道：「姑娘寫吧！」

小素喜伸手取筆，在手上很快地寫了幾個字。

趙一絕看她舉筆一揮而就，似乎是寫得很快，想來，字數定然不多。

當下微微一笑，道：「姑娘寫了很少幾個字。」

小素喜道：「字雖不多，但意義明顯，決不能作兩面解說。」

趙一絕道：「平遼王想造反，所以，他府中養了很多的武林高手……」

小素喜忍不住格格大笑，笑聲打斷了趙一絕未完之言。

趙一絕頓一頓，道：「你笑什麼？」

小素喜停下笑聲，道：「我笑你猜錯了。」

趙一絕一愣，道：「猜錯了？」

小素喜道：「錯的很遠，很遠。」

趙一絕伸手拍拍腦袋，道：「姑娘可否伸手給在下瞧瞧？」

小素喜道：「你們是浮光掠影的看法。唉！其實也難怪你們，看到了那等情景，除了大智大慧的人，能夠洞察細微之外，又有幾人能不作如是之觀？」

趙一絕道：「想不通，還會有什麼別的內情？」

小素喜緩緩伸出左手，張開五指。

張嵐、趙一絕等凝目望去，只見小素喜雪白的掌心上，寫著：「平遼王含冤難言。」

這七個字不但瞧得趙一絕、李聞天直皺眉頭，連張嵐也瞧得瞠目結舌，半晌說不出話來。

小素喜笑一笑，招招手，女婢小娟應聲而至，送上了一條濕毛巾，小素喜接過毛巾，抹去掌中字跡，笑道：「怎麼樣，諸位都瞧清楚了吧？」

張嵐道：「瞧是瞧清楚了，但內中含意，在下卻不太瞭解。」

小素喜搖搖頭，道：「唉！你們都是久年在江湖上走動的人，爲什麼連這點頭腦也沒有？」

張嵐道：「還得請姑娘指點一下。」

小素喜道：「哼！你們是真不知道呢？還是假不知道？」

張嵐道：「自然是真的不知，豈有明知故問之理？」

小素喜道：「唉！你們這樣不是逼著要我全部說出來嗎？」

張嵐道：「姑娘既然幫了我們的忙，爲什麼不全部說出來呢？」

趙一絕道：「姑娘，有一句俗話說，殺人殺死，救人救活，你姑娘既然幫了我們的忙，爲什麼又不肯幫到底呢？」

張嵐道：「姑娘對我們這番情意，在下等是感激不盡。」

小素喜嗤的一笑，道：「你們不用感激我，我幫你們的忙，是收了別人的代價。」

趙一絕道：「什麼代價？」

小素喜道：「一是你的銅鏡、墨玉，二是兩招武功。」

李聞天道：「兩招武功？」

小素喜道：「是的。兩招武功，對我而言，這代價很高了。」

語聲一頓，搖搖頭，道：「不行，再要說下去，連底子也要抖露了。」

張嵐道：「姑娘的私事，咱們不敢多問，但平遼王的事，希望姑娘能說出一點眉目。」

小素喜道：「我那七個字，已經寫得很明白，你們為什麼不用心想想呢？」

張嵐道：「如是只瞧字面上，姑娘之意，是說那平遼王含冤不白。」

小素喜道：「不錯啊！我不是寫得很明白嗎？」

趙一絕一掌拍在大腿上，道：「我明白了，他們壓迫著平遼王，聽他們之命。」

小素喜笑一笑，道：「嗯！終於猜對了。」

趙一絕道：「不過，有一點在下想不通，平遼王權高位重，怎麼會受制於人？」

小素喜道：「因為他只有一條命，如是他不想死，只好聽命於人了。」

張嵐臉上神色連變，似乎是陷入了一種甚深的痛苦之中。

小素喜回目一顧，道：「張大人，你在想什麼？」

張嵐道：「我在想那平遼王如是受了壓迫，不得不聽強徒的吩咐，這又將是一樁大大的麻煩事了。」

小素喜眨動了一下圓圓的大眼睛，道：「你擔心些什麼？」

張嵐道：「唉！他們如是傷了平遼王府中人，那將又是一個震動京師的大案子了。」
小素喜道：「你不用擔心這件事。據我所知，他們並無傷害平遼王府中人的企圖，只要你們不操之過急，遵守七天之約，他們就不至於傷害到平遼王府中人。」
語聲一頓，接道：「至於平遼王，我想他不敢再自找麻煩，一則這件事說出去，十分丟人，再則他還怕遭到報復。」
張嵐道：「但願姑娘的推斷不錯，在下也可以減少一些麻煩了」
小素喜道：「你們要問的事大概已經問完了，我家沒有男人招呼諸位，坐久了不大方便。」
趙一絕一抱拳，道：「在下心中還有兩件事，要請教姑娘。」
小素喜道：「你可以問，但我不一定答覆你。」
趙一絕道：「第一件事，姑娘曾經說過，受人之託來幫助我們，不知道這人是誰？」
小素喜道：「恕不奉告。」
趙一絕呵了一聲，道：「他又為什麼救我們呢？」
小素喜道：「大約是他在放帳。」
趙一絕道：「放帳，放什麼帳？」
小素喜道：「就我所知，他放的是高利貸，不到一年，就要滾一個對本對利。」
李聞天接道：「好高的利息，他救了我們三條命，我們要如何還債？」

小素喜道：「這個麼，我也不知道，反正他從來不做吃虧的生意。」

張嵐道：「在下想不出天下還有什麼比人命值錢，至多將來還他一命就是。」

小素喜道：「一條命只怕不成。」

張嵐道：「可惜的是一個人只有一條命。」

趙一絕道：「姑娘，收銀子放錢，可收高利，放命麼，他就虧定了。」

小素喜道：「這話怎麼說？」

趙一絕道：「銀子錢是越多越好，但命卻是越老越賤，我們都是四十多歲的人了，再有數十年，他連本也要虧光，人活七十古來稀，就算他今晚上來收帳，我們也多活了兩天。」

小素喜道：「他怎麼收回本利，和我無關，但我知他向來不做賠錢生意。這次，用兩招武功，要我救了你們，對我而言，這票生意賺定了。」

趙一絕道：「姑娘，別忘了，七天之後，你和那萬花劍還有一場生死約會，是賠是賺，目下還未見分曉。」

小素喜笑道：「這個，不用你趙大爺費心，我既然敢賭，就有幾分必勝的把握。」

張嵐道：「在下想再請教姑娘一事。」

小素喜道：「希望你們問的是最後一次。」

張嵐道：「姑娘和那黑衣人似是早已相識？」

小素喜道：「我們也是初見，只不過我們彼此之間都知曉來歷罷了。」

張嵐道：「能使那萬花劍聽命行事，那人自非平常人物，定然是大有名望的人。」

小素喜道：「不錯，他算得是一位大有名望的人。」

張嵐道：「他是誰？」

小素喜搖搖頭，道：「這些事，不用問我，你們自已想法子打聽吧！」

站起身子，接道：「三位來得很久了，我還有事，恕我要下逐客令了。」

張嵐等站起身子一抱拳，道：「多謝姑娘指教。」

小素喜笑道：「三位是否很失望？」

張嵐道：「姑娘已然指點我們很多了。」

小素喜舉步而行，到門口之處，道：「三位請記著一件事。」

趙一絕道：「什麼事？」

小素喜道：「這是咱們最後一次見面，希望諸位以後別再來打擾我。」

趙一絕道：「很難說啊！山不轉路轉，也許咱們還有碰面的機會。」

小素喜道：「至少不是在這裡。」

趙一絕哈哈一笑，道：「姑娘留步，咱們告辭了。」當先抱拳一禮。

張嵐、李聞天齊齊抱拳，告別而去。

小素喜送到大門口處，隨手掩上了大門。

張嵐加快腳步，一口氣走出一里多路，才停下腳步，道：「看來，這位姑娘是一位大有來頭的人。」

趙一絕道：「話是不錯，但她小小年紀，膽敢在班子裡混，恐亦非名門正派中人。」

李聞天道：「趙兄所言甚是，不過，她小小年紀，能使那黑衣人那般敬重，應該是很有名氣的人，咱們怎麼也想不起來。」

趙一絕道：「唉！兄弟一直在京裡混，認人不多，李兄走鏢江湖，天南地北，無處不去，動動腦筋想想看，也許能想起來。」

李聞天搖搖頭，道：「兄弟想不出一點眉目。」

趙一絕似是突然間想起來一件大事，一拍大腿，道：「問他去。」

張嵐道：「問誰？」

趙一絕道：「刁佩。江湖上邪門歪道上的人物，大概他都知道。」

張嵐道：「對！咱們到隱廬去，順便探望一下他的傷勢。」

趙一絕搶先帶路，直奔刁佩居處的隱廬。

# 五　隱世仙俠

獨眼金剛閉門思過，不和江湖人物來往，偌大一座宅院，只有一個小廝照顧他的生活。主、僕二人，生活得十分平靜，在後院種了一片菜圃，自種自食，雖然未戒肉食，卻不殺生，深居簡出，一個月也難得出門一次，大門上積塵常滿，外面看去，似乎是一座久無人居的宅院。

趙一絕舉手扣動門環，足足打了一杯茶工夫，那厚重的大門上，才突然開啓了一個小洞，露出來一對眼珠子，道：「你們找誰？」

趙一絕道：「刁佩。」

那人砰的一聲，合上小洞，高聲應道：「敝主人不見客。」

趙一絕暗用內力，砰的一聲，擊在那小洞口處，冷冷說道：「仔細聽著，去告訴你們主人，說是張大人和趙一絕、李聞天，非要見他不可，你小子吃了熊心豹膽，也不看看來的是些什麼人？」

一番話連唬帶罵，果然把那小子嚇住，小洞門重又打開，道：「我去給你們通報，但敝主人見不見，我卻不能作主。」

趙一絕道：「告訴他非見不可，就說我們已經知道他回到隱廬，而且還受了傷。」

那守門小廝不再答話，轉身而去。

不大工夫，木門大開，一個身著青衣，二十一二的少年，迎了出來，道：「敝主人請諸位宅內敘話。」

趙一絕打量了那青衣人一眼，道：「小夥計，替刁佩守門，應該把招子放亮一點。」

青衣人欠身道：「小的不知諸位身分。」

張嵐一揮手，道：「不知者不罪，快給我們帶路。」

青衣人關好大門，帶幾人穿過一重庭院，到了內廳。

這時，已是掌燈時分，內廳中高燒著一支火燭，刁佩穿著一身寬大的衣服，坐候廳中，張嵐等人一進門，目光全投注在刁佩的身上，只見他神色憔悴，一臉疲累神情。

刁佩扶椅而起，還未來得及開口，張嵐已連連揮手，道：「刁兄，請坐著，不用起來了。」

青衣人端上三杯香茗後，欠身而退。

刁佩抬抬屁股，又坐了下去，道：「張大人如此吩咐，我是恭敬不如從命了。」

趙一絕瞧了刁佩兩眼，道：「刁兄傷得很重？」

刁佩苦笑一下，道：「被人一掌擊中後背，傷及內腑，吐了兩口鮮血。」

趙一絕道：「什麼人打傷了你？」

刁佩道：「說來慚愧得很，兄弟被人打傷，竟然連敵人也未瞧見。」

張嵐道：「這麼說來，那人是一位高手了。」

刁佩道：「他練過『鐵砂掌』一類的功夫，這一掌沒有震斷我的心脈，已算是不幸中的大幸了。」

張嵐道：「刁兄在何處受傷？」

刁佩道：「素喜班外面，我穿過一道巷口，他躲在暗影處，陡然施襲，一擊之下，我就重傷倒地。」

語聲一頓，接道：「三位怎知在下受傷歸來？」

趙一絕道：「咱們聽小素喜說的。」

刁佩接道：「那小素喜是素喜班子裡的姑娘？」

趙一絕道：「不錯。」

想到他未在現場，解說起來，定然要大費唇舌，就未再接下去。

張嵐道：「刁兄自己摸索回來的嗎？」

刁佩道：「被人送回來的。我清醒過來時，人已坐在隱廬門口處。」

張嵐道：「這麼說來，什麼人送刁兄回來，刁兄亦未見到了？」

刁佩道：「不錯，兄弟未看清楚。」

張嵐沉吟了一陣，道：「兄弟很慚愧，刁兄本已是退休的人，卻為了幫張某的忙，重行出山，致落得身受重傷。」

刁佩道：「事情已成過去，張兄也不用引咎，兄弟作惡多端，就算是這一掌把兄弟打死，那也是報應循環。只是兄弟這次出山，未能幫上你張兄一點忙，兄弟倒是極感不安。」

張嵐道：「刁兄，言重了。」

語聲稍頓，接道：「刁兄的傷勢如何，是否要找個大夫瞧瞧？」

刁佩道：「不用了，兄弟身邊，還存有一點傷藥，服用之後，甚為見效。」

張嵐點點頭，道：「兄弟來此的用心，只是想探望一下刁兄的傷勢，刁兄但請安心養息，從此之後，兄弟不再打擾刁兄了。」

刁佩獨目閃光，望了張嵐一眼，沉聲說道：「張兄，這件案子，不是普通江湖人物所為，能夠無聲無息地一掌把兄弟打暈過去，當今江湖之上，實也不多，能放手處且放手，免得逼虎跳牆，造成不可收拾之局。」

張嵐道：「多謝關注，兄弟心中已有分寸，只要他們能給我留一步退路就成了。」

趙一絕道：「老刁，看你傷勢情形，倒是因禍得福，你死不了，也不會再幫忙，好好休養著，咱們告辭了。」

刁佩道：「恕兄弟重傷在身，不能送客。」

趙一絕道：「你歇著吧！過幾天我們再來看你。」

刁佩道：「不敢再勞諸位大駕。」

趙一絕哈哈一笑，道：「如是我們不來，倒要勞動你刁兄，給咱們辦後事了。」

刁佩輕輕歎息一聲，道：「三位小心一些。」

趙一絕道：「是福不是禍，是禍躲不過。」舉步向外行去。

刁佩追到廳口處，低聲說道：「張兄，去求教高半仙。」

張嵐停下腳步，回頭說道：「高半仙？」

刁佩一抱拳，接道：「是的，兄弟不是憑空臆測，但也不是言有所本，我是憑藉數十年江湖閱歷的推斷，覺著那位高半仙是一位非常人物。在下言盡於此，去不去，三位再作商量。」轉過身子，緩步退回廳內。

張嵐等三人行出隱廬，趙一絕輕輕咳了一聲，道：「怎麼樣，咱們要不要去看看高半仙？」

張嵐道：「刁佩之言，亦似是有感而發，他年輕時在江湖上到處走動，足跡遍及大江南北，自是見聞豐富，對他之言，不能不信。咱們去瞧瞧有益無害。」

目光轉到李聞天的身上，接道：「李兄，知曉那高半仙住在何處嗎？」

李聞天道：「這個兄弟不知。」

趙一絕道：「這事容易，兄弟要他們查一查。」目光轉動，四顧了一眼，就地招來了兩個混混兒，吩咐他們幾句。

兩人躬身應命，急急轉身而去，三個人轉入一家茶館裡坐候。

趙一絕在京畿地面上確具神通，不大工夫，兩個混混兒，滿頭大汗地跑了回來，行到趙一絕面前，低言數語，躬身而退。

趙一絕站起身子，道：「走！咱們找高半仙去。」

這時已經是夜幕低垂、萬家燈火的時候，三人直奔關帝廟。

廟後面，是一片低屋矮房，櫛比鱗次，雜亂無章，住的人盡都是販夫走卒，跑馬戲、賣膏藥的江湖藝人。

趙一絕當先帶路，行到了一座低矮的瓦屋前，叩動門環，道：「半仙在嗎？」

木門呀然而開，高半仙當門而立，道：「幹什麼？」

趙一絕道：「我們想算一卦。」

高半仙砰的關上木門，道：「老夫收了攤，明日再去卦攤上算。」

趙一絕道：「卦金加倍。」

高半仙道：「加十倍也不行，不算就是不算。」

趙一絕道：「好！十倍就十倍，你只要開得出口，咱們無不如數奉上。」

兩扇關閉的木門，重又大開，高半仙探出一個腦袋，道：「你剛才說什麼？」

趙一絕笑道：「在下說，你老人家只要能開得出口，凡是咱們能夠辦得到的，無不答應。」

高半仙道：「老夫愛財，取之有道，這可是你願意的。」

趙一絕道：「不錯，是咱們願意奉致老前輩略表敬意。」

張嵐從懷中取出了兩片金葉子，道：「這個大約有老前輩卦金的十倍以上，敬請笑納。」

高半仙冷然一笑，道：「這兩片金葉子，豈能讓老夫破例？」

張嵐怔了一怔，道：「那麼老前輩開個價目出來。」

高半仙不理會張嵐，目光卻轉到趙一絕的身上，道：「你剛才講了一句什麼話？」

趙一絕道：「在下說，只要你老前輩開得出口，在下無不如數奉上。」

高半仙道：「你說說看，你能給老夫些什麼？」

趙一絕道：「百兩黃金怎麼樣？」

高半仙道：「老夫卜卦，從來不多收費，這例子不能開，但老夫收了卦攤之後，也從來不再為人卜卦。」

趙一絕道：「老前輩不是答應了我們，破例為我們卜一卦嗎？」

高半仙道：「不錯，老夫是答應了，但那要看你們付的價錢，能不能使老夫破例了。」

趙一絕道：「這麼吧！兄弟家裡存有幾顆明珠，大如貓眼，光澤奪目，兄弟拿出兩顆明珠奉上如何？」

高半仙搖搖頭，道：「不夠，不夠。」

趙一絕歎道：「你乾脆開個價目出來吧！」

高半仙搖搖頭，道：「誠則靈，你們幾人心意不夠誠，我瞧這個卦不用卜了。」

趙一絕道：「老前輩，我們是誠心誠意而來，只是老前輩的心事，我們無法猜中而已。」

高半仙沉吟了一陣，道：「老夫生平最不喜愚笨的人，你們三個夠愚笨，但念你們還有一片誠心，老夫指點你們一下，不過老夫要先把事情說明白，我只說一次，如是你們還無法瞭解，那就早些走，別再耽誤老夫的睡覺時間。」

趙一絕道：「慢一點，老前輩可否先給我們一個輪廓？」

高半仙道：「看起來還是你最難纏。」

語聲一頓，道：「好吧！老夫多指教你們一點，我說的自然是指代價而言。」

趙一絕點點頭，道：「請說吧！是錢還是名？」

高半仙道：「金錢、虛名，均難動老夫之心。」

張嵐皺皺眉頭，道：「老前輩不要名利，難道是要人嗎？」

高半仙道：「瞧啊！看起來你這做官的，比起那些混混兒聰明多了。」

張嵐茫然說道：「老前輩要什麼人？」

高半仙神情肅然地說道：「一個囚犯。」

張嵐啊了一聲，道：「老前輩，晚輩如能辦到，必將全力以赴。」

高半仙點點頭，道：「那很好，咱們可以談談交易。」

高半仙似是早知道三人來訪一般，小木屋中，不多不少地擺了四張竹椅子，三人各自落座。

張嵐沉聲說道：「老前輩要的囚犯，可是在提督府的監牢之中？」

高半仙搖搖頭，道：「不是，他關在天牢之中。」

張嵐道：「天牢之中，關的都是欽拿的要犯，在下如何能救人？」

趙一絕急急接道：「慢慢商榷，老前輩可否把要救的人，告訴我們？」

高半仙道：「老夫未說出來之前，你們還可以不做交易，離開此地，如是要老夫說出口來，你們就非答應不可了。」

趙一絕笑道：「在下相信，只要張大人能夠辦到，他一定不會推辭。但如是根本無法辦到的事，就算是我們答應了，也是一樣無法辦到。」

高半仙沉吟了一陣，道：「老夫心中如是沒有把握，豈肯和你們浪費口舌。但此事亦不容易，你非得全力以赴才有機會，表面上聽來，雖是應老夫之請救人，其實，你們是給自己幫忙。」

趙一絕道：「可是老前輩派遣小素喜姑娘，救了我等之命……」

高半仙道：「小丫頭那點本領，對你們幫不上忙，至多收一點嚇阻作用，如是人家不買帳，小丫頭就毫無辦法。」話說得很明顯，無疑承認了派遣小素喜救助幾人。

趙一絕道：「咱們還未謝過老前輩救命之恩。」

張嵐卻別有所思，接口說道：「老前輩，你說那天牢中之人……」

高半仙接道：「小丫頭唬不住了，再說，她就要離開這裡，那些人不會就此甘休。等他們準備妥當，在京畿做幾件大案子，你們固然是吃不完兜著走，何況那小子，根本就沒有容忍的度量，不宰了你們三個，只怕不會罷手。」他旁敲側擊，方法高明，每一句都收到了很大的效用。

張嵐道：「老前輩可是說那位皮膚白淨，穿著黑衣的人？」
高半仙道：「他生得很怪，看上去細皮白肉，你們可知道他是什麼人？」
張嵐道：「晚輩雖然很少在江湖上走動，但卻知曉甚多江湖人物……」
高半仙道：「但你卻不認識他。」
張嵐道：「不錯，晚輩不認識。」
高半仙道：「不認識更好一些，如是知道認識了，你們會更加多一些恐懼。」
語聲微微一頓，接道：「老夫已經說得太多了，咱們還是談談正事。」
張嵐道：「只要晚輩力所能及，無不全力以赴。」
高半仙輕輕咳了一聲，道：「你對天牢中的形勢，是否熟悉？」
張嵐搖搖頭，道：「不很熟悉，但提督府和管理天牢的執事官員互有往來，只要老前輩能夠說出一點眉目，在下相信就可以找到。」
高半仙道：「他們住在三號死牢中，一男一女。」
凝目思索了一陣，道：「唉！那女的今年四十多歲，男的也該有十九、二十歲了。」
張嵐沉吟了一陣，道：「兩人的年齡何以相差如此之大？」
高半仙道：「他們是母子，自然是相差很大。」
張嵐啊了一聲，道：「原來如此。」

高半仙道：「那孩子很可憐，三歲那一年，就被關入了天牢，時光匆匆，算起來已過了十七年啦！」

張嵐道：「如若是他們母子真是關了十幾年的人犯，而還未處決，兄弟或有辦法把他們救出天牢，但不知老前輩是否有一個時限？」

高半仙道：「時間要越快越好，最好能在五、六天內完成。」

張嵐道：「五、六天的時間，有些太過急促了。」

高半仙道：「這是為你著想，你們七日之約，還餘下六天時間，如是逾越此限，對你們大是不利。」

張嵐拍拍腦袋，道：「好！在下就去設法，我先去瞧瞧他們。」

高半仙道：「那位婦人，是一位貞德兼具的人物，當今之世，能夠比得上她的人，老夫還沒有見過，她不願輕易受人之恩，你見她時候，說話要小心一些。」

張嵐道：「好！在下就說受老前輩之命行事。」

高半仙搖搖頭，接道：「不成，不能提我的名字。」

張嵐道：「這個，要在下對她如何啓齒呢？」

高半仙道：「最好的辦法是，你能在刑部弄到一張釋放他們母子的公文。」

張嵐道：「這個實在很難。」

高半仙道：「如是很容易的事，老夫也不用找你們辦了。」

語聲一頓，接道：「不過，老夫說的是最好的辦法，除此之外，別的辦法也成。老夫只能告訴你們這些原則，如何能夠成事，要你們自己想法子，隨機應變了。」

張嵐道：「如是在下救出人來，如何能夠和老前輩會面？」

高半仙道：「三天之後，老夫在玉泉山下天虛宮中候駕。」

張嵐道：「好，不論在下能否辦到，都會有消息送給你老人家。」

高半仙道：「記著，老夫只能在那裡等你們三天，過了時限，別怪老夫失約。」

張嵐心中暗道：「你求我們辦事，還是這般聲色俱厲，當真是情理欠通了。」

心中念轉，口中卻連聲應是，站起身子，道：「在下等告辭了。」抱拳一禮，轉身向外行去。

張嵐、李聞天、趙一絕緩步出門，並肩而去，高半仙砰的一聲，關上木門，隨手熄去了屋內的燈火。

趙一絕一面加快腳步，一面低聲說道：「事情已經很明顯，咱們如是救不出三號死牢囚犯，卻將掀起一天驚風駭浪。」

張嵐輕輕歎息，道：「我正在想法子。」

趙一絕道：「不是想法子，而是一定要辦到，老趙的看法，那穿黑衣服的白臉奸臣，陰險得很，什麼事都能幹得出來，如是小素喜那丫頭一走，高半仙放手不管，這一場風波，只怕要鬧一個山崩海嘯。」

張嵐道：「事情的確很麻煩，不過，在下有點想不明白，高半仙似乎是別有苦衷，也不肯把事情說清楚，這好像作文章，他只肯出一個題目，作好作壞，全要看咱們的了。」

趙一絕道：「這比喻雖然很恰當，但老趙卻覺著還不夠嚴重。我覺這是在看病，一服藥下不好，咱們都是在劫難逃的病人，所以，人非得救出來不可。」

張嵐點點頭，道：「兄弟一定盡力，今夜裡我就去晉謁提督，稟告內情。」

趙一絕接道：「什麼，你要見提督稟明內情，這可是千萬做不得的事情。要知道，這是西洋鏡，拆穿了，非砸不可。」

張嵐皺皺眉頭，道：「如是不稟明提督，兄弟這總捕頭的身分，只怕無法進得大牢。」

趙一絕道：「有一句俗話說，銀子化成水，流到北京城，不信打不贏官司。」

張嵐道：「用錢？」

趙一絕道：「有錢能使鬼推磨，黑眼珠見不得白銀子。」

張嵐回顧了趙一絕一眼，沉吟不語。

趙一絕道：「你不用發愁，主意既是我老趙出的，銀子歸我出。趙某人混了幾十年，別

的沒有混到，就是混到了幾個錢。」

張嵐道：「好吧！兄弟先到刑部去打聽一下，看看如何能進入天牢。」

趙一絕道：「好！先用你的辦法，不成了再用我老趙的主意。咱們今晚回家，好好地睡它一覺。明天中午時分，咱們在六順飯莊碰頭，兄弟請兩位吃個便飯。」

張嵐道：「好！就依趙兄之見。」

趙一絕道：「不過，你明天要起個早去辦事，中午咱們碰面的時候，希望你能夠有點眉目。」

張嵐道：「兄弟也急得很，自會全力以赴，但趙兄也要用點心機才成。」

三人分手，各自歸家，當夜中各自都有一番安排。

## 六　計入天牢

第二天中午時分，張嵐和李聞天，都如約趕到了六順飯莊。

趙一絕卻已先兩人而到，堂倌早已得了吩咐，引兩人直入梅花廳。

廳中裝設很講究，一片白，白綾幔壁、白緞子桌子、白緞子椅墊。

趙一絕換了一身長袍，長揖迎客。

張嵐、李聞天步入廳中，桌子早已擺好了四個冷盤。

趙一絕讓客入座，揮手催堂倌上菜，一面低聲說道：「張兄！事情辦得怎麼樣了？」

張嵐道：「兄弟今天一早到了刑部，找一位朋友幫忙，這案子年代太久，似乎是已經被人遺忘，朋友答應了給我查查看，明天一早給我回信。」

趙一絕笑一笑，道：「天牢大案，刑部人怕也作不了主意，高半仙分明是武林高人，聽他口氣，小素喜和那位黑衣人，似乎是都不在他的眼下，他如若邀幾個第一等高手劫牢救人，大概不算是一件難事，也該是最簡單的辦法，但他捨簡就難，偏要咱們去想法子救人，這中間只怕是別有內情，這內情才是關鍵，十七年的時間夠長，一個人經過了十七年後，還忘不了這場舊事，這件事留在他心中定極深刻。兄弟覺著，最重要的一件事，先和他們母子見見面，瞭解內情，才能下手。」

張嵐道：「話是不錯，但要進入天牢，探見死牢中的囚犯，事情不簡單。」

趙一絕微微一笑，道：「這一點兄弟已經有了安排，今天下午，咱們就可以進入天牢見人。」

張嵐怔了一怔，道：「這話當真嗎？」

趙一絕道：「千真萬確，申時之前，他們派人來這裡接我。」

張嵐道：「趙兄，看起來，兄弟這京畿總捕是白幹了，不如你趙兄多矣！」

趙一絕乾笑兩聲，道：「這叫做一路神仙一路法，討厭的是你這位總捕頭，主管京畿治安，官雖不太大，權卻夠重，天牢獄卒，只怕也對你有幾分畏懼，你不認識人，人家卻認識你，見了你的面，事情非砸不可。」

張嵐啊了一聲，道：「趙兄的意思呢？」

趙一絕道：「老趙在京裡混了幾十年，辦的都是雞毛蒜皮的事，這件事實在夠大，趙某人實在想伸手試試，就算不能真的遮天，也要蓋住它幾顆星星，總不能白讓朋友們送給我這個綽號。」

張嵐道：「這麼說來，兄弟我得要躲一躲，不能去了。」

趙一絕道：「去是能去，不過要委屈你張大人一下。」

張嵐道：「願聞其詳。」

趙一絕道：「說穿了，是江湖上下三流的把戲，要你戴一張人皮面具，換上青衣小帽，做兄弟我的跟班，你如是不願委屈，那只有暫時回府，晚上咱們再見面。」

張嵐面現難色，沉吟了良久，道：「好吧！你趙兄為朋友兩肋插刀，張某人易容改裝又算得什麼。」

趙一絕哈哈一笑，道：「張兄肯委屈求全，事情就好辦多了。」

回目一顧李聞天，接道：「李兄也算京裡面有臉的人。」

李聞天向趙一絕微笑道：「兄弟是聽憑吩咐，要我扮成什麼身分，說一句就成。」

趙一絕道：「你是武戲文唱，扮成兄弟的帳房先生，兄弟帶來了一點金葉子，等一會兒由你交給來人，先交一半，我們回來時，再交一半，不過，不能讓人瞧出你是李總鏢頭，委屈你老兄，也要套一個人皮面具。」

李聞天道：「這點事，兄弟自信能夠辦到，不過，面具、衣服，兄弟卻是全無準備。」

趙一絕道：「這些事，自然不用兩位費心，在下早已準備妥當了。」

兩手互擊兩下，一個青衣小帽的大漢，閃身而入，奉上一個小包袱，又退了出去。

趙一絕接過小包袱，道：「兩張人皮面具，和兩位穿的衣服，都在裡面，小心無大差，請兩位早一點易容換衫。」

張嵐道：「這地方方便嗎？」

趙一絕道：「方便得很，六順飯莊，從掌櫃到跑堂的夥計，大都是跟兄弟的人，他們決不會洩漏機密，兩位只管放心。」

張嵐、李聞天打開包袱，裡面果然包著兩套衣服，和兩張人皮面具。

兩人各按身分，換過衣服，戴上人皮面具，在趙一絕指點之下，修正好缺點、細節，又商量了應對之法，才開始進用酒、飯，酒足飯飽，趙一絕又互擊了兩掌，招來了一個青衣大漢，送上一個布包的木箱子，悄然而退。

李聞天探首向外面瞧了兩眼，笑道：「趙兄，屋中狹小，無處藏人，你帶的人手，安排在何處？」

趙一絕道：「兄弟在隔壁多訂了兩個房間。」

李聞天啊了一聲，道：「原來如此。」

語聲一頓，接道：「趙兄爲什麼要訂兩個房間，難道你帶來的人手很多？」

趙一絕道：「就是李兄不問，兄弟也要說明。官場中人，也不全是好東西，兄弟不得不防他們一著，因此，我選了九個精悍的朋友，僞裝酒客，如是他們拿了錢撒手走路，就要給他

們一點顏色瞧瞧。李兄假冒兄弟的帳房，留在這裡指揮大局，等我和張兄回來，再讓他們離開這裡。」

又等候約半個時辰左右，果然有兩個身穿長衫的漢子，直闖進來。

趙一絕站起身子，一抱拳，道：「哪一位是梁兄？」

走在前面一個大漢突然向側旁一讓，第二個卻搶前一步，一拱手，道：「兄弟姓梁。」

趙一絕道：「在下趙一絕。」

張嵐扮做趙一絕的跟班，肅立在趙一絕的身後，目光微轉，打量了兩人一眼，只見那閃在旁側的大漢，粗眉大眼，體態雄偉，似是個練家子，穿著一身深藍色的長衫，高捲著袖管子，那位姓梁的，生的一副白淨面皮，穿一件藏青色長衫，神態倒很文雅。

只見那姓梁的目光左右轉動，瞧過房裡的形勢，才答道：「久聞趙兄的大名，今天有幸一會。」

趙一絕道：「好說，好說，梁兄給兄弟辦的事情如何？」

青衫人笑一笑，道：「天牢之中關的都是欽拿要犯，自是和一般的監牢不同。」

趙一絕道：「所以，才勞你梁兄幫忙。」

青衫人嗯了一聲，道：「趙兄的東西帶來了沒有？」

趙一絕回目一顧李聞天，道：「打開箱子。」

李聞天應聲揭開箱蓋。
頓時金光耀目，一箱黃澄澄的金葉子。
趙一絕笑道：「十足成色，十足分量，兩千兩，一個碼子不少。」
青衫人道：「你趙兄的信用，咱們是久已聞名。」
回目望望那藍衣大漢，道：「先把箱子送回去。」
趙一絕一伸手，道：「慢著。」
青衫人一笑，道：「怎麼，趙兄可是有些捨不得？」
趙一絕道：「梁兄想必早已心中有數，未見人之前，兄弟只能先付一半。」
青衫人道：「另一半呢？」
趙一絕道：「放在六順飯莊，這兒留下帳房先生守著，兄弟從天牢回來，立時奉上另一半。」
青衫人道：「趙兄很謹慎啊！」
趙一絕道：「咱們初次交易，不得不小心一些，以後混熟了，一句話就成。」
青衫人低聲對那藍衫人道：「先拿一千兩回去，交給黃爺。」
李聞天鋪了一塊藍布，取出了一百片金葉子包好。
藍衫大漢一語不發，提起包裹，大步向外行去。

趙一絕輕輕咳了一聲，道：「梁兄，咱們幾時動身？」

青衫人哈哈一笑，道：「趙兄對兄弟不大放心，兄弟也不能不謹慎一些。」

趙一絕皺皺眉頭，道：「怎麼樣？」

青衫人道：「兄弟已經打聽過了，那三號死牢中，關的是母子兩人。」

趙一絕接道：「不錯，正是母子兩人。」

青衫人道：「他是御史的遺孀，那位御史大人關入天牢之後，三個月就氣病而亡。他們是江南杭州府人氏，在家裡很少親眷，所以，探望他們母子的人並不很多。」

趙一絕道：「這似乎無關緊要，反正老趙是花了兩千兩黃金買來的。探一次監送了兩千兩黃金，這價錢大約是前無古人、後無來者，南京到北京，也只有我趙某人會認這個價碼。」

青衫人笑一笑，道：「問題也在這裡了，趙兄和那位御史夫人，似乎是全然拉不上一點關係，不知何以要去探望那位御史夫人呢？」

趙一絕嗯了一聲，道：「梁兄，兄弟花了兩千兩黃金，似乎不是來聽你梁兄的教訓吧！」

青衫人道：「趙兄一定不願說明詳細內情，兄弟也不便多問。」語聲微微一頓，接道：「但不知趙兄要去幾個人？」

趙一絕道：「兩個。」

青衫人道：「哪兩個人，不知可否先讓兄弟見見？」

趙一絕拍拍胸膛，道：「就是兄弟在下。」

青衫人道：「還有哪一位？」

趙一絕回目一顧張嵐，道：「還有兄弟這位跟班。」

青衫人微微一笑，道：「怎麼，趙兄是受人之託？」

趙一絕道：「自然是了。」

青衫人道：「趙兄既是受人之託，何以那人不來？」

趙一絕道：「天牢難進，自是人愈少愈好，錢是經兄弟手付，兄弟代表，梁兄自然是可以放心了。」

青衫人淡然一笑，道：「那位託你的人，定然是大有來頭，兩千兩黃金，不是小數字，那人竟一口氣答應，自然趙兄也會在中間賺幾個了。」

趙一絕道：「梁兄，這不是講斤兩的時候，兩千兩黃金，你們已經拿走了一千兩，既是無法退回，就算你吃虧，也得答應。」

青衫人微微一笑，道：「兩千兩黃金數字不少，可是兄弟我……」

趙一絕接道：「梁兄，怎不早說，繞了這麼大個圈子，兄弟今日能順利進入天牢，另送你梁兄一百兩黃金。」

青衫人微微一笑，道：「這個麼，兄弟多謝了。」
談話之間，藍衫大漢大步行了回來，手中仍然提著一個包袱。
趙一絕望望天色，道：「梁兄，該動身了吧？」
青衫人道：「不錯，該走了。」
目光轉到藍衣大漢的身上，道：「打開包袱。」
藍衣人就在地上解開包袱，只見裡面包著三套紅緞子滾邊的藍色衣服。
青衫人輕輕咳了一聲，道：「趙兄兩位要去，先得換過衣服。」
趙一絕道：「這是什麼衣服？」
青衫人道：「天牢中獄卒的制服。」
趙一絕道：「這種制服，連我老趙都沒有見過，穿了在街上走，必將引得萬人注目。」
青衫人微微一笑，道：「這一點，趙兄可以放心，飯莊外，有一輛篷車等候，一直拉二位在天牢下車，巷口處，那裡自會有人迎接二位。」
趙一絕望望張嵐，道：「換衣服吧！」
兩人各自取了一套制服迅快地換過，那姓梁的青衫人卻撿起另一套獄卒衣服，也以極快的速度換好。
趙一絕抖一抖上下大一寸的衣服，回顧李聞天一眼，道：「你守在這裡，等我回來，再

付下面的錢。」

李聞天一欠身，道：「東家安心，小的記下了。」

那藍衣大漢重重咳了一聲，道：「在下也要守在這裡了。」

趙一絕笑一笑，道：「對！你們兩個互相的盯著吧！」

甩甩大袖子，接道：「梁兄，咱們走吧！」

三人行出門外，果然早有一輛篷車在門外等候，三人登上車，篷車立時向前行去。

車行極快，但仍然走了半個時辰才停了下來，姓梁的當先下車，四顧了一眼，才招招手道：「趙兄快下來。」

趙一絕在京裡住了幾十年，也沒有到過這等地方，下了車，只見兩邊都是青磚砌成的高牆，兩道牆壁之間，夾著一條小巷子。

姓梁的站在巷口直招手，使得趙一絕沒有工夫打量一下四面的景物。兩人進入巷子，篷車立時向前馳去。

姓梁的低聲說道：「趙兄，跟著兄弟走，別東張西望，別多說話。」

趙一絕道：「未得你梁兄招呼，咱們裝啞巴就是。」

姓梁的微微一笑，放步向前行去，行約丈餘，到了一座側門前面。梁姓漢子，舉手在門上輕叩五響，木門呀然而開。三人魚貫而入，姓梁的帶路，直向前面行去。

趙一絕目光轉動，偷瞧了兩眼，只見兩面都是連接房舍，房子很高大，厚門鐵窗，建築得十分堅牢，走廊下，都是身著藍衣滾邊的天牢獄卒，佩著雁翎刀，來回走動。

四面一片靜，靜的可聽到三人走路的腳步聲。

趙一絕心中暗道：「大牢氣派，究竟不同，使人有著刁斗森嚴的感受。」

梁姓漢子帶兩人轉了兩個彎，到了一座青石砌成的房子前面，道：「兩位站在這裡稍候片刻。」

趙一絕點點頭，道：「梁兄快一些。」

姓梁的笑一笑，舉步登上兩層石級，低聲和一個佩刀的獄卒交談數言。

那獄卒點點頭，從懷中摸出一把鑰匙，打開了一把十五斤左右的大鐵鎖，推開了厚重的木門。

姓梁的一招手，趙一絕和張嵐快步向前行去。

暗中打量四周形勢，這死牢和適才所見又不相同，只見一幢幢青石砌成的房屋，互不相連，每一幢石屋前，站著一個佩刀獄卒。

姓梁的守在門口，低聲說道：「這就是三號死牢，我們替兩位安排半個時辰的談話時間，諸位有什麼話，要在時限之內談完。」

趙一絕道：「半個時辰應該夠了。」

姓梁的道：「只有半個時辰，不夠也得離開，兩位請進吧！」

趙一絕、張嵐緩步行入室內，但聞砰的一聲，厚重的木門，突然關上。

只見整個石室，有兩個房子大小，分隔成內、外兩間。

屋頂上，一塊小小天窗，使得室中景物清晰可見。

外間石室中，一條灰色毛毯上，盤膝坐著一個劍眉朗目的少年。

十幾年的天牢生活，並未使他有著狼狽之狀，長髮整得很齊，盤在頭上，一襲灰衣，雖然破了幾處，但卻不見皺紋。

張嵐和趙一絕四道目光，一齊投注在那少年身上，兩人都是久年在江湖上走動的人物，可謂閱人多矣，只覺那盤膝而坐的少年，神韻清朗，但卻有著一股說不出的冷漠神情。

趙一絕輕輕咳了一聲，道：「朋友。」

灰衣少年抬頭望了趙一絕一眼，緩緩說道：「獄官大人，有什麼吩咐？」

趙一絕低聲說道：「兄弟不是獄官。」

灰衣少年怔了一怔，道：「不是獄官，你是什麼人？」

趙一絕道：「咱們是受了朋友之託，費了極大的氣力，混進了天牢中來。」

灰衣少年沉吟了良久，道：「十餘年來，從來沒有人進來探望過我們母子，我們也沒有朋友。」

趙一絕道：「朋友自然是有，不過，你的年紀太輕，記不得罷了」

灰衣少年道：「那麼，兩位是受了何人所託？」

趙一絕道：「這個麼，咳咳，其實說了你也不認識。」

灰衣少年道：「那麼兩位來此的用心何在？」

趙一絕道：「不知在下等可否和令堂談談？」

灰衣少年搖搖頭，道：「我母親不喜和生人見面。」

趙一絕一抱拳，道：「勞駕你朋友，替我們通報一聲如何？」

灰衣少年沉吟了一陣，道：「好吧！兩位請稍候一下。」站起身子，緩緩向內室行去。

片刻之間，那灰衣少年扶著中年婦人，緩步行了出來。

她穿著一身藍色灰衣土布衣裙，鬢間微現斑白，雖是死牢中的囚犯，但神態之間，仍有著一種高貴氣度。

趙一絕一抱拳，道：「夫人。」

中年婦人停下腳步，目光在趙一絕和張嵐的臉上，打量了一陣，道：「兩位不是天牢中的獄官？」

趙一絕道：「我們是專程混入天牢，探望夫人和公子而來。」

中年婦人嗯了一聲，道：「天牢中戒備森嚴，怎容得兩位混入？」

趙一絕笑一笑，道：「錢可神通，我們花銀子，買通了獄卒，混至此地。」

中年婦人道：「如是老身的記憶不錯，我和兩位從未見過。」

趙一絕道：「咱們確是第一次拜見夫人。」

中年婦人道：「既是從未晤面，兩位爲什麼要見我們母子？」

趙一絕道：「咱們雖然沒有見過夫人，但對夫人的爲人卻是仰慕的很。」

中年婦人臉色一寒，冷冷說道：「老身雖是犯官之婦，除了當今王法可懲罪老身，其他之人，不能對老身有絲毫輕薄。」

趙一絕呆了一呆，道：「夫人，在下哪裡說錯了？」

中年婦人道：「咱們素昧平生，你怎麼出言無狀，對老身道出仰慕二字。」

趙一絕哈哈一笑，道：「原來如此，在下是粗人，咬文嚼字的話說不來，如有詞難達意之處，還望夫人、公子勿怪。」

中年婦人臉色稍見緩和，但語氣仍甚冷漠地說道：「好！咱們不談此事，你們是何身分，找我們母子作甚？」

趙一絕說道：「在下做了幾筆大生意，此番前來，乃是想設法救夫人和令郎離開天牢。」

中年婦人道：「先夫在世之日，為官清正，雖然身受株連拿問天牢，但老身相信沉冤總有昭雪之日。」

趙一絕啊了一聲，道：「可是尊夫……」

中年婦人接道：「我那丈夫雖然含恨氣死在天牢之中，但他的沉冤，仍有清雪之日，還他清白官聲。」

趙一絕道：「夫人說得也是。不過，你們母子囚居天牢，已過了十七寒暑，雖說含冤昭雪有日，但居留天牢，終非長久之計，如是夫人願離天牢，在下或可效勞。」

但聞呀然一聲，厚重的木門大開，那姓梁的閃身而入。

中年婦人望了那姓梁的一眼，道：「那要如何接我們母子出去？」

趙一絕道：「只要夫人願離天牢，在下總會想出辦法。」

回顧了那姓梁的一眼，道：「梁兄，你來的正好，咱們再談一筆交易。」

姓梁的呆了一呆，道：「趙兄準備和兄弟再談些什麼交易？」

趙一絕道：「兄弟想把王夫人母子救出天牢，不知梁兄是否有辦法？」

姓梁的沉吟了一陣，道：「天牢中人，都是欽命囚禁的犯人，這個只怕是有些困難……」輕輕咳了一聲，道：「不過，俗語說得好，有錢能使鬼推磨，如是趙兄肯用銀子鋪條路，也許能夠走得通。」

趙一絕道：「只要有法子可想，兄弟不怕用銀子，梁兄可否開個價碼過來？」

姓梁的笑道：「這件事，照兄弟的看法，只有一條妙計，移花接木。王夫人母子，住在天牢十七年，在下記得那時王公子只不過兩、三歲，如今已是弱冠之年，王夫人也已經兩鬢斑白，大約除了天牢中的獄官之外，滿朝文武都不會記得王夫人了，這就容易了。」

王夫人接道：「兩位不用多費心機了。」

趙一絕愣了一愣，道：「為什麼？」

王夫人神情肅然地說道：「我們母子願離天牢，但我們要堂堂正正地離開這裡，什麼移花接木的妙計，恕老身不能領情。」

姓梁的怔了一怔，道：「你們母子要堂堂正正地離開這裡？」

王夫人道：「不錯，我們要堂堂正正離開這裡。」

那姓梁的似是生怕要斷財路，急急接道：「那要皇上手諭，刑部的堂令才成。」

王夫人道：「正是如此，要我們母子離開天牢，就要皇諭，部令，正正大大地放我們離開此地。」

姓梁的搖搖頭，道：「這太難了。」重重地咳了一聲，接道：「王夫人，就在下所知，夫人和令郎都是死罪，因為王大人氣死天牢，他的生前同寅，對夫人母子，十分同情，多方掩遮，才拖了十七年。大概是當今皇上，已把此事忘去，就在下任職天牢二十餘年所聞所見，從

沒有判決的死囚一拖十七年的事情。」

王夫人冷冷說道：「如是要殺老身，老身倒極願追隨先夫於九泉之下。」

趙一絕道：「夫人不怕死，但令郎卻是無辜之人，再說王家只有這一脈香火，如是含冤而死，那未免太可憐了。」

這幾句話，大約是擊中王夫人心坎，臉上頓然泛現出痛苦之色，緩緩流下來兩行老淚，道：「孩子，你想怎麼辦？」

灰衣少年淡然地說道：「孩兒悉憑母親之命。」

他說話的語氣，十分平靜，神色如常，似乎是生死大事，全不放在心上。

王夫人黯然歎息一聲，道：「你爹爹如是還活著，這等事，就用不著爲娘費心了。」

那姓梁的打蛇順棍上，接口說道：「水流千江總歸海，你們母子既是決死之犯，自然會有大決之日，好的不能再好，也是個老死天牢的下場。」

王夫人緩緩說道：「兩位爲什麼一定要救我們母子？」

姓梁的道：「救你們兩母子的是這位趙兄，在下麼，只不過是聾子的耳朵，一個配搭罷了。」

王夫人目光轉到趙一絕的臉上，緩緩說道：「不論你是何人，但你救我們母子之心，老身十分感激，不過，先夫雖然是蒙受冤枉死去，但他的清白卻不容受人玷污，不論你花去了多少銀子，我們母子也無法接受你這番好意。」

趙一絕道：「這麼吧！夫人免去皇上聖諭，在下到刑部弄個公文，接夫人離此如何？」

王夫人道：「我們要刑部堂堂正正的文書，你如是想僞造一份公文，騙我們母子，那就打錯了主意。」

趙一絕道：「保證是刑部公文，上面有刑部的堂印，三、兩天內，在下帶人來接夫人，我先告退了。」抱拳一禮，轉身欲去。

王夫人高聲說道：「慢著。」

趙一絕道：「夫人還有什麼吩咐？」

王夫人道：「你貴姓啊，爲什麼一定要救我們母子？」

趙一絕道：「在下姓趙，雙名一絕，我是受人之託，忠人之事。」

王夫人道：「什麼人託你救我們，可否相告？」

趙一絕道：「這個夫人不用追問，到時候他會和夫人見面。」

王夫人沉吟了一陣，道：「你在哪個衙門辦事？」

趙一絕道：「在下和公門無關，我是個做生意的人。」

王夫人啊了一聲，道：「你做的什麼生意？」

趙一絕怔了一怔，忖道：「這位王夫人，看起來是一個十分正派、端莊的人，如是據實告訴她，我在開賭場，事情非砸不可，不得不說幾句謊言騙騙她了。」

心中念轉，口中卻說道：「兄弟開了幾家銀號，這幾年營業很大，賺了不少錢，所以用錢的事，夫人不用擔心。」

王夫人啊了一聲，道：「老身還得想想看，才能決定。」

趙一絕道：「好吧！夫人慢慢地想，不過，在下希望夫人該爲令郎想一想，他年紀輕輕的，又是一脈單傳，不能老死天牢。」

王夫人冷冷地說道：「我知道，我會仔細地想，三位請恕老身不送了。」言下之意，無疑是在下逐客令。

趙一絕道：「夫人保重，在下去了。」

那姓梁的舉手在門上敲了幾下，木門忽然大開，原來，這死牢木門，除了明鎖之多，還有暗鎖，裡面的人，無法打開。

姓梁的搶先帶路，一面低聲說道：「趙兄，到兄弟的公事房裡坐坐。」

趙一絕道：「好！在下也正要和梁兄談談。」

語聲一頓，接道：「兄弟只知道你姓梁，還不知道台甫怎麼稱呼？」

姓梁的微微一笑，道：「兄弟叫梁大謀，大小的大，謀略的謀。」

趙一絕道：「梁兄這名字，起的不錯啊，獅子大開口的大，謀財害命的謀。」

梁大謀哈哈笑道：「趙兄，拿人錢財，與人消災，兄弟只要是答應了一定辦到，我梁大謀的金字招牌，趙兄不妨去打聽打聽，不過，兄弟是大謀大略的人，不辦小事。」

趙一絕笑道：「我還道只有提督府衙門的獄官，收受賄賂，想不到天牢中的獄官胃口更大。」一面說話，一面回顧張嵐微笑。

梁大謀道：「這叫做天下烏鴉一般黑。」

談話之間，人已到了一座青磚砌成的房子前面。

梁大謀推門而入，欠身肅客，一面說道：「趙兄請進。」

趙一絕目光轉動，只見房中都是木櫃，一張紅漆的長桌上，放了不少案卷，心中暗道：「這小子似乎是天牢中的師爺，看來倒似是很有點權勢的人物。」

心中念轉，口裡卻道：「梁兄在天牢中擔任什麼職務？」

一個青衣童子，捧著木盤奉上了三杯香茗後，又悄然退了出去，而且又順手帶上了房門。

梁大謀笑道：「不瞞你趙兄說，兄弟在天牢中掌理文案，已經十有餘年，歷經了五任天牢主事，兄弟一直是辦理文案事務，老實告訴趙兄，如是兄弟辦不通的事，大約別人也很難辦通了。」

趙一絕道：「天牢中事，你梁兄大概確有此能力，但刑部中事，只怕你老兄無能爲力了吧？」

梁大謀道：「兄弟和刑部打了十幾年的交道，和刑部文案主事，十分熟悉。」目注張嵐，突然住口不言。

趙一絕笑道：「這一位是兄弟的心腹，兄弟的事，他無所不知，梁兄有什麼話，只管吩咐。」

梁大謀點點頭，道：「趙兄可真的準備要到刑部替他們辦個公文嗎？」

趙一絕道：「不錯。兄弟說出口的話，一定要設法辦到。」

梁大謀道：「趙兄準備如何下手？」

趙一絕道：「這一點，兄弟還沒有想到，不過，千句歸一句，兄弟花錢辦事。」

梁大謀笑一笑，道：「花錢也得有路子，要不要兄弟給你談談？」

趙一絕道：「梁兄知道，我只有兩、三天的時間，梁兄盤算一下，自己能否辦到？」

梁大謀道：「今晚上兄弟就給趙兄去問，不過，趙兄準備用多少銀子，先給兄弟一個譜兒才成。」

趙一絕望著梁大謀，笑一笑，道：「這方面，兄弟是外行，應該用多少銀子，梁兄心裡想必早有一把算盤了。」

梁大謀打個哈哈，道：「趙兄，兄弟只能辦到買命頂替，走了王夫人母子，還要有另一個王夫人母子進入天牢，一條命多少錢，世無定價，花多花少完全沒有準兒。再說，上至天牢主事，下到守門的獄卒，上上下下，全都得銀子打點，你說，這要花多少錢？另外，還得加一張刑部的公文，這個帳，趙兄也不難算得出來。」

趙一絕沉吟了片刻，道：「梁兄，這種沒有譜兒的事，很難算出價碼，乾脆你梁兄包了幹，刑部公文、兩個頂名的男、女，都歸你梁兄找，不過，這些事，不能讓王夫人母子知道。」

梁大謀道：「這方面你放心，只要咱們談對了價錢，這些事辦得完美無缺，只要銀子能花到家，連皇上的聖諭也可以買到，趙兄大概心中明白，這種錢沒有人能夠獨個兒吞下。」

趙一絕道：「這個兄弟知道，梁兄開價錢吧！」

梁大謀道：「趙兄進天牢看看王夫人，花了兩千兩黃金，這檔子事，比進天牢難得多，至少得五千兩黃金才成。」

趙一絕雖然有錢，也聽得爲之一怔，沉吟了片刻，道：「五千兩是不是高了一點？」

梁大謀道：「兄弟的算法，已經是很克己了。」

趙一絕咬咬牙，道：「好吧！五千兩就五千兩，兄弟回去籌措，明天晚上送到六順飯莊，梁兄能不能明天放人？」

梁大謀道：「太快了，兄弟算一算，至少得三天時間。」

趙一絕道：「兩天怎麼樣？」

梁大謀道：「兄弟趕著辦，至遲三天就是。」

趙一絕略一沉吟，道：「就此一言爲定，在下告辭了。」

梁大謀道：「本來兄弟還該和趙兄到六順飯莊去一趟……」

趙一絕接道：「不用了，兄弟回到飯莊去，立刻交另外一千兩黃金。」

梁大謀道：「好！那兄弟就不去了。」

趙一絕帶著張嵐，行出天牢，門口早有一輛篷車等候。

兩人登上車，直入六順飯莊。

李聞天和那藍衣大漢，面對面地坐在房間裡。

趙一絕望望李聞天，道：「把黃金交給這位朋友。」

藍衣大漢伸手提了起來，轉身就向外走，一個謝也未說。

趙一絕目睹那藍衣大漢背影消失，呵呵一笑，道：「官場裡要錢的氣勢，看起來比我們開賭場的還要厲害，我們也要錢，但還得賠上笑臉，讓客人輸了錢心裡舒服，官場裡要錢，要的氣勢雄壯，一臉冷若冰霜的味道。」

張嵐伸手取下人皮面具，笑道：「夠了，趙兄，兄弟已經聽了大半天，你是指著和尙罵禿驢，官場中有貪官污吏，但也有青天大人。」

趙一絕哈哈一笑，道：「兄弟硬被他們敲出了七千兩黃金，心不痛卻也有些肉痛，一下子罵順了口，忘記你張兄是提督府中的總捕頭了。」

張嵐道：「趙兄的幫忙，兄弟是感激不盡。」

趙一絕攔住了張嵐的話，接道：「不用感激我，好聽一點說，那位王大人是個清官，王夫人母子含冤，在天牢住了一十七年，我趙一絕做的壞事太多，實也應該做點好事，真實點說，我是拿錢買命，如是萬花劍那班人發了狠，要了我的老命，十萬八萬兩黃金，也沒有辦法買回。」

張嵐道：「趙兄倒是一位想得很開的人。」

趙一絕笑道：「財去人安，花銀子不是大事，問題是咱們是否能夠救出王夫人母子？」

張嵐道：「這一點，兄弟也沒有把握，不過，我覺著趙兄花銀子的法子，應該是最快的辦法，可惜的是兄弟不能出面。」

趙一絕道：「這個我知道，你一出面，非把事情給砸了，不過，兄弟擔心的是那位梁大謀，是否言過其實，咱們只有幾天的時間，如是被他糟蹋了，豈不耽誤了咱們的大事。」

張嵐道：「趙兄請照原計畫進行，兄弟明天也到刑部去打聽一下，看看有沒有別的路子。」

趙一絕道：「咱們分頭辦事，明天中午後，在這裡碰頭，不見不散。」

張嵐換過衣服，道：「好！兄弟先走一步了。」

趙一絕道：「慢著，還有一事，請教張兄。」

張嵐道：「趙兄吩咐。」

趙一絕道：「張兄是否仔細地瞧過了那位王公子？」

張嵐道：「怎麼樣？」

趙一絕道：「那位王公子有些不對，神清氣爽，似乎是一個內功很深厚的人物。」

張嵐道：「兄弟亦有此感。」

趙一絕道：「奇怪的是什麼人教了他的武功，他三歲進入天牢，一住十七年，那位王夫人，又分明是位不會武功的人，這就叫老趙想不明白了。」

張嵐苦笑一下，道：「兄弟也有同感，事情似乎是越來越邪門了，兄弟明天到刑部，一面探問救他們母子離開天牢的事，一面還要查一下十七年前，王御史這件案子的詳細內情。」

趙一絕輕輕咳了一聲，道：「對！這件事的內情，咱們非得先行問個明白。」

張嵐道：「兄弟這裡先行告別，明天中午時分，咱們在這裡碰面。」

趙一絕道：「張兄千萬不要洩漏兄弟託那梁大謀的事情。」

張嵐道：「這個我明白。」轉身大步而去。

一夜匆匆。

第二天一早，趙一絕便趕到了六順飯莊。李聞天已經在那裡等候。兩人聊了幾句，李聞天剛剛換上了帳房先生的衣服，戴上人皮面具，梁大謀已然急急地趕到。

趙一絕迎上去，抱拳笑道：「梁兄，怎麼樣？」

梁大謀道：「事情十分順利，你趙兄的運氣好，兄弟也跟著沾了光。」

趙一絕笑道：「梁兄老謀深算，才有此成績。」

梁大謀道：「不知趙兄籌備的事情，怎麼樣了？」

趙一絕道：「什麼事？」

梁大謀道：「籌備的黃金。今夜如若能先送上半數，明天咱們就可以領人出來。」

趙一絕道：「送上半數，不成問題，兄弟已經叫他們連夜準備。老實說，昨夜一宵，購空了兩家銀號的存金，雖然還數有不足，但已相差無多了。」

梁大謀道：「那好極了。快些叫他們先拿一半來，兄弟帶他們先送過去。」

趙一絕笑一笑，道：「梁兄說得好輕鬆啊！如若我交了一半黃金，救不出王家母子，豈不是賠了夫人又折兵，這等事老趙不幹。」

梁大謀皺皺眉頭，道：「趙兄的意思呢？」

趙一絕道：「咱們老法子，兄弟一下子籌齊黃金，梁兄帶著刑部公文來這裡，帶著兄弟去見人，去之前，咱們先交一半黃金，帶人離開天牢，再交另一半。」

梁大謀道：「趙兄，這兩件事有些不同，天牢的事，兄弟能做一半主，這件事牽涉到刑部，老實說，兄弟有些做不了主，那面是不見兔子不撒鷹，趙兄如是不同意先送一半過去，只怕這件事有些爲難了。」

趙一絕笑一笑，道：「買賣不成仁義在，梁兄如是無法幫忙，兄弟也不能說你梁兄的二話。」

梁大謀怔了一怔，道：「這麼辦吧！先送一千兩黃金過去如何？」

趙一絕道：「好吧！看梁兄的面子。」

回顧了李聞天一眼，道：「你要他們帶一千兩金子，跟著這位梁兄走。」

李聞天應了一聲，轉入內室，片刻之後，拿一個大包袱出來。

趙一絕道：「包袱內六十二斤半十足成色的黃金，希望梁兄講話算數。」

梁大謀拍拍前胸，道：「包在兄弟身上，明天下午，你在這裡等，兄弟來這裡帶你去接人出來。」

趙一絕送到門外，抱拳而別。

回到房間，張嵐早已在座，趙一絕道：「張兄來了很久？」

張嵐道：「趙兄在談生意，兄弟不便驚擾，只好先躲了起來。」

趙一絕道：「張兄去過了刑部沒有？」

張嵐道：「去過了。而且還探聽出十七年前王御史一段舊案。」

趙一絕道：「那好極了，張兄快些請說。」話還未完，卻突然住口不言。

張嵐和李聞天都是警覺性很高的人，趙一絕一住口，立時轉臉向外望去，果見一個身著藍衫、手執摺扇的秀美少年，緩步向前行來，而且來勢正對著幾人停身的房間。

趙一絕冷哼一聲，道：「小子們一個個都是飯桶，怎麼會放一個人進來？」

說話之間，那藍衫人已步入房中，而且竟然舉步向幾人的停身之處行來。

趙一絕怒聲喝道：「站住，你小子是不是瞎了眼睛，瞧不到房間裡面有人？」

藍衫少年輕鬆一笑，道：「瞧到了又怎麼樣？」

趙一絕道：「喝！你小子是誠心找麻煩了。」

呼的一拳，迎胸劈了過去。

那藍衫人一閃避開，回手拍出一掌，直擊趙一絕右腕。這一掌迅如電閃，再加上趙一絕心存輕敵，料不到看上去文文秀秀的藍衣少年，竟是位身負絕技的高手。心中警覺，已自無及，眼看手掌就要擊中那趙一絕的右腕，卻不料那人突然易拍爲抓，一把扣住了趙一絕的腕穴。

張嵐、李聞天也是大出意料，同時大喝一聲，出手攻向那藍衫少年。

藍衫人一帶趙一絕，身軀半轉，擋開了兩人的掌勢，微微一笑，道：「慢著。」

張嵐、李聞天都已聽出是女子口音，同時停手。

趙一絕腕穴被握，全身力道頓失，無力還擊，但他口還能言，喝道：「原來是個臭丫頭。」

藍衫人取下頭上的相公帽，笑道：「不錯，是個臭丫頭。」

她一取下相公帽，張嵐已經看清楚來的是素喜班的小素喜，不禁一怔，道：「小素喜姑娘。」

藍衫人微微一笑，道：「是我。」

一面鬆開了趙一絕腕穴門。

趙一絕甩甩手，道：「姑娘，你突然駕臨六順飯莊，定非無因。」

小素喜道：「向三位打聽一個人。」

趙一絕道：「姑娘要打聽什麼，但得知曉，無不奉告。」

小素喜道：「高半仙的下落。」

趙一絕道：「高半仙還在擺卦攤啊！」

小素喜道：「不擺了。而且他住的地方，也走的不見人影，因此才來請教三位。」

張嵐接道：「高半仙遁世高人，他的形蹤，怎會告訴我等？」

小素喜笑一笑，道：「這幾日你們鬼鬼祟祟地躲在六順飯莊，只怕是另有內情吧？」

張嵐道：「我們在研究一下，對付平遼王府中幾位綠林高手的辦法。」

小素喜道：「你們可是準備請大內高手參與此事？」

張嵐道：「沒有。」

小素喜道：「我瞧到你們混入紫禁城，那又是爲了何事？」

趙一絕吃了一驚，心中暗道：「原來這丫頭早已在暗中監視我們的行動。」心中念轉，口中卻笑道：「我們是到天牢中探望一位朋友。」

小素喜道：「那張嵐爲什麼也跟了去，而且還改容易裝，扮做你的跟班？」

張嵐和趙一絕都聽得心頭亂跳，覺得這位混跡風塵的美麗少女，並非是無意中趕上了這檔子事，而是有所爲的來到北京，而且心思縝密，經驗老到，不但能混跡風塵中裝得維妙維肖，而且還能易容改裝，暗中監視兩人的舉動。這些作爲、舉動，和她的年齡實有些大不相襯，一念及此，頓覺著這位姑娘也是個非同小可的人物。

趙一絕尷尬一笑，道：「張兄是公門中人，不便出入天牢，所以只好從容應變了。」

小素喜笑一笑，道：「你們要探望的什麼人？」

趙一絕道：「在下一位故友。」

小素喜冷笑一聲，道：「趙兄有故友囚禁天牢，那定然是大官了，不知可否把姓名見告？」

趙一絕道：「這個，不大方便。」

小素喜道：「好啊！我幫了你們的忙，你們竟然給我掉起了花槍來，其實，我不用問你們，今天晚上我進入天牢，一查，就不難查個明白出來。再說那位高半仙，你們也不用故作神秘，我只要費些工夫，也不難查出他的下落。哼！他過河拆橋，利用了我之後，就把我丟開不管。」

趙一絕道：「聽姑娘的口氣，似乎有什麼爲難的地方，何妨講出來，我們或許能夠效勞。」

小素喜冷冷地望了三人一眼，道：「我瞧咱們不用再談了。」轉身而去。

趙一絕望著小素喜的背影，高聲叫道：「姑娘請留步，在下還有話說。」

但那小素喜卻連頭也未回過一次，直出六順飯莊而去。

張嵐長長吁了一口氣，道：「這丫頭含憤而去，只怕對咱們有害無益。」

趙一絕舉手一拍，兩側室裡，奔出來八個藍布褲褂的漢子，垂手而立。

趙一絕冷冷地掃掠了幾人一眼，道：「你們去加強前、後門防守，再要被人大搖大擺地混進來，當心腦袋。」

八個大漢應了一聲，轉身而去。

趙一絕輕輕咳了一聲，接道：「張兄，目下咱們的處境，似乎八面受風，決無法做到十全十美的境界，我瞧咱們不用想的太多了，分頭辦事就是。」

回顧了李聞天一眼，又道：「我已經托李兄代約幾位打手，如若咱們各方都碰了壁，那就只好和他們拚一場了。」

張嵐道：「似乎也只有如此了。」

輕輕咳了一聲，道：「至於王御史的囚入天牢一事，兄弟已托人查看過案由，他是被牽入了一場叛逆案子中。」

趙一絕呆了一呆，道：「叛逆大案？」

張嵐道：「他只是被捲入了漩渦，並非主謀人物，而且，主要牽入案中的是一位武林高人，爲王御史的好友。」

趙一絕接道：「那人呢？」

張嵐道：「死於大內侍衛亂刀之下，照王御史的供詞，那人當時是救駕，但卻不爲刑部三司相信，所以，打入天牢，成了待決之囚。」

趙一絕怔道：「究竟是不是造反呢？」

張嵐道：「在下只看到案由，無法看到詳細的案卷，但在下覺著，看到這些已經夠了。」

趙一絕道：「梁大謀拿走了千兩黃金，臨去之際，誇下海口，要咱們明天去帶人，不管真假，目下這條路最近，明天再看，如是走不通，咱們再想別的辦法，但咱們也不能全無準備，萬一梁大謀那小子，真的要來刑部公文，接出他們母子，也讓高半仙瞧瞧咱們的苗頭，在下要證明一件事，身懷絕世武功，才高八斗的人，不一定是無往不利，件件事情都辦得通。」

張嵐道：「唉！這件事實在是多虧了趙兄，明天，如是咱們真的能接人出來，兄弟準備通知藍兄一聲，要他帶人回去。」長長吁一口氣，接道：「趙兄如不提起，兄弟也不好問，這一下子，要花出去上萬的黃金，趙兄能夠拿得出嗎？」

趙一絕哈哈一笑，道：「拿是拿得出來，實在說有些心痛。但如說穿了，還是你張兄幫忙。」

張嵐道：「我幫忙？」

趙一絕道：「張兄這幾年網開一面，兄弟幾家賭場，才得生意興隆。」

張嵐道：「兄弟告辭了。」

趙一絕道：「好！今晚上咱們不碰面了，明天你要早些來，等那梁大謀的安排，成不成，明天當會有一個決定。」

張嵐道：「兄弟改天一早報到。」

趙一絕抱拳說道：「張大人，太客氣了。」

張嵐揮手還了一禮，轉身而去。

趙一絕輕輕咳了一聲，道：「李兄，你也回去休息一夜，咱們明天一早在這裡見面。」

李聞天道：「咱們約請的助拳之人，還在等候回音。」

趙一絕抓抓頭皮，道：「這麼辦吧！明天日落之前，咱們再給他作個決定如何？」

李聞天道：「那也只好如此了。」

趙一絕道：「那麼李兄多多包涵了。」

李聞天道：「反正咱們三個人，已成了生死同命之局，事情辦砸了，三個人誰也逃不過去。兄弟盡力而為。」

## 七 萬金一諾

第二天天一亮，趙一絕就趕到了六順飯莊，李聞天和張嵐都還未到。

趙一絕吩咐幾個守在六順飯莊的屬下，道：「你們各守其位，今天的事，不用你們多管，如是聽不到我的招呼，不許多管閒事。」

原來，趙一絕除了在六順飯莊外面，埋有暗樁之外，大部分混入六順飯莊中人，都扮作了跑堂和廚中下手。

趙一絕剛剛吩咐完事，小素喜一身黑布褲褂，頭戴白氈帽，直闖而入。

小素喜雖然改扮成一個小廝模樣，趙一絕卻一眼瞧了出來，道：「姑娘常常易容改裝，必是有所用心了。」

小素喜道：「我要你幫我一個忙。」

趙一絕道：「找我幫忙，那好極了，姑娘吩咐就是。」

小素喜笑一笑，道：「小妹想跟隨你進入天牢中一趟。」

趙一絕怔了一怔，道：「你要進入天牢？」

小素喜道：「不錯，我跟你進入天牢，對你有百利而無一害。」

趙一絕道：「利在何處？」

小素喜道：「我武功很高，萬一發生了什麼變化，我也可助你一臂之力。」

趙一絕道：「話是不錯，但姑娘去了，只怕是有些不方便。」

小素喜道：「張嵐可以扮作你的僕從，爲什麼我不能扮作你的隨身小廝？」

趙一絕抓抓頭皮，道：「這個，這個……」

小素喜道：「你不用這個那個，我是裝龍像龍，扮鳳像鳳，我扮你隨身小廝，一切聽你吩咐，你叫我打人我就出手，決不使你爲難。」

趙一絕道：「問題是天牢中規戒森嚴，進入天牢，人數有限，只怕不准我帶你同往。」

小素喜道：「等他們來了之後，你給他關照一聲，成了最好，不成我也不會怪你。」

趙一絕道：「好啊！進入天牢瞧瞧，也可增長一些見識。」

談話之間，張嵐、李聞天先後而至。

趙一絕急急指著小素喜，道：「這位小素喜姑娘，一定要和咱們一起進入天牢，張兄意下如何？」

張嵐還未及開口，小素喜已搶行接道：「不論你們是否答應，我是去定了。」

李聞天道：「那地方有什麼好玩？在下就不想去，姑娘如想參與此事，何不留在六順飯莊中，一切交易，都在此地談。」

小素喜冷然一笑，道：「李總鏢頭可以改行幫趙一絕管帳，姑娘我可沒有這個能耐。」這幾句話說得十分刻薄，聽得李聞天肚裡暗罵好一個利口的丫頭，臉上發熱，默然不語。

趙一絕輕輕咳了一聲，道：「姑娘！年輕輕的說話留點口德，等那位……」瞥見梁大謀帶著一個黑衣漢子，快步直行過來。梁大謀來得這樣早，有些出了趙一絕的意料之外，呆了一呆，大步迎了上去，道：「梁兄早啊！」

梁大謀道：「趙兄也來了。好極，好極，兄弟正擔心找你不到。」

趙一絕低聲道：「刑部公文……」

梁大謀接道：「到手了，如是不到手，兄弟怎會一早來此，咱們屋裡談。」

趙一絕一抱拳肅客，把梁大謀讓入室中。

張嵐和李聞天早已換過了衣服，連忙退後，肅然而立。

梁大謀目光轉動，對著張嵐和李聞天微微一頷首，道：「兩位早！」目光轉到小素喜的臉上，接道：「這位是……」

趙一絕接道：「兄弟的一個書僮。」

梁大謀目光轉到小素喜的臉上，道：「你叫什麼名字？」

小素喜道：「趙爺叫我小喜兒。」

她粗著聲音說話，倒也有幾分像男童口音。

梁大謀道：「小喜兒，這名字不錯啊！」

趙一絕道：「梁兄，別盡都扯這些不相干的事，咱們幾時進入天牢？」

梁大謀道：「現在！兄弟已替諸位準備好了衣服，即刻動身，天不過午時，大概就可以把他們母子接出來了！」

小素喜道：「梁大爺，趙大爺想要我跟著去，不知道梁大爺肯不肯？」

梁大謀笑道：「這個麼，這個……」

趙一絕接道：「梁兄，如果是不方便，那就不用他去了。」

梁大謀道：「如是趙兄一定要帶他去，兄弟自是可以想想辦法。」

趙一絕苦笑一下，道：「如是能不礙事，還望梁兄多多幫忙。」

梁大謀道：「好！兄弟給趙兄想想辦法。」

小素喜心裡高興，親自倒了一杯茶，雙手捧給趙一絕，道：「大爺你口乾了，喝口茶潤潤嗓子。」

梁大謀雙目盯注在小素喜的手上，道：「好一雙細嫩的手！」

趙一絕生恐梁大謀多言招禍，小素喜動了怒火，梁大謀固然是有頓苦頭好吃，事情也必然鬧一個稀哩嘩啦，接過茶杯，道：「梁兄，我這書僮害羞得很。」

小素喜接道：「大爺，不要緊，梁大爺肯答應幫忙，帶我進入天牢開開眼界，小的高興得很，說幾句玩笑不要緊。」

趙一絕道：「梁兄的刑部公文，可否先叫兄弟過目一下？」

梁大謀探手從懷中取出一個羊皮封套，道：「真真正正的刑部公文，真正的刑部堂印。」雙手把羊皮封套交了過去。

趙一絕接過羊皮封套，笑一笑，道：「梁兄，錢能通神，這話果然是不錯。」

梁大謀尷尬一笑，道：「趙兄，你先瞧瞧。」

趙一絕接過羊皮封套，拆開看去。只見一張白箋之上，大字案由寫道：「奉聖諭，特赦囚犯王張氏母子兩人。」下面是一片密密麻麻的小字，寫了大半張紙。

趙一絕道：「這些官樣文章，兄弟也看不明白，但看樣子，大概是不會錯了。」

梁大謀道：「公文方面，你趙兄儘管放心，決不會出錯的。不過，有一件事，兄弟卻要先說明白。」

趙一絕道：「什麼事？」

梁大謀道：「王夫人母子出了天牢，再出什麼事兄弟可不負責。」

趙一絕怔了一怔，道：「會出什麼事呢？」

梁大謀道：「這個，兄弟說不出來，但兄弟看過王御史進入天牢的案卷，當年王御史初入天牢之夜，曾有幾位蒙面人夜入天牢，準備劫獄，那時，王家一家人，還在大內侍衛的監管之下，立時引起了一陣激烈絕倫的惡戰，來人個個凶猛，大內侍衛雖有增援，但均被制服。」

張嵐突然插口說道：「他們志在劫獄，既然得勝，何以又不救走王御史？」

梁大謀道：「這個麼，我就不知道了。大內侍衛雖被擊敗，但對方並未帶走王家的人。」

小素喜突然插口說道：「那一定是王大人不同意了。」

梁大謀點點頭，伸手捏捏小素喜的臉蛋兒，道：「讀過書的人，究竟是有些不同。」

趙一絕吃了一驚，暗道：「這小子是惹火上身，只怕有頓苦頭好吃。」

哪知小素喜淡然一笑，拋給了梁大謀一個媚眼，道：「梁大爺誇獎了。」

梁大謀被笑的骨頭一輕，道：「趙兄，你這位書僮英俊的連大姑娘也比他不上。」

趙一絕輕輕咳了一聲，道：「咱們談正經的。以後那位御史，在天牢中還發生過什麼事嗎？」

梁大謀道：「以後，王御史氣病而亡，天牢卻未發生事故，但大內中的侍衛老爺，卻十分關照王家遺眷，他們母子，不受處決的原因，一是王御史舊日的故友，從中緩延，二是大內侍衛們暗中照顧。」

趙一絕點點頭，道：「這個，我就有點明白了。」

張嵐望望天色，道：「趙爺，天色不早啦，咱們可以動身了。」

趙一絕聳聳肩，乾咳了兩聲，望著張嵐笑一笑，道：「不錯。梁兄，咱們該走了。」

梁大謀道：「門外面篷車早已備好，衣服在車上放著，諸位登上車，在車內更衣不遲。」

趙一絕道：「我們能去幾個人？」

梁大謀道：「兄弟原準備趙兄去兩個，如今加上趙兄的書僮，去三個，再也不能多了。」

趙一絕道：「兄弟是否也要安排一下？」

梁大謀道：「不錯，你要安排一下，兄弟只能送入禁城。」

趙一絕點點頭，道：「那就夠了，咱們走吧。」

梁大謀道：「那金子？」

趙一絕道：「早已備好。」

梁大謀道：「現在何處？」

趙一絕道：「梁兄幫兄弟想得很周到，兄弟是投桃報李，黃金已運到了六順客棧，人出

禁城，立時可以付清。」

梁大謀道：「應該要先付才成，但趙兄的信用好，兄弟信得過，咱們走吧！」

回顧身後大漢一眼，接道：「你在這裡候著，外面留有一輛帶篷的馬車，趙大爺的人一出天牢，自會派人來通知你點收黃金。」

那黑衣大漢，伸出一大一小兩個指頭。梁大謀點點頭，舉步向外行去。

趙一絕回顧了李聞天一眼，道：「來人說不出我們約定的暗號，丟了命你也不能交出黃金。」

李聞天欠欠身，道：「趙爺放心。」

趙一絕帶著張嵐、小素喜，緊追梁大謀身後而行。

梁大謀回首一笑，道：「趙兄很謹慎！」

趙一絕笑道：「彼此，彼此。」行出店門，果見兩輛篷車等候店外。

梁大謀帶三人直登第一輛車，車中放著兩套黃緞子滾邊的衣服。

趙一絕笑道：「這衣服好像不是天牢中獄卒穿著的？」

梁大謀道：「錦衣衛的衣服，只有錦衣衛才能從天牢中提人。」

趙一絕笑道：「只有我們三個人嗎？」

梁大謀道：「自然不止，兄弟另外爲三位約來了六個真正的錦衣衛中人，兄弟替趙兄準備了兩套衣服，如今多了一個人，只好要他們少一個人了。」

趙一絕目光一掠小素喜，道：「梁兄，衣服就在車中換嗎？」

梁大謀道：「不錯，兩個人先穿起來，另外一套，要他們臨時脫下來了。」

小素喜搶過一套衣服，道：「反正我的個子小，用不著脫衣服了，把它套在外面就是。」一面說話，一面拿過一套衣服就穿。

趙一絕見小素喜態度異常沉著，微微一笑，心中暗道：「這丫頭在班子裡混過，老練得很，要她露出馬腳，似乎還不是一件容易的事。」

心中念轉，人卻低聲對梁大謀道：「梁兄，我們和真的錦衣衛混在一起，那不是留下一條線索嗎?日後，翻了案，豈不是多幾個指證之人?」

梁大謀笑一笑，道：「這一點，趙兄只管放心，他們到這裡來，每人先拿了兩百兩銀子，日後翻了案，他們也不敢指認。」

趙一絕一豎大拇指，道：「看來梁兄的神通，當真是廣大得很。」

梁大謀笑一笑，道：「趙兄，牽涉上刑部的大案子，你儘管找兄弟，兄弟我如是辦不通，大約再無人能辦通了。」談話之間，篷車已近天牢。

梁大謀當先下車，帶三人直入右側一間瓦舍之中，一切都早經細密的安排，瓦舍中早已坐著六個錦衣衛。

梁大謀低聲說道：「諸位還要減少一個人，再脫下一套衣服，」

六個錦衣衛相互望了一眼，默然不語。

梁大謀微微一笑，道：「諸位不用擔憂，不論去不去，都是一樣，雖只去五個人，還是照拿六份錢。」

六個錦衣衛，同時站了起來，道：「在下不去。」

梁大謀微微一笑，指著右首一人道：「你不用去。」

那人應了一聲，脫下身上的衣服。

梁大謀回顧了張嵐一眼，道：「你穿上吧！」

原來趙一絕和小素喜都穿好了錦衣衛的衣服。

張嵐欠身一禮，匆匆換上衣服，裝出一副卑躬屈膝的樣子。

梁大謀輕輕咳了一聲，道：「趙兄，你這位保鏢的氣度不錯，要他充作領班，趙兄要委屈一下了。」

趙一絕微微一笑，道：「兄弟自知貌不驚人，我走在最後面就是。」

梁大謀道：「這只是掩遮天牢禁卒的耳目，見著王夫人時，還要趙兄出面。」

趙一絕道：「好！一切都聽你的安排。」

梁大謀道：「兄弟給諸位帶路。」舉步向前行去。

張嵐帶著五個錦衣衛和趙一絕、小素喜，一行八人，直向前行去。

兩旁禁卒，對錦衣衛似是極爲恭順，個個欠身作禮。

張嵐帶著幾人昂首挺胸，大步直行到王夫人母子居留的死牢囚房。

一切都有很精密的安排，禁卒早已打開了死牢牢門。

張嵐回首望了五個錦衣衛一眼，道：「你們守在門口。」帶著趙一絕、小素喜，直入囚房。

王夫人似是早已得到了消息，手扶在兒子的肩頭上，站在外室觀望。

趙一絕搶前了一步，抱拳說道：「夫人，在下幸未辱命，如約而來。」

王夫人神情嚴肅地接道：「你們冒充錦衣衛，在青天白日之下劫牢。」

趙一絕急急說道：「不，不，除了在下和兩個從人之外，都是真的錦衣衛，而且，在下還帶了刑部的公文而來。」

王夫人道：「老身很奇怪，你們怎麼能取得刑部的公文?」

趙一絕道：「夫人，錢能通神，在下花銀子買來了刑部公文，也買了錦衣衛到天牢來，迎釋夫人。」

王夫人搖搖頭，歎息一聲，道：「先夫如若知曉此事，定然會上本彈劾。唉！可惜他死

了。」

趙一絕微微一笑，接道：「夫人，在下是粗人，有一句說一句，不會說謊，不管刑部公文的來路如何，但卻是貨真價實，我們的時間不多，夫人可以動身了。」

王夫人沉思了一陣，道：「老身有兩個條件，如是諸位答應了，老身可以離開此地，如是諸位不肯答應，我們母子只有老死天牢，聽憑王法制裁，亦不願離開此地。」

趙一絕心中暗道：「我們花了上萬兩的黃金，買到刑部公文，救他們母子離此，她倒還有條件，這倒是從未聽過的事。」

心中念轉，口中卻說道：「夫人請說，在下等洗耳恭聽。」

王夫人道：「第一件是，你救我們離此之後，不許挾恩圖報，要我們母子代你效勞。」

趙一絕哈哈一笑，道：「夫人放心，在下說過是受人之託，決不會挾恩圖報。還有什麼條件？」

王夫人道：「第二件是，我母子離開天牢之後，不接受你們任何安排，從此之後，咱們也不用見面了。」

趙一絕道：「好！我們把夫人接出天牢，送往一處清靜所在，此後，就不再去打擾夫人。」

那位王公子，一直靜靜地站著，神情也一直是那樣平靜，未發一言，似乎是這件事和他完全無關一般。

王夫人沉吟了一陣，道：「不用你們代爲安排住所，老身自有去處，只要接我們母子離開天牢，餘下的事，就不用諸位過問了。」

趙一絕拍拍腦袋，道：「夫人，我們已爲你安排了一座清靜的住處，您去是不去……」

王夫人接道：「不去，不論那是什麼地方，我們母子要自食其力，不用別人幫助。」

趙一絕想到和高半仙之約，接道：「我們已經找好了地方，夫人先住幾天，再走也成。」

王夫人道：「你如不能答允老身之請，我們母子只有心領好意了。」言罷，緩緩轉身向內室行去。

趙一絕急急接道：「夫人，留一天成嗎？」

王夫人頭未回顧，口氣冷淡地接道：「不行，一天也不能留。」

趙一絕心中大急，道：「夫人，不留就不留，我們一切遵辦，成嗎？」

王夫人緩緩回過身子，道：「好，老身不能讓孤子再蹈亡夫的覆轍，這一點，要諸位多多原諒。」

一直未開口的小素喜，突然開口說道：「夫人，王大人生前做了什麼事？」

王夫人打量了小素喜一眼，大約是看他眉清目秀，俊得可人，淡淡一笑，道：「先夫一

生耿介，滿朝文武，無不敬佩，但他卻和江湖人物，有了往來，招來這拿問天牢之禍。」

趙一絕和張嵐同時長長啊了一聲，似乎王夫人這句話，才流露出她心中的隱秘。

王夫人神情嚴肅地說道：「先夫同榜舊友，都是讀書之人，他們如是要保救我們母子，只有上本求得聖恩赦放一途，其他方法，必是先夫舊識的朋友，因良心難安，才謀搭救我們母子之法，老身對他心懷大恨，所以，必得先問明白不可。」

趙一絕點點頭，道：「夫人說的是，一朝被蛇咬，十年怕井繩，夫人身受江湖人物之害，自然對江湖人物懷恨了。」

王夫人道：「老身幼讀詩書，深明作人之道，諸位平白無故，不惜化費巨金，救我們母子離開天牢，老身卻有很多不近情理的苛求，所以，老身要說明內情，以求諸位的原宥。」

趙一絕道：「夫人言重了。」

在錦衣衛的護擁之下，王夫人母子，離開了留居一十七年的天牢。

張嵐一直暗中注意那王公子的舉動，只見他微啓雙目，臉上是一片冷漠的神色，扶著母親，緩步而行，對於兩側的禁卒，望也未望過一下，似乎是天地之間，只有他們母子兩人一般，行到大門口處，趙一絕奉上了刑部公文。

那獄官也早經買通，瞧了一眼，立刻放行。

五個真正的錦衣衛，直送幾人出了巷口，看幾人登上了馬車，才轉身而回。

趙一絕低聲道：「夫人要到哪裡？」

王夫人道：「老身到宣武門外。」

趙一絕吩咐車子直放宣武門，一面說道：「在下送夫人一程。」

王夫人道：「我看不用再勞神諸位了。」

小素喜突然接道：「大爺，你忙得很，北京城我很熟，我送夫人到宣武門外就是，再說，車內狹小，擠不下許多人，咱們又都還穿著錦衣衛的衣服，勢又不能在街上行走。」

趙一絕先是一愣，繼而淡淡一笑，道：「小喜兒，你的年紀太輕，這等事叫我如何能夠放心，所以，還是你回去算了，這件事，我要親自走一遭。」

小素喜道：「我年輕幼小，又學過煮飯、洗衣的雜務，如是跟著王夫人去，可以幫助他們做不少事。」

王夫人冷冷說道：「我看不用了，小兄弟你這一片好意，我們心領。」

幾人談著話，篷車卻是不停地向前行駛，趙一絕探首向外瞧瞧，只見行人摩肩接踵，正是近午的吃飯時分。

王夫人似是瞧出了趙一絕的用心，緩緩說道：「趙大爺不用急，出了宣武門，我們母子下車。三位坐車回去就是。」

小素喜迅快地脫了身上的衣服，道：「夫人，我陪你們。」

她年紀幼小，身著男裝，看起來只不過像個十幾歲的孩子，當著王夫人之面，解衣寬帶。

那王夫人心中雖有不悅，卻未出言制止。但聽完話，卻冷冷地說道：「我們母子，生活還無法安排，用不起人。」

小素喜道：「夫人放心，我是自願爲夫人、公子效力，不要工錢，而且小的還有一點積蓄。」

王夫人接道：「情意太重了，我們母子擔受不起，小哥子，但你這片心意，我們仍然十分感激。」

小素喜心中大急，道：「趙大爺，你幫幫忙嘛。」

趙一絕對小素喜早已感到頭疼，想不出這丫頭硬要插一腳的用心何在，心頭有氣，冷冷說道：「我怎麼幫你忙，王夫人口氣堅決，我瞧是沒有希望了。」

小素喜冷冷地望了趙一絕一眼，未再多言。車中，突然間沉默下來。

但覺奔行的篷車，突然間停了下來，車簾外，響起了趕車人的聲音，道：「車已到宣武門外。」

王夫人一拉王公子，道：「孩子，扶爲娘下車。」

王公子應了一聲，掀起車簾，跳下了篷車。

王夫人回顧了趙一絕一眼，道：「趙大爺不堅持我們母子的去處，足見心胸坦蕩，我們母子自會記著你趙大爺這份恩德。」

她跳下馬車，在王公子扶持下緩步而去。

小素喜目睹兩人遠去，冷笑一聲，道：「趙一絕，要你幫個忙，你倒端的架子十足，現在可真弄得成了斷線風箏，我瞧你到哪裡去找他們母子，一萬多兩黃金，我瞧你是丟在水裡了。」

趙一絕微微一笑，道：「姑娘說過，裝龍像龍，扮鳳像鳳，你是我的下人書僮，我如件件依從了你，豈不要引人疑心。」

小素喜冷冷說道：「很好，但話好聽，不一定能說服人家不殺你，錢再多，沒有法子買命，今日種因，日後得果，咱們往後走著瞧。」

趙一絕笑一笑，道：「我又沒惹你，王夫人不要你去，我有什麼法子？」

小素喜道：「你不幫我忙。」

趙一絕道：「我花了上萬兩的黃金，買來了不少硬釘子碰，姑娘！想起來，我趙某比你還要窩囊。」

小素喜一躍下車，道：「趙大爺，咱們這齣戲唱完了，我用不著再跟著你跑了，我還有

事，要先走一步啦！」

趙一絕吩咐趕車的，轉回六順飯莊，放下車簾，歎口氣道：「張兄，這叫人算不如天算，想不到一位年近半百的老婦人，卻把咱們兄弟給鬧的手足無措，全盤皆輸。」

張嵐道：「唉！兄弟只想到她不可能接受，既然接受了，至少會答應先到咱們準備好的地方住幾天，想不到，她竟然堅持要獨行其事。」

趙一絕道：「咱們如何向那高半仙交代呢？」

張嵐道：「咱們救出人，至少算完成了大部分的任務，高半仙如是不賴帳的人，他該會給咱們一個交代。」

趙一絕道：「早知如此，還不如把黃金交給李聞天，請幾個高手助拳，至少，咱們可以看上一場大熱鬧。」

張嵐低聲說道：「小素喜這丫頭行蹤詭異，實叫人有些揣測不透……」

談話之間，篷車已到了六順飯莊。

兩人下了篷車，直入內院，梁大謀早已在等候，迎了上來，道：「趙兄，你這位帳房先生不肯付錢。」

趙一絕揮揮手，接道：「不要急，現在付，也還不遲。」

大步行入房中，接道：「把金子付給他們。」

李聞天應了一聲，打開內室木門，道：「金子都已裝好了箱子，梁大人怎麼搬？」

梁大謀道：「兄弟外面有馬車。」

趙一絕招呼左右，幫助梁大謀搬黃金出去，一面說道：「梁兄，這次生意，做得大家都很有信用，不過你開價高了一些。」

梁大謀哈哈一笑，道：「下一次，趙兄如若再和兄弟談生意，至少給你打個八折。」笑聲中轉身而去。

趙一絕目睹梁大謀背影消失，才和張嵐換去錦衣衛的衣服，道：「張兄，咱們該去通知高半仙一聲才是。」

張嵐道：「不錯，應該先去見見高半仙。」語聲一頓，接道：「兄弟想安排一下，先對小素喜姑娘下手，不知趙兄意下如何？」

趙一絕道：「小素喜武功高強，張兄早已知曉，進入天牢這檔子事，又可證明小素喜是一位機智絕倫的人物，她雖小，但機智、武功，樣樣過人，張兄要如何對她下手？」

張嵐道：「公門中自有我們很特殊的法子，趙兄不用擔心。」

趙一絕道：「張兄，咱們都已是騎上虎背的人，張兄也用不著把我們悶在葫蘆裡了。」

張嵐微微一笑，道：「這方法見不得天日，兄弟很難啓齒。」

李聞天道：「張兄可是要用蒙汗藥之類的手法。」

張嵐道：「正是如此。」

趙一絕拍拍腦袋，道：「張兄，咱們不要說擒她時的麻煩了，就說咱們很順利地把她擒住了，張兄又準備如何處置呢？殺了她，還是放了她？」

張嵐道：「至少可以迫她說出來歷、出身，然後，咱們再想處置她的法子。」

趙一絕搖搖頭，道：「這件事不用慌，咱們得從長計議。」

張嵐接道：「目下的情勢，咱們囫圇吞棗，吃不出一點味道。小素喜、高半仙，胸中都藏著很多很多的隱秘，只是他們不肯說明白，咱們目下是瞎子摸象，摸不出什麼東西，迫出小素喜的口供，至少可找出些蛛絲馬跡。」

趙一絕道：「咱們先去見過高半仙……」

李聞天重重咳了一聲，道：「不用去了，高老前輩神機妙算，早已得到消息來了。」

趙一絕聽得一愣，道：「來了？」

抬頭看去，只見高半仙身穿藍布衫，頭戴瓜皮帽，正對著幾人停身的房間行來。

趙一絕心中忖道：「說曹操曹操就到。」人卻大步迎了上去。

只見高半仙大邁一步，陡然間衝到了室門口處，揮揮手，道：「咱們房裡談！」

趙一絕吃了一驚，忖道：「好快速的身法。」雙手一抱拳，道：「高老前輩的事，咱們只做好一半，把王夫人母子迎出了天牢……」

高半仙接道：「他們目下現在何處？」

趙一絕道：「在下等送他們母子到宣武門外。」

高半仙點點頭，道：「不容易，你把他們母子接出天牢，已經費了不少心機，不知你趙兄花了多少銀子？」

趙一絕道：「說多不多，說少不少。一萬兩十足成色的黃金。」

高半仙道：「這個，老夫應該補償。」

趙一絕道：「高老前輩可是要還錢？」

高半仙道：「還錢也可以，不過，老夫覺著，錢是身外之物，生不帶來，死不帶去，還是救命要緊。」

趙一絕微微一笑，道：「老前輩可是說在下的性命，正受著很大的威脅？」

高半仙笑一笑，道：「不止你一個，還有這位張總捕頭和李總鏢頭，三位目下已經是生死同命之局，也都是人家搏殺的目標。」

趙一絕道：「他們和小素喜姑娘約好了七日比劍，現在時限還未到，他們就算要殺我們，似乎也得要過了這個時限才會動手。」

高半仙道：「可惜陰陽劍那班人不這麼想，他們準備先對三位下手，殺了你們三個之後，是否還和那小丫頭比劍，似乎是已經不關重要了。」

張嵐道：「陰陽劍似乎在江湖上很有一些名氣。」

高半仙道：「不用似乎，根本就是位很有名氣的煞星，以陰陽劍法，馳名江湖，正、邪兩道中人，提起他都有些頭疼，目下平遼王府中一班人，就是以他爲首。」

趙一絕啊了一聲，道：「那位陰陽劍長得什麼樣子？」

高半仙道：「他長得很奇怪，皮膚白得像雪，卻喜愛穿著黑衣。」

趙一絕啊了一聲，道：「我們見過。」

高半仙道：「你們應該見過，平遼王府中事件，以他爲首。」

張嵐一抱拳，道：「老前輩，在下想請教一件事。」

高半仙道：「不用客氣，你要問什麼，儘管請說。」

張嵐道：「老前輩似乎對內情十分清楚，晚輩想請教一下，平遼王是否是這件事的幕後主持人物？」

高半仙道：「平遼王很冤枉，他兩位愛妾和子女全部受制，不得不聽人家的擺佈。」

張嵐長長吁了一口氣，道：「這就好了，事情只要不牽扯上平遼王，辦起來就簡單得多。」

高半仙道：「陰陽劍這次帶來的人，都是江湖上第一等高手，憑幾十個提督府的捕快，想動他們，那是以卵擊石。」語聲一頓，接道：「何況，人家還準備先行下手。」

張嵐道：「晚輩們自知難爲此人之敵手，因此，只好請幾個助拳的人。」
高半仙道：「和陰陽劍這等高手動手，北京城只有兩方面人手好請。」
目光轉到李聞天的臉上，接道：「你幹鏢行，大約知道，北京城中，有一批專門接受麻煩的人，他們自恃有幾下子，只要錢夠多，什麼都敢接，他們似是自知做的事見不得人，所以辦事時，都戴著面具，還有一方面，就是大內侍衛營中人了。」
張嵐、李聞天都聽得爲之一怔，兩人實在想不到，高半仙對北京城的行情，如此熟悉。
李聞天輕輕咳了一聲，道：「不錯。北京城確有這麼一批人。」
高半仙道：「你可知道，他們來自何處？」
李聞天搖搖頭，道：「晚輩不知。」
高半仙回顧張嵐，道：「你是京畿地區的總捕頭，北京城有這麼一夥人，你應該明白了。」
張嵐道：「晚輩慚愧得很。」
高半仙輕輕歎息一聲，道：「其實，你們要找的，是一路人馬。」
張嵐吃了一驚，道：「也是大內侍衛營中人？」
高半仙道：「除了大內高手之外，北京有這麼一大勢力，他們如何掩遮得住。」
張嵐道：「老前輩說得是，晚輩應該早些想到才是。」

高半仙笑道：「不錯，稍微用點心，都會早想到了。」
趙一絕長長吁一口氣，道：「高老前輩，你聽到了他們準備動手的消息嗎？」
高半仙道：「聽到了，而且是千真萬確。」
趙一絕道：「不知他們準備幾時下手？」
高半仙道：「今晚上動手。」
趙一絕道：「這麼快？」
高半仙道：「巧的是，你們今天也救出了王氏母子。」
趙一絕道：「老前輩要……」
高半仙接道：「老夫要保護你們，你不用心疼你花的錢多，花錢消災。」
趙一絕道：「我們三個人，老前輩只是單槍匹馬。」
高半仙接道：「所以，你們要答應老夫一件事。」
趙一絕道：「什麼事？」
高半仙道：「今晚上開始，你們三位要集中一處。」
李聞天道：「我們家屬都在北京。」
高半仙道：「我想那陰陽劍的爲人，還不至於下流到傷害老弱婦孺，但爲了防患未然，你們還有時間把家屬送往別處。」

趙一絕道：「對！小心沒有大錯，在下立刻差人去辦。」

張嵐道：「老前輩要我們今晚上集中何處？」

高半仙道：「你們自己選一個地方，自己再約幾個助拳的人，老夫不準備正式出面，我隱在暗中保護你們。」

趙一絕笑道：「如是我們擋不住呢？」

高半仙接道：「如若情勢必要，老夫只好正面出手。」

趙一絕道：「在下有一座歇夏的庭院，離京城不遠，地方幽靜，也很廣大，一旦動上手，也驚動不了別人。」

高半仙道：「在什麼地方？」

趙一絕道：「西直門外，早秋大院。」

高半仙道：「我知道，那地方很理想。」

趙一絕笑道：「當年那地方也是座王侯宅院，不知受了什麼株連，落得個削職罷官，氣極病亡。子孫不肖，一場豪賭，輸去了那座宅院。兄弟看那座宅院，占地甚大，花樹繁茂，就把它闢做了歇夏的莊院，但我老趙是粗人，想不出雅名字，覺著到那宅院中很涼快，就取個『早秋大院』的名字。」

高半仙道：「諸位也要有個安排，免得老夫還來不及出手，三位就被人家宰了。」

趙一絕道：「這個如何佈置？」

高半仙道：「很簡單，三位約幾個京裡有權勢的親戚，或是有武功的朋友，擺著酒在花園裡吃，最好，那地方有緊鄰的一些房子，老夫躲在暗中。」

趙一絕道：「那不難，那裡有一座花廳，我們酒擺廳外，老前輩隱在廳中。」

高半仙搖搖頭，道：「那不成，太明顯了。你們酒擺在廳內，老夫隱在廳外，或是廳內暗影中。」

趙一絕道：「也行，我們一切聽老前輩吩咐就是。」

高半仙道：「你們準備請些什麼客人？」

張嵐道：「北派太極門的掌門人藍侗，帶幾個武功高強的弟子。」

高半仙道：「還有嗎？」

張嵐道：「就是區區和李總鏢頭了。」

高半仙道：「刁佩呢？」

張嵐道：「刁佩受了傷，在下不忍拉他出來。」

高半仙道：「其人見識廣，拉他與會，用處很大。」

張嵐道：「但他受傷很重。」

高半仙冷冷道：「不要緊，你寫個條子，告訴他非去不可。其人昔年勇猛好勝，想不到

五十歲後，竟然變得十分怕事。」語聲微微一頓，接道：「咱們就這樣決定了，諸位不用擔心，大膽地擺下酒宴，開懷暢飲。」

加快腳步，疾行而去。

張嵐望著高半仙消失的背影，道：「這人還滿夠意思。」

趙一絕笑道：「咱們也對他不錯，他留在北京城裡，大概就是爲了王氏母子，這一番咱們替他完成了心願，他即成自由之身，要去就去，想留就留。」哈哈一笑，續道：「走！到兄弟那早秋大院去坐坐，老趙今晚請你們吃一桌最豐盛的酒席。」

李聞天道：「常常叨擾趙兄，心中不安，今晚上，這桌酒席，歸兄弟請客如何？」

趙一絕道：「不用爭，今晚上如若咱們死不了，以後的日子正長，李兄也不用再開鏢局子了，和兄弟結個伴，遊遊天下名山勝水，待在北京城裡幾十年，想想看，死了實在很冤枉。」

突聞嗤的一笑，道：「想不到啊！趙大爺還是個風雅人物。」

語聲柔音細細，一聽即知是女子口音。

趙一絕一皺眉頭，道：「小素喜，你們一老一少，一男一女，算把我老趙搞昏了頭，究竟你們是怎麼回事啊？」

但見人影一閃，那小素喜仍穿著男裝，躍入室內。

趙一絕皺皺眉頭，接道：「大白天，你躲到屋面上，不怕驚動市民？」

小素喜道：「那只怪你趙大爺，眼睛不靈，瞧不出屋面上藏的有人。」

趙一絕輕輕咳了一聲，道：「你說吧，你這次又耍的什麼花樣？」

小素喜道：「我想問問看，那高半仙和你們談些什麼？」

趙一絕道：「你沒有聽到嗎？」

小素喜究竟是一個小女孩子，有時事出突然，會急的口不擇言，當下說道：「聽到了，爲什麼還要問你？」

趙一絕心裡暗笑，道：「好啊！嫩薑沒有老薑辣。」

當下臉色一整，道：「這個，姑娘請去問高半仙吧，他交代過我們不能說出去。」

小素喜冷哼一聲，道：「你當真不說嗎？」

趙一絕搖搖頭，道：「不說，姑娘就是要動手，在下也不會說出來，不過……」

小素喜接道：「不過什麼？」

趙一絕道：「姑娘如若能夠見告真實姓名、師承、門派，在下也許會冒險告訴姑娘。」

小素喜道：「冒險告訴我，那是說這件事，十分重大了。」

趙一絕道：「那是自然。如若是普普通通的小事情，在下早就告訴姑娘了。」

小素喜沉吟一陣，道：「我姓黃，紅、黃、藍、白的黃……」

趙一絕接道：「黃姑娘可否見告芳名？」

小素喜道：「我告訴你名字，你就告訴我，你們談的內情。」

趙一絕道：「可是，姑娘還要說出你出身門派，在下覺著告訴你姑娘不妨事，那才能告訴你。」

小素喜道：「好！我說了你如不說，咱們可沒有完的……」

語聲一頓，道：「我叫黃小鳳。」

趙一絕道：「姑娘的師承門派？」

黃小鳳道：「桐柏三鳳。夠了吧。」

趙一絕自言自語，道：「桐柏三鳳，桐柏三鳳……」

李聞天卻一抱拳，道：「久仰，久仰，桐柏三鳳，名滿中原，今日有幸一晤。」

黃小鳳嫣然一笑，道：「算不得有名氣，如是有名氣，趙大爺怎會不知道？」

趙一絕道：「在下是土生土長，出了北京城四十里，我就認不出東西南北。」

黃小鳳道：「我姓名也說啦，身分也說了，該說高半仙和你們談些什麼了吧？」

趙一絕似是還有些不太相信，回顧了李聞天一眼，道：「李兄，你知道桐柏三鳳？」

李聞天道：「聽說過，桐柏三鳳，乃中原武林道上大有名望的人物。」

趙一絕啊了一聲，道：「既是如此，在下就告訴姑娘了，高老前輩替我們安排個飯局。」

黃小鳳怔了一怔，道：「安排一個飯局，這算是什麼機密？」

趙一絕道：「詳細內情，在下無法說明，如是姑娘有興致，到時間去瞧瞧如何？」

黃小鳳道：「什麼時間？什麼地點？」

趙一絕道：「今夜初更時分。」

黃小鳳道：「什麼地方？」

趙一絕道：「早秋大院，地方不知道姑娘是否去過？」

黃小鳳道：「我會打聽出來。」

語聲微微一頓，接道：「趙一絕，我說出了姓名，希望你暫時代我保守隱秘，如是洩漏出去，我會找你們三個算帳。」

李聞天一抱拳，急急接道：「我們記下就是，會遵照姑娘所囑，盡量爲姑娘保守隱秘。」

黃小鳳一轉身，急步而去。

李聞天目睹黃小鳳背影消失之後，才緩緩說道：「桐柏三鳳，在中原武林道上崛起不久，但名氣卻大得很，聽說是三個美麗的姑娘，每個武功高強，而且手段狠辣，犯在她們手裡的人，不死也要落下個殘廢之身，能夠不惹她們，那是最好不過。」

張嵐道：「桐柏三鳳，屬什麼門派？」

李聞天道：「不知道。她三姐妹崛起桐柏山，自號三鳳，出道不足一年，已然威名遍傳中原武林道上。」

張嵐道：「奇怪啊！中原距此，遙遙千里，黃小鳳何以進入京中？」

李聞天道：「這個，只怕有些原因。聽說三鳳姐妹，很少分開，黃小鳳既然在此，只怕其他兩鳳，也在京裡。」

趙一絕道：「那三鳳的武功如何？」

李聞天道：「桐柏三鳳之名，在下是聞之已久，她們的武功，咱們都已經見識過了。」

張嵐道：「對！黃小鳳武功不弱。」

趙一絕先是一怔，繼而微微一笑，道：「我總把小素喜和黃小鳳當作兩個人，對！小丫頭武功不弱，那兩鳳想也不是好惹人物，今夜有得熱鬧看了。」

張嵐突然一拱手，道：「我想起了一件要事，得先走一步。」

趙一絕一伸手，抓住了張嵐，道：「慢著！我有句話，得先說明白。」

張嵐道：「什麼事？」

趙一絕道：「高半仙講義氣，咱們未做到人家要求的條件，但人家卻找上門來幫忙，至於小素喜，也算亮了身分，李兄講得很清楚，桐柏三鳳也不是好惹的人物。你就別再動歪心

眼，準備施展公門中手法擒人。」

李聞天道：「趙兄說得不錯，咱們惹不起陰陽劍和萬花劍那班人，也一樣的惹不起桐柏三鳳。就兄弟所知，桐柏三鳳雖然是較晚些崛起江湖，但她比起陰陽劍在江湖上的名氣，只大不小。」

張嵐微微一笑，道：「兩位別誤會，事情發展至此，兄弟怎還會做出這等不擇手段的事，我要去找藍侗，要他參加今晚的宴會。」

趙一絕道：「好！兄弟派人去找刁佩，咱們本來唱『四進士』，現在唱成『三結義』，非要把他拖出來不可。」

張嵐笑道：「不成，找刁佩也得兄弟出馬，他既能裝出那副重傷模樣，趙兄派人去，未必能辦得，兄弟出馬，不怕他不來。」

趙一絕笑一笑，道：「不錯，咱們雖然鬧得焦頭爛額，提督府仍然有提督府的權勢。」

張嵐笑一笑，道：「太陽下山後，咱們在早秋大院碰頭。」

## 八　拔刀暗助

天到掌燈時分，早秋大院中一片燈火通明，趙一絕大擺派頭，集合了北京城十三家大飯莊的名廚，在早秋大院歡宴賓客。每一個名廚兩個拿手菜，單是大菜，就有二十六道，北京王孫公子們請客，也沒有這個大派頭。

席設花廳，花廳上是張燈結綵，從早秋大院門口處，每隔十步，挑起一對垂蘇宮燈，直通花廳，每盞燈下，站著一個黃褂褲的漢子，四、五十個打雜的夥計，來回奔走，花廳外面，更是燈山燈海，樹梢、花叢到處是燈，少說點，也有個兩百來盞。燈火輝煌，耀如白晝，花廳外兩丈內更是燈光集照之處，落一枚繡花針，大概也可以看清楚。

趙一絕這番佈置，固然是在防敵施襲，但用處也在考驗一下那高半仙的武功高明到什麼程度，整個花廳內、外，排燈如山，照的是毫髮可鑒，他要看高半仙如何能夠在燈光明耀如晝，藏在廳中，而不讓人發覺。

片刻之後，張嵐和藍侗連袂而來，緊接著，李聞天和刁佩也雙雙趕到。

趙一絕抱拳肅客，把幾人迎入廳中，笑道：「諸位快請入座。」

藍侗帶來了四個身著勁裝，身佩長劍的弟子，卻爲趙府管家接待廳外。

寬敞的大花廳中，只擺了一桌酒席。

刁佩身上仍然包著白布，趙一絕微微一笑，道：「刁兄，傷勢怎麼樣了？」

刁佩道：「托天之幸，好轉了不少。」

藍侗四顧了一眼，道：「趙兄，好大的氣派。」

趙一絕笑一笑，道：「諸位都是難得請到的客人，肯賞給兄弟面子，兄弟哪敢不盡心。」一語聲微微一頓，接道：「今晚上，兄弟請來了北京城十三家大飯莊的名廚，諸位品嘗一下，兄弟不敢說太好，但吃完這一席酒，等於吃遍了京裡大飯莊。」一面說話，一面讓座。

單以武林中的身分而論，藍侗掌理北派太極門，自屬最高，被推舉坐了首位，依序是張嵐、刁佩、李聞天，趙一絕坐了主人的位置。

藍侗四下瞧了一下，道：「怎麼，還有客人？」

原來，趙一絕的安排，還空了兩個位置。

趙一絕道：「有兩個朋友，不知道會不會來？」

藍侗道：「什麼人？」

趙一絕道：「不論什麼人，藍兄也該當首席。」一面說話，一面招呼上菜。

酒、菜齊上，片刻間，擺了一桌子。

趙一絕舉起酒杯，笑道：「來，兄弟先敬諸位一杯。」

酒過三巡，藍侗才輕輕咳了一聲，道：「趙兄，今晚上這席酒，是兄弟一生中吃過的酒席中最好一席，想來，趙兄定然有什麼喜事了？」

趙一絕笑道：「喜事？只要不辦喪事，咱們的運氣就不錯了。」

藍侗微微一笑，道：「自古以來，宴無好宴，會無好會，這個麼，兄弟也早已想到了。」

趙一絕怪道：「怎麼，張大人沒先告訴藍兄嗎？」

藍侗微微一笑，道：「張大人只告訴兄弟，趙兄今宵要宴請兄弟，要兄弟帶幾位敝門中武功最好的弟子同行，詳細內情，張兄也未說清楚。」

趙一絕微微一笑，道：「今晚上，有幾位江湖高人，要來這裡找兄弟的晦氣，希望能夠憑藉你藍兄北派太極門的掌門身分，替兄弟鎮壓、鎮壓。」

藍侗道：「趙兄言重了，藍某人能夠辦到的，一定盡力。」

目光一掠張嵐，接道：「再說，咱們都是張大人轄下之民，開罪了張大人，兄弟這北派太極門，只怕也無法再開山立府，對於張大人什麼吩咐，咱們這安善良民，只有句句聽從的份了。」顯然，他心中對張嵐仍有不滿和忌恨。

張嵐笑一笑，道：「你是一派掌門，武學大家，如論江湖上的聲望，武林中的身分，我張某人這點德行，如何能和你比，但兄弟我目下吃的是公事飯，官身不自由，如是有些地方開罪了你藍兄，那也是情非得已，還望你老多多擔待一下了。」

藍侗拈鬚一笑，道：「不敢當，張大人言重了。」

張嵐道：「說不定兄弟退休之後，還要投到藍兄主持的北派太極門下，再練幾年劍法。」

藍侗似是被張嵐這幾句話恭維得有些暈淘淘的，頷首微笑，道：「張兄幹了不少年提督府的總捕頭，雖然十分的威風，只怕也開罪了不少江湖上的朋友。人在臺上好過關，一旦退休，只怕難免一些小麻煩，入我們太極門下，兄弟是不敢當，但張兄真的退休了，歡迎你到兄弟藍家堡住下，縱有江湖人想找點麻煩，也會給兄弟一點面子。」

趙一絕道：「藍兄，趙某人能不能去住？」

藍侗道：「諸位都是藍某人的朋友，自然是歡迎的。」

這時，天已初更過後，菜還不斷地在上。

藍侗輕輕咳了一聲，道：「趙兄，酒足飯飽了。」

趙一絕道：「難得有這番聚會，今晚上咱們喝個痛快，最快也要三更以後再散。」

趙一絕吩咐佳餚慢上，幾個人邊吃邊談起來。

二更時分，早秋大院仍然是一片輝煌燈火，但卻仍未見一點動靜。

趙一絕暗中留神四周，既未見高半仙出現，亦未見黃小鳳前來，心中大感奇怪。忖道：「這花廳內外，佈置得燈火輝煌，如是高半仙、黃小鳳混到此地，我早應該得到一點消息才對。這兩位怎會突然失約不來呢？」

對高半仙和黃小鳳的失約，趙一絕心頭十分震驚，雖然他盡量保持著表面的平靜，但神色間，仍然流露出極爲不安之情。

藍侗是何等老練的人物，一眼之間，已瞧出了趙一絕的不安，輕輕咳了一聲，道：「趙兄，有什麼不對嗎？」

趙一絕乾咳了兩聲，道：「幾個約好的朋友，應該來了，怎麼還沒有一點消息？」

李聞天道：「趙兄，他們會不會改變了主意？」

趙一絕道：「陰陽劍那班人可能改變主意，但高……」

突聞幾聲悶哼、呼喝，傳了過來，打斷了趙一絕未完之言。

刁佩道：「他們硬闖進來了。」

但見花廳外面，人影閃動，十數條人影，直向外面奔去。

原來，趙一絕早在花廳外面，埋伏了十幾個人，一聞動靜，立時迎上去。

北派太極門中，四個弟子和趙一絕的手下，有著顯然不同的修養，四人一齊起身，一排而立，擋在花廳門口。

強烈的燈光下，忽然間寒光打閃，四個守在花廳門口處的太極門中弟子，一齊拔出了長劍。

趙一絕凝目望去，敢情來人已經到了花廳門外。當先一人，身著黑色長衫，面垂黑紗，一雙白玉似的雙手，各握著一柄帶鞘寶劍，左手中的寬劍，長短和一般兵刃相同，右手之劍卻短了一半，只有一尺四、五寸長。

黑衫人的右面，站著一個身著青衣，背插長劍，白淨面皮的人。

趙一絕低聲說道：「那一身黑衣、面垂黑紗的人，是陰陽劍，右面穿青衫的人，是萬花劍。」

藍侗低聲道：「只有兩個人嗎？」

趙一絕道：「他們一定不止兩個，但今晚上來幾個，那就不知道了。」

這時，趙一絕埋伏的人手，全部圍攏上來，不下數十個之多。

藍侗低聲說道：「趙兄，招呼你的屬下退開，就憑人家這股來勢的迅快，上去百、八十個精壯漢子，也是白白送命。」

趙一絕臉一紅，高聲說道：「你們圍上來這多人，是瞧熱鬧啊，還是來送命，快給我退下去。」

圍在花廳外面的數十個人，聞聲而退，片刻間散的一個不剩。

藍侗重重咳了一聲，道：「你們四個也閃開。」

四個太極門中弟子，聞聲而退，讓避兩側。

藍侗站起身子，一抱拳，道：「兄弟北派太極門藍侗，斗膽作主，兩位請入廳中吃杯水酒如何？」

黑衣人緩步行入廳中，道：「原來是太極門的藍掌門，在下打擾了。」行到席前丈餘左右處，停下腳步。

藍侗笑一笑，道：「朋友既然趕上了，何不入席吃一杯？」

黑衫人道：「不用了，雅意心領就是。」

藍侗道：「朋友雙手執劍而來，不知有何見教？」

黑衫人道：「趙一絕的神通很大，竟然把藍掌門推到此地。」

目光一掠張嵐，接道：「北派太極門，在武林中很受同道敬重，想來，定然不會和公門中人往來了。」

藍侗回目望望張嵐，笑道：「北派太極門，都是安善良民，對官府中人，自然要尊重一些。」

黑衫人道：「藍掌門弦外之音，可是說在下等不是安善良民了？」

藍侗道：「閣下不用誤會，藍某並無此意。」

這時，萬花劍仍然站在花廳外面，臉上是一片冷然肅煞之氣。

黑衫人冷然一笑，道：「在下不願和藍掌門衝突，希望貴派中人，能夠置身事外。就算在下等不是安善良民，現有提督府的總捕頭在座，似乎也用不著北派太極門中的高人插手此事。再說，這地方並不是貴派的地盤，在下等河水未犯井水，就江湖戒規而言，在下等並未有開罪貴門之處，藍掌門如肯賞臉，還望能退出這場是非。」

藍侗淡淡一笑，道：「朋友的話，乍聽起來，似乎是很有道理，但如是仔細地想一想，就大大的不通了。」

黑衫人冷冷說道：「藍掌門有何高見？」

藍侗道：「閣下今宵向趙一絕尋仇，事先可曾通知過我們北派太極門？」

黑衫人道：「在下覺著無此必要。」

藍侗道：「這就是了，閣下如是要說到江湖規矩，似乎是有一個先來後到，在下先來了一步。」

黑衫人冷哼一聲，打斷了藍侗之言，道：「藍掌門用不著多逞口舌之能，欲加之罪，何患無詞，如是貴門一定要多管閒事，那也算不得什麼！」

藍侗臉色一變，道：「朋友！你好大口氣。」

黑衫人道：「在下已經把話說明，貴門中不肯退出這場是非，那也是沒有法子的事。」

藍侗道：「朋友黑紗蒙面，手中卻又提了標幟江湖的陰陽雙劍，這豈不是掩耳盜鈴，自欺欺人嗎？」

黑衫人道：「大丈夫敢作敢當，用不著掩飾身分，但兄弟覺著對付幾個名不見經傳的人，即使蒙著眼睛，已然綽有餘裕了。」

這幾句話，狂傲至極，只聽得藍侗怒火上沖，霍然站起身子，道：「朋友太狂了。」

趙一絕、張嵐、李聞天，都存心要激出藍侗的怒火，是以，雖然受那黑衫人甚多的羞辱，但一個個均隱忍不發。

陰陽劍緩緩向右移了兩步，道：「趙一絕，閣下可以出來受死了。」

這等指名叫陣，趙一絕如是不敢挺身而出，自是一樁大感羞辱的事，明知非敵，趙一絕也只好站起身子，道：「朋友把我趙某人當做了正點子，趙某是何幸如之。」舉步離席，向前行去。

藍侗左手一掌拍在桌面之上，身子就借那一掌之力，飛了起來，攔在趙一絕的身前，道：「趙兄請歸席位，這檔事，我們太極門攬下來了。」

趙一絕道：「藍兄是客人，怎好麻煩。」

藍侗哈哈一笑，道：「趙兄和人家結的什麼樑子，藍某人可以不管，但北派太極門如此

受人藐視，還是未曾有過的事，兄弟忝為掌門人，不能壞了太極門的名聲，藍某先和這位朋友理論一番，趙兄再了斷你們之間的恩怨不遲。」

黑衫人冷笑一聲，道：「藍掌門用不著找什麼藉口，兄弟這裡候教。」

藍侗點點頭，道：「朋友倒是豪氣干雲。」緩步向黑衫人逼了過去。

守候在廳門兩側的太極門中弟子，突然齊聲說道：「掌門人千金之軀，豈可輕易出手，弟子等願代效勞。」

藍侗帶來的四個弟子，都是門下高手，劍上造詣甚深，當下微一頷首，道：「好！你們小心些。」

四個太極門中弟子，齊齊轉過身子，散佈開去。

但卻只有最左面的一人，直逼近黑衫人的身前，長劍一舉，道：「在下太極門中文青，領教朋友的高招。」

陰陽劍冷冷說道：「你一個人不行，要他們合手上吧！」

文青微微一怔，道：「朋友好大的口氣。」

陰陽劍道：「在下話已說在前面，相不相信是你的事了。」

文青右手長劍一顫，指向陰陽劍，口中冷冷說道：「閣下先勝了我手中的兵刃，再行誇口不遲。」突然間，劍勢加快，刺向黑衫人的前胸要害。

黑衫人身子突然一個側轉，左手一揚，擋開了文青手中的長劍，右手一探，手中寬劍，突然飛出，但見寒光一閃，劃落了文青頭頂上一片黑髮。

文青吃了一驚，急急收劍而退。

黑衫人冷笑一聲，道：「在下已經劍下留情，如是你再不知趣，勢非要鬧個當場濺血不可了。」

一招之間，擋開了文青的攻勢，削落了文青頭上一片黑髮，不但使文青震駭不已，就是藍侗亦覺著遇上了生平未遇過的勁敵，沉聲喝道：「你們閃開。」

四個太極門中弟子應了一聲，向後退開。原來，四人都有自知之明，看那黑衫人出手一劍，已然自知非敵。

藍侗緩緩抽出背上長劍，道：「閣下這兩把劍，長、短不同，果然是有著很怪異的招數，雙劍未抽出鞘，已可見詭異變化。」

黑衫人道：「趙一絕不過是北京城地面上一個混混兒，在下想不出藍掌門何以要替他攬下這場是非，不惜和我等結仇。」

藍侗道：「閣下口舌如刀，說話占盡了道理，你朋友私闖人宅，要執劍殺人，別說在下和趙兄還有一點交情，就是素不相識，但叫藍侗遇上了，也不能不管。」

站在廳門外面，一直未開過口的萬花劍，突然說道：「藍老兒執迷不悟，不用和他多費

口舌了。」

陰陽劍突然提高了聲音，道：「區區要取趙一絕頂上的人頭，如若是有人攔阻在下，那就別怪我譚某人手下無情了。」口中說話，人卻舉步向趙一絕行了過去。

藍侗長劍一擺，劃出了一道銀芒劍氣，道：「先過了藍某人這一關。」他功力深厚，揮劍之間的劍氣，帶起了森森寒意。

陰陽劍被那逼過來的一股劍氣，迫的向後退了一步，道：「藍掌門一定要蹚渾水嗎？」

藍侗淡然一笑，道：「今晚既然叫藍某人趕上了這場是非，豈有坐視不管之理？」

陰陽劍突然向後一揚雙手，雙劍一齊出鞘，一齊向外面飛去。

萬花劍一抬手接住了兩把劍鞘，反手投向花廳屋面之上。敢情屋面上早也有了陰陽劍等同來之人。

陰陽劍雙劍一長一短，交叉舉起來平橫胸前，道：「藍掌門可知道在下為何被江湖上朋友們稱做陰陽劍嗎？」

藍侗道：「這個，老夫不知。想必是閣下劍法之中，陰陽交錯，變化詭異之故。」

陰陽劍道：「藍掌門立時就可以明白了。」左手長劍一探，點向藍侗的前胸。

藍侗在劍術上，浸沉了數十年，一套太極劍法，早已到了出神入化之境。

眼看陰陽劍左劍遞出，立時辨出不過是一招誘敵的虛招而已，手中一招「寒花吐蕊」，

臥龍生精品集

閃起三朵劍花，封住對方劍勢，但劍並未遞出，仍然保持著劍身靈動。

果然，陰陽劍左手之劍，只不過是誘人的招數，右手短劍，卻以迅雷不及掩耳之勢，由下而上，攻了過來。

藍侗長嘯一聲，劍勢迅如靈蛇，電射而出，噹的一聲，震開了陰陽劍的右手短劍，反擊三招。

這三劍，都是太極劍法中很凌厲的招數，劍光如寒雲蓋頂一般，直罩下來。

趙一絕、張嵐、李聞天、刁佩，都瞧得暗暗喝彩，忖道：「北派太極門的劍法，果然是非同小可。」

但見陰陽劍雙劍並舉，左右揮動，未聞兵刃相撞之聲，竟然把藍侗的劍招化去。

突然陰陽劍大喝一聲，長、短雙劍，忽然間幻出一片重重的劍影，直攻了過來。

藍侗長劍展布，灑出一片劍花，阻擋住陰陽劍的攻勢。

一陣金鐵交鳴之後，搏鬥中的兩人突然分開。

陰陽劍雙劍平舉，緩緩說道：「藍掌門，得罪了。」

藍侗低頭一看，只見前胸衣衫之上，被人劃破了一道數寸長短的口子。

他乃武學大家身分，衣衫上留下劍痕，自感無顏再戰，還劍入鞘，道：「閣下劍招高明，藍某不敵。」說完話，垂手而立。

四個太極門中弟子，雖然個個流現出悲憤之色，但掌門已認敗，只好也跟著還劍入鞘，肅然而立。

如若兩人這一戰，是生死之拚，藍侗盡可揮劍再戰，但如是兩人這一戰，只是比劍印證，藍侗衣衫著劍，自是應當認輸，但藍侗竟還劍不願再戰。

這意外的變化，使得張嵐、趙一絕等同時為之一怔。

陰陽劍目光凝注藍侗前身上，道：「藍掌門賞臉，譚某人十分感激，貴掌門請帶門下的弟子離開吧！」

藍侗回顧了張嵐一眼，道：「張大人……」

張嵐一抱拳，接道：「藍兄已盡了心力，在下等感戴莫名，這本是兄弟和趙兄的事，藍兄請便吧！」

藍侗黯然一歎，道：「兄弟慚愧。」舉步向外行去。

四個太極門中弟子，緊隨在掌門人的身後。

趙一絕一撩長衫，取出一把一尺四、五寸的短劍，笑道：「張兄，是福不是禍，是禍躲不過，張兄帶傢伙沒有？」

張嵐點點頭，從身上拿出一架鐵尺。

刁佩、李聞天都撩起長衫，取出了兵刃。

陰陽劍冷然一笑，道：「四位都別想活到天亮。」

趙一絕笑一笑，道：「咱們就算要死，也得閣下動動手才成。」

陰陽劍冷冷喝道：「在下不過是舉手之勞。」

趙一絕一按劍柄彈簧，短劍出鞘。燈光下，只見趙一絕手中的短劍寒光奪目，劍身上泛起來七顆金星，就算是不懂寶劍的人，看到那奪眼的鋒芒，也能認出這是一把鋒利無匹的寶劍。

陰陽劍怔了一怔，突然仰天大笑，道：「踏破鐵鞋無覓處，得來全不費工夫，想不到七星寶劍，竟會落在你這個土混兒的手裡。」

語聲一頓，接道：「趙一絕，你怎會持有七星寶劍？」

趙一絕笑道：「趙大爺不高興告訴你。」

陰陽劍怒道：「這七星寶劍的主人何在？」

趙一絕搖搖頭，道：「不知道。就算是在下知道吧，也不會告訴你。」

陰陽劍道：「那很好，我倒要數一數你這個土混頭兒，能有得幾根硬骨頭？」

趙一絕笑一笑，道：「你可以要我老趙的命，但你卻無法套出趙某人的話。」

陰陽劍道：「三招內就要你死在區區的劍下。」舉步向趙一絕行了過來。

趙一絕一揮七星寶劍，帶動起一片寒芒，道：「慢著！」

陰陽劍道：「你如能告訴我這寶劍的主人，也許我可以給你一個痛快。」

趙一絕道：「你如是三招取不了我趙某人的性命？」

陰陽劍淡淡一笑，道：「啊！你想取巧？」

趙一絕道：「三招能取我趙某人的性命，在下倒是有些不信。」

陰陽劍道：「好！三招之內，我如不能取你性命，在下回頭就走。」

趙一絕道：「丈夫一言。」

陰陽劍道：「快馬一鞭。小心了！」左手長劍一探，點向趙一絕的前胸。

趙一絕七星寶劍一揮，斜裡上撩，橫向長劍斬去。

陰陽劍似是很怕趙一絕手中寶劍，長劍急急向旁側讓去。突然間長劍一沉一翻，由外門轉入內宮，劍勢逼住了趙一絕手中寶劍，右手短劍卻以迅雷不及掩耳的速度，刺向趙一絕前胸。

這一招變化之奇，配合之快，不但趙一絕震駭不已，覺著已經完了，就是觀戰的張嵐、李聞天、刁佩，亦覺著無法援救，就算三人不計生死直撲上去，也無法救得趙一絕的性命，不禁同聲一喊，眼看陰陽劍右手的短劍，就要刺入趙一絕的前胸，陰陽劍右手卻突然一頓，五指一鬆，手中之劍，突然跌落地上。

趙一絕收回七星寶劍，笑一笑，道：「閣下的劍法很高明，但老趙的命大，你兩劍並出，不知應該算幾招？」

陰陽劍似是受到的驚震極大，心中一直在苦苦思索手中之劍，何以會突然跌摔在地上。

這當兒，如是突然出手攻他一劍，必可把對方傷於劍下。

但聞站在廳外的萬花劍高聲說道：「譚兄，怎麼回事？」

陰陽劍突然想到了自己的右臂，活動了一下，道：「很奇怪。」

左手長劍一探，挑起了地上的短劍，重握手中，冷冷說道：「趙一絕，你用什麼暗器？」

趙一絕先是一呆，繼而哈哈一笑，道：「天機不可洩漏。」

陰陽劍冷冷說道：「暗施詭計，豈可久恃。」

趙一絕道：「姓譚的，你如不信，那就再來試過。」

陰陽劍道：「區區正要再試一次。」

右手短劍一抬，指向趙一絕的咽喉。

趙一絕雖然想到了可能是高半仙在暗中相助，打出了一種古怪暗器，使得陰陽劍棄去兵刃，但暗中瞧看，又不見高半仙停身之處，高半仙是否在此，心中亦是毫無把握。眼看對方右手劍勢刺來，立時一揮七星寶劍迎了上去。但聞鏘的一聲，陰陽劍手中兵刃竟被趙一絕七星寶劍斬作兩斷。

萬花劍大聲喝道：「譚兄，七星寶劍鋒利無匹，譚兄早已知曉，怎的竟不知小心。」

陰陽劍苦笑一下，棄去右手半截斷劍，一抱拳，道：「趙兄高明，在下三招難勝，在下自行遵守諾言，今宵之事，就此算了。」轉身向外行去。

趙一絕只知手中這把短劍十分鋒利，但卻不知它有削鐵如泥之利，斬斷了對方手中的百鍊精鋼，趙一絕才知手中持著寶刃。

甚多事端，迴旋腦際，使趙一絕根本未聽到陰陽劍說些什麼，直待人走到廳門口處，趙一絕才急急說道：「閣下慢走，趙某人不送了。」

萬花劍似是想攔住陰陽劍，但聞陰陽劍低言數語，兩人立時連袂而去。

刁佩目睹兩人去遠，才低聲說道：「趙兄，這是怎麼回事？」

趙一絕道：「那個王八龜孫子才清楚是怎麼回事。」

李聞天站起身子，恭恭敬敬地抱拳一揖，道：「老前輩！咱們多謝援手，強敵已去，還望老前輩現身一見。」

其實，張嵐、刁佩心中也都明白，趙一絕手中雖執著削鐵如泥的寶劍，但也絕非那陰陽劍的敵手，定然是有人在暗中幫忙，才使得陰陽劍心受驚駭而去。是以，李聞天這一說，兩個人四道目光，隨著四下轉動，搜尋那暗中出手相助之人。

但見大廳中燈火如晝，除了四個站在廳角照顧客人的夥計之外，再無其他的人。

趙一絕輕輕咳了一聲，道：「這大廳附近，燈火輝煌，明的暗的，不下百隻眼睛，別說是人了，就是一隻小麻雀飛過來，也是無法逃避開這些人的目光。」

李聞天道：「趙兄之意，可是說這大廳之中，不可能藏的有人了。」

趙一絕道：「李兄，不妨四面瞧瞧，如是廳中有人，他應該藏在何處？」

李聞天抬頭四顧，發覺廳上的燈火，佈置得十分奇異，不但每一個陰暗的角落，都被燈火照到，而且大廳上正廳的背面，也被交錯的燈光照射的十分清楚。

那是說，在趙一絕嚴飭屬下的佈置中，整個的大廳中，都被燈火照得很清楚，沒有一處暗影，可以供人藏身。

李聞天皺皺眉頭，道：「這廳中確然是無處藏身，但可能藏身在窗外了。」

趙一絕道：「不管他藏身何處，定然已聽到了李兄之言。」

李聞天忽有所悟的，道：「如果他準備現身相見，也用不著咱們請他了。」

趙一絕把七星寶劍還入鞘中，道：「來！咱們好好喝幾杯，想不到今晚這一關如此容易。」

刁佩兩道目光一直盯在趙一絕手中的七星寶劍之上，輕輕咳了一聲，道：「趙兄，這把劍很名貴啊！」

趙一絕笑道：「兄弟只知道這把劍很鋒利，但卻未料到它竟能削鐵如泥。」

刁佩微微一笑，道：「趙兄，可否告訴兄弟這把劍由何處得來？」

趙一絕道：「是一個客人，賭輸了錢，把這把劍押在賭場裡。」

刁佩道：「不知押了多少銀子？」

趙一絕道：「押了兩百兩。」

刁佩道：「趙兄，見過了那位押劍的人嗎？」

趙一絕點頭，道：「見過，是一位中年漢子，剛好兄弟也在場中，見到這把劍，覺著這把劍很鋒利，就答應了這票買賣。」

刁佩歎息一聲，道：「趙兄，可是覺著這票生意吃了虧嗎？」

趙一絕道：「實在說，兄弟當時感覺上吃了點虧，但今夜中一下子削斷了陰陽劍手中兵刃，兄弟又覺著沾了光。」

刁佩獨目閃光，沉吟了一陣，道：「很多事，想來很神秘，但事實上，卻又是簡單得很，一個賭客，輸了錢，把隨身的傢伙，押在賭場中，掉頭而去……」

趙一絕接道：「那位老兄，似乎是又把押劍的兩百兩銀子輸光，才回身而去。」

刁佩道：「趙兄，那人臨去之際，可曾說過什麼？」

趙一絕搖搖頭，道：「他輸得一文不名，滿頭大汗，再無可押之物，才愴愴離去。」

刁佩似是愈聽愈感興趣，問道：「他臨去之際，沒有說幾時來贖回這把劍嗎？」

微微一笑，又接道：「趙兄，眼下覺著這把劍，能值多少銀子？」

趙一絕道：「寶劍鋒利到一揮手間能削斷百鍊精鋼，這價碼，自然是大大的不同了。」

刁佩道：「趙兄心中總該有個數目吧？」

趙一絕笑一笑，道：「三、五千兩銀子應該值了。」

刁佩道：「如是有人出這個數字，趙兄是否會賣？」

趙一絕道：「什麼人肯出這麼大的價錢？」

刁佩道：「兄弟我，如是趙兄真的願意割愛，兄弟照趙兄的心意，再加一倍，一萬兩銀子，怎麼樣？」

趙一絕道：「這個麼，價錢是夠大了……」

只聽一個清脆的聲音，接道：「我再加一倍，兩萬兩銀子如何？」

這聲音一入耳中，張嵐等都聽得出是女子的口音，而且聲音很熟，趙一絕轉頭看去，只見一個身著青衣，手捧木盤的上菜夥計，站在身側，不禁一皺眉頭，道：「是你小子接的口嗎？」

上菜夥計笑一笑，道：「趙大爺，你賣東西，難道也要挑肥揀瘦的看人頭嗎？」

這一次，趙一絕已聽出了來人的口音，急急說道：「你是黃姑娘？」

青衣人接道：「正是小妹。趙大爺的眼睛不靈，耳朵倒是滿靈光啊！」

趙一絕笑一笑，道：「慚愧得很，我什麼都想到了，就是忘了交代一句話。」

黃小鳳道：「交代什麼？」

趙一絕道：「只准大師傅來，不准他們帶上菜的夥計。」

黃小鳳緩緩把手中木盤，放在桌子上，道：「其實，還有很多的方法，趙兄不准各飯莊帶上菜的夥計，一樣的難不住人。」

這時，群豪都已知她身分，齊齊站起了身子。

黃小鳳揮揮手，自己先在一張凳子上坐了下來，道：「大家坐吧！」

趙一絕道：「姑娘可以除去臉上的藥物了。」

黃小鳳道：「我看不用了，你們既然已知道了我是誰，似乎是用不著再見我本來的面目了。」

趙一絕已聽李聞天談過桐柏三鳳的厲害，不敢勉強她，說道：「剛才，是姑娘暗中援手了？」

黃小鳳道：「不敢居功，我混來此地，確有助你之心，但我還未及出手。」

趙一絕啊了一聲，道：「那人是誰呢？」

黃小鳳道：「高半仙。除了他能夠不著痕跡地幫助你，驚退陰陽劍之外，江湖上還很難找出這樣身手的人物。」

趙一絕、張嵐都不覺地流目四顧，但見花廳中燈耀如晝，始終瞧不出那高半仙隱在何處。

黃小鳳搖搖頭，道：「你們不用四下瞧了，他既然來了，總不會片語不留地回頭就走。」

這當兒，一個大漢突然急步行入廳中，道：「大哥，一封信。」

趙一絕認出那是自己手下一個得力的兄弟，守在大門口，一皺眉頭，道：「誰的信？」

那大漢道：「給大哥的信。」

趙一絕接過信，一揮手，道：「你出去。」

那大漢欠身一禮，退了出去。

趙一絕捧著信，倒來轉去，道：「什麼人開我老趙的玩笑，明明知道我老趙斗大的字，認不了一擔，偏偏寫一封信給我。」

黃小鳳探道一瞧，只見封套上寫道：「函奉趙一絕收啓」，下面飛龍鳳舞的一個高字，大約那高字寫得太草，趙一絕瞧了半天，沒有瞧出來是個什麼字。

黃小鳳道：「是高半仙的信，要不要拆開瞧瞧。」

張嵐、李聞天、刁佩都已瞧出信封上寫著趙一絕的名字，是以，都未插口。

趙一絕把信交給黃小鳳，道：「拆開大家瞧瞧吧！」

黃小鳳似是比趙一絕更急於知曉這封信的內情，急急拆開，只見上面寫道：「字奉張、趙、李三兄。」

黃小鳳急急叫道：「張總捕、李鏢頭，兩位有名號。」

張嵐、李聞天同時伸頭望去，只見信上寫道：「老夫追索內情，始知陰陽劍等亦不過受命行動之人。是則，北京城中，尚有一位江湖上極厲害的人物，幕後主持其事，其人爲誰，老夫還未能察出一點蛛絲馬跡，但汝等三人的處境，則更爲險惡萬分矣！」

看到此信，三個人都不覺爲之一怔，相互望了一眼。

黃小鳳接道：「三位，還有下文，你們看完了再談不遲。」

張嵐等凝目望去，只見下面寫道：「爾等爲老夫完成了救人心願，老夫自有一報，俟查出主持其事的幕後人物，即刻趕來和汝等會晤，那小丫頭已改扮做上菜夥計。」寫到此處，突然中斷，但就文字上看去，似是言未盡意。

黃小鳳微微一笑，道：「原來，他已經瞧出了我的身分。」

順手把信還給趙一絕，道：「這封信你收著吧！」

趙一絕看信上沒有署名，忍不住說道：「這信後沒有署名。」

黃小鳳道：「你知道，這信是何人寫的嗎？」

趙一絕道：「高半仙。」

黃小鳳道：「不錯啊！你既然知道是什麼人寫來的，自然是用不著他再署名了。」

趙一絕收好書信，微微一笑，道：「姑娘，現在，我們應該怎樣？」

黃小鳳道：「等高半仙的消息，除此之外，別無他法。」

趙一絕笑一笑，道：「聽說桐柏三鳳很少分離，姑娘兩位姐姐，是否也在京中？」

黃小鳳道：「你很想知道這件事嗎？」

趙一絕道：「如是不想知道，自然是不會問姑娘了。」

黃小鳳淡淡一笑，道：「桐柏三鳳之密，不願輕易洩漏於人，你如是很想知道，那就要付點代價了。」

趙一絕道：「要錢？」

黃小鳳道：「桐柏三鳳，還不至於這麼市儈氣。」

趙一絕道：「那麼姑娘要什麼？」

黃小鳳笑一笑，道：「只怕你不肯割愛。」

趙一絕道：「說說看，說不定老趙一大方，糊糊塗塗地割了愛。」

黃小鳳道：「你手中的七星寶劍。」

趙一絕啊了一聲，道：「姑娘！你不覺著太貪心一些嗎？我已經送給你墨玉、銅鏡，這把七星劍姑娘竟還不放過。」

黃小鳳道：「墨玉、銅鏡，放到了你那裡，有如沙中藏珠，對你全無用處。」

趙一絕道：「但這把七星劍，老趙已知曉了它的用處，鋒利無匹，切金斷玉。」

黃小鳳道：「我們也不會白白的要你這把七星劍。」

趙一絕道：「姑娘還有交換之物？」

黃小鳳道：「老實說，這把劍，我也要不到，我要拿去給我大姐。」

趙一絕道：「但在下和你大姐素昧平生，從未見過。」

黃小鳳道：「也正因如此，才要把此劍送給她。我大姐受你之贈，必然會幫助你們，那時，桐柏三鳳就可以正式出面，幫你們的忙了。」

趙一絕沉吟了一陣，道：「這件事，讓我老趙想一想如何？」

黃小鳳道：「好！你慢慢地想吧！不過，我們可能會很快離開北京，你要盡早決定。」

趙一絕道：「明日午時之前，在下會給姑娘一個肯定的答覆。」

語聲一頓，接道：「在下心中亦有兩點不解之事，不知可否問問姑娘？」

黃小鳳道：「你可以問，但別把我估計的太高了，有很多事，我也一樣的回答不出。」

趙一絕道：「第一件事，那塊墨玉和那面古銅鏡，有什麼奇異之處？」

黃小鳳笑一笑，道：「那面銅鏡，上面雕有很多花紋，名貴處在那雕刻的花紋上，至於那塊墨玉，乃是世間極少的暖玉，我只知它有很多用處，詳細情形麼，那得要問我的大姐了。」

趙一絕道：「姑娘說了半天，咱們只能算明瞭十分之一、二。」

黃小鳳道：「再詳細我就不知道了。」

趙一絕道：「好吧！在下問一樁姑娘知曉的事。」

語聲一頓，接道：「桐柏三鳳，此番到北京城來，定非無因吧？」

黃小鳳道：「找一個人。」

趙一絕道：「北京城有幾十萬人，姑娘找的什麼人？」

黃小鳳沉吟了一陣，道：「這個麼，我不能告訴你。」

趙一絕奇道：「爲什麼？」

黃小鳳道：「大姐交代過，不能輕易告訴人，不過，我想高半仙可能知道，見著高半仙時，不妨問問他，也許他可以告訴你們，反正別讓我說出來，大姐就不會罵我了。」

趙一絕道：「看起來姑娘似乎很怕你那位大姐，是嗎？」

黃小鳳道：「她是姐姐，我是妹妹，自然怕她了。」

趙一絕道：「黃姑娘，什麼事，你都不能作主，我看咱們是很難談得攏了。」

黃小鳳站起身子，道：「你如是決定了要把七星寶劍送給我們，我可以安排你和我大姐見見面，你有什麼要求，對她提出來，如果是不太礙難，我想她一定會答應你。你慢慢想吧，

我要先走一步了。」

趙一絕道：「姑娘要到哪裡去？」

黃小鳳道：「北京城裡，這幾天風雲際會，我要找大姐報告消息。」

微微一笑，接道：「趙一絕，你人雖長得難看，一副皮包骨的陰險相，但你爲人倒是滿不錯。」

趙一絕聳聳肩，道：「姑娘誇獎了，所謂人不可貌相，在下是外貌奸詐，內存忠厚。」

黃小鳳笑一笑，道：「趙大爺，你如能把七星寶劍送給我們，那就更能表現出你的忠厚了。」

趙一絕哈哈一笑，道：「在下已經約略地想過了這件事，這等神兵利器，我趙某人這點武功，不能用它，帶著它足以害命。」

黃小鳳道：「不錯啊！懷璧其罪，趙兄倒是想得很通啊！」

趙一絕道：「所以，我已決定把七星寶劍送人。」

黃小鳳急急接道：「好啊！趙兄如若先把寶劍送給小妹帶給我大姐，她定然十分歡喜，對你趙兄有百利而無一害。」

趙一絕道：「急也不在一時，在下雖是決定了把寶劍送人，但還未決定送給什麼人。」

黃小鳳道：「你可是想送給高半仙？」

趙一絕道：「還難說啊！姑娘再稍候兩天不遲，在下可以答應姑娘，我要把寶劍送人之時，定會先行告訴姑娘。」

黃小鳳道：「你說過明天告訴我決定，是嗎？」

趙一絕道：「明天再說吧！」

黃小鳳道：「記著，陰陽劍和萬花劍，都是用劍的能手，他們已經瞧到了七星寶劍，此劍如是落在他們手中，那就如虎添翼，從此刻起，你要多多小心，別要你還未決定把寶劍送給哪個，卻已先爲寶劍丟了性命。」

趙一絕道：「我打不過他們，但我可以躲起來，讓他們找不到。」

黃小鳳道：「你要躲好啊！」轉身步出花廳而去。

趙一絕目睹黃小鳳遠去之後，才微微一笑，道：「這丫頭年紀不大，倒是貪心得很。」

刁佩道：「趙兄，她說得不錯，七星寶劍亮了相，當心你的命，會送在這把劍上。」

趙一絕道：「怪了，這把劍如此不祥，你刁兄爲什麼還要花上萬的銀子買它。」

刁佩道：「兄弟買劍，是爲了送禮，本人還想多活幾年。」

趙一絕道：「送禮？送給什麼人？」

刁佩道：「說穿了，還不是爲咱們找個幫手。」

趙一絕道：「呵！北京城藏龍臥虎，我趙一絕這些年簡直是白混了，說說看他是誰，能當得你刁兄如此厚禮，而且還能幫得上咱們的忙？」
刁佩皺皺眉頭，道：「他也是退出江湖的人了，兄弟不想說出來，怕為他添麻煩。」
趙一絕道：「刁兄找他幫我們的忙，難道不是找他麻煩嗎？」
刁佩道：「原因在這把劍上了，這把劍太名貴，兄弟相信他可以出一次山，然後，攜劍遠走，再找一處隱居之地。」
趙一絕啊了一聲，道：「刁兄，準備請他出山做些什麼事？」
刁佩道：「要他一舉間解決陰陽劍和萬花劍。」
趙一絕道：「殺兩個人？」
刁佩道：「兄弟相信這把七星寶劍，可以誘惑他答允出山。」
李聞天道：「刁兄，可曾想到了善後嗎？」
刁佩道：「事情很明顯，不殺那姓譚的和萬花劍，咱們都別想平安地過下去，但如殺了兩人，餘下群龍無首，咱們至少有逃走的準備時間，盡快地離開北京城。不過，剛才看到高半仙的來信，兄弟是不得不改變心意。」
趙一絕道：「為什麼？」
刁佩道：「陰陽劍和萬花劍背後如是還有人主持其事，咱們就算殺了他兩人，也是於事無補。」

趙一絕道：「這話也有道理，不過，眼下就有一個難題，兄弟就無法處理。」

李聞天道：「什麼難題？」

趙一絕道：「咱們是分開呢，還是合在一起，等那高半仙呢？」

張嵐道：「兄弟要回提督府一趟，但幾位最好不要分開。」

刁佩道：「尤其是趙兄，七星寶劍露了面，更是危險得很，趙兄不知道如何勝了陰陽劍，但那陰陽劍恐怕會心裡明白，如何敗在趙兄手中，他心裡敗得不服氣，是一件事，更重要的是，他對那七星劍定會念念不忘，說不定他今晚上就會來找趙兄。」

趙一絕道：「不錯，這方面兄弟得準備一下。」

刁佩四顧了一眼，道：「今晚上如若留住在早秋大院，利弊各占一半。」

李聞天道：「弊在那陰陽劍知道地方。」

刁佩道：「利在高半仙和桐柏三鳳都可能心念及此，他們夜間可能及時馳援。」

趙一絕笑一笑，道：「有一句俗語說，跑得了和尚跑不了廟，敵暗我明，躲不勝躲，所以，兄弟想留在這裡，我帶七十多個兄弟，晚上多設幾道埋伏就是。」

張嵐道：「兄弟手下捕快，有四十名諸葛匣弩手，專門準備對付武林高手之用。匣弩特製，勁道奇大，一次可十支連發，每人可帶兩百支鋼箭，兄弟回到提督府去，立刻撥十個人過來，守護趙兄。」

趙一絕哈哈一笑，道：「稀奇，稀奇！」

張嵐愣了一愣，道：「怎麼，兄弟說錯了？」

趙一絕道：「在下是受寵若驚。千百年來，大約還沒有提督府中捕快，派出精銳，保護開賭場的混混頭兒吧？」

張嵐臉上一熱，道：「公事上說，你爲官府中出力不少，我們應該保護，私誼上說，你給兄弟我幫忙很大，這些危險，也是爲兄弟而起，兄弟怎能坐視不管。」

趙一絕點點頭，道：「張兄這番情意，兄弟心領了，但兄弟自己的手下，也是善用弓箭之人，再說，你們提督府中人，和兄弟這些手下，只怕是不太容易合得來。」

刁佩微微一笑，道：「有道是邪不勝正。張兄真要派上十個捕快來此，只怕反將擾亂了趙兄手下的軍心。」

張嵐站起身子，道：「兄弟明白了，我先告退一步。」

張嵐一抱拳，轉身而去。

趙一絕目睹張嵐去遠，才微微一笑，道：「兩位是否要留在早秋大院？」

刁佩道：「兄弟留在這裡，但不知李兄如何？」

李聞天道：「兄弟也留這裡。」

刁佩道：「好！李兄決心留在這裡，咱們得研商個防守辦法，憑兄弟的江湖閱歷，他們今晚上必有行動。」

趙一絕道：「早秋大院中有一座密室，壁緊門牢，咱們住在那裡，重重設防……」

刁佩搖搖頭，接道：「不行，這在江湖上有個名堂。」

趙一絕道：「什麼名堂？」

刁佩道：「這叫烏龜縮頸，讓人家甕中捉鼈。」

趙一絕乾咳兩聲，道：「刁兄的高見呢？」

刁佩道：「熄去燈火，暗設埋伏，找三個人代咱們住入密室，嚴加保護，至於咱們三個……」他聲音愈說愈低，趙一絕和李聞天卻頻頻點頭。

一番計議停當，趙一絕立時傳令讓人熄去燈火。

燈山燈海的早秋大院，片刻間一片漆黑。

趙一絕、刁佩、李聞天換過衣服，暗藏了兵刃、暗器，隱身於叢花之中。

一切都在夜暗中進行佈置，不過頓飯工夫，早秋大院中變得一片沉寂。

在刁佩周密設計之下，趙一絕帶來的人，都誤認三人躲入了密室之中。

# 九　踏雪尋梅

四更過後，五更不到，果然見四個夜行人飛入了早秋大院。四個人影疾如脫弦弩箭，直撲大院中花廳屋面。這四人雖暗中前來，膽子卻很大，似乎全不把早秋大院的埋伏放在心上。

趙一絕藏身處，自己的掩蔽很好，卻又視界很闊，借隱隱星光，看清了屋面上四個人影，正是陰陽劍、萬花劍和天罡手羅平，都穿著深色的夜行勁裝，背插兵刃，另一個卻穿著寬大的淡青長袍，臉上戴著一個紅色面具。

青袍人四顧了一眼，緩緩說道：「羅平，來明的，找兩個人，逼問口供。」口中說話，人卻飄身躍落地面。

萬花劍、陰陽劍緊隨跳下，天罡手羅平口裡應著「是」字，左手卻膽大地晃起了火摺子，燃起廳中兩盞垂蘇宮燈。

趙一絕暗暗忖道：「好膽大的做法，反賓爲主，竟是要明著硬幹。」

燈光照耀下，也可確然瞧清楚那青袍人臉上的面具。那是一張血紅色的面具，套在臉上，看上去極是恐怖。

羅平燃上燈火，高聲說道：「趙一絕，識時務者爲俊傑，你不過是個開賭場的土混頭兒，我們也不會和你結什麼怨，只要你此刻出面，獻上七星寶劍，不再參與此事，過去的事，就一筆勾銷。」

他說話的聲音，雖然不大，但字字用內力送出，靜夜中，聲音傳出了里許之外。

羅平不聞回應之聲，冷笑一聲，道：「趙一絕，我們知道你沒有走，也已經聽到了在下的聲音，發瘋不當死，你要不肯現身，可別怪區區手段毒辣了。」口裡說話，眼珠亂轉，話說完人卻突然躍射而出。

只聽一聲悶哼，一個藏在大廳外面花叢內的大漢，已被他捏著後頸，提入花廳。

趙一絕瞧出那大漢，正是賭場中的一個鏢客，平常人三、五個近身不得，但羅平卻像提小雞似的提入花廳，一把摔在地上，冷冷說道：「你如想少吃苦，想活命，那就乖乖地回答老子的話，說一句謊話，就讓你試試川東羅老二的手段。」

也不知羅平用的什麼手法，就那麼揮手一摔，那大漢似是癱瘓一般的，再也站不起來，以手支地，抬頭望著羅平。

但聞那青袍人，道：「趙一絕藏在哪裡?」

那大漢搖搖頭，道：「在下不知道。」

話剛落口，羅平突然飛起一腳，把那大漢身子踢得直向廳外飛去。

羅平緊隨著飛身而出，揮手一掌，生生地把那大漢活活劈死在大廳前面，人卻借揮掌之力，躍入花叢，又抓住了一個黑衣大漢，回身一躍，又入花廳，他殺人、抓人，來回之間，全無耽誤，直似是一個連續的動作一般。

但聞砰的一聲，那大漢又被羅平摔在了大廳上，和前一個大漢一般，被摔在地上之後，就像是全身突然癱瘓了一般，再也無法站起來，只能抬起頭望著羅平。

羅平被稱爲川東二煞，素以手段狠毒見稱，冷笑一聲，道：「瞧到你那個夥伴沒有，你如是不想死，那只有據實回話。」

那大漢點點頭，道：「好！我說實話。」

羅平道：「趙一絕躲在哪裡？」

那大漢道：「後面……」

突見寒芒一閃，破空而至，正擊在那大漢的鬢角，傷中要害，一擊畢命。

羅平怒喝道：「什麼人？」

但聞廳外花草叢中，響起一個銀鈴般的聲音，笑道：「我。」

人影一閃，黃小鳳飛躍而出，直落在大廳之上，伸手拔出深入那大漢鬢角的子午釘，抹去血跡，收入革囊。

陰陽劍一皺眉頭，道：「又是你！」

這時，黃小鳳已恢復女裝，一身淡青勁服，青帕包頭，背插寶劍，足蹬鹿皮小劍靴，最是奇特的，是她背後兩肩處，各自鼓起了一個拳頭大小的包包，不知放的何物。她神態很輕鬆，緩緩向前面行了兩步，笑道：「小妹也來找那趙一絕，想不到咱們又碰了面。」

天罡手羅平似是也知曉黃小鳳的身分，是以隱忍未發。

陰陽劍冷笑一聲，道：「那你爲什麼施放暗器傷人？」

黃小鳳道：「這個人貪生怕死，出賣主人，死的一點也不可惜。」

青袍人突然發出一聲森冷的笑聲，直笑得紅色面具微微顫動，全身骨格嗤嗤作響。

黃小鳳皺皺眉頭，不自覺地抬頭望了那青袍人一眼。只覺那血紅面具之後，透出的兩道森寒目光，有如兩道無形的利劍般直刺過來，不覺間打了一個冷顫。

青袍人停住笑聲，目中威芒亦斂，那嗤嗤的骨格作響聲，也同時停了下來。但那青袍人卻似是陡然間長高了半尺，原本可及腳面的青袍，忽然間上升到膝蓋下面。

一個森冷聲音由那血紅面具之後透了出來，道：「女娃兒，只有你一個人來嗎？」

黃小鳳已知遇上了武功奇高的魔頭，不覺間心生寒意，強自鎮定，道：「我們三姐妹，素不分離，我來了，兩位姐姐，自然是也在此處。」

青袍人啊了一聲，道：「桐柏三鳳，輕功倒也有一點成就，竟然瞞過了老夫的耳目。」

黃小鳳道：「閣下誇獎了。」

青袍人冷冷說道：「叫你兩個姐姐出來！」

黃小鳳眨動了一下眼睛，道：「她們要出來，自會現身，用不著我叫她們。」

青袍人冷笑一聲，道：「你可知道老夫是何許人嗎？」

黃小鳳搖搖頭，道：「不知道。」

青袍人道：「小丫頭有眼無珠……」

目光轉到陰陽劍的臉上，道：「一沖，給我拿下。」

譚一沖低聲說道：「咱們犯不著和鐵姥姥結仇。」

青袍人冷笑一聲，道：「桐柏鐵姥姥，教出這樣沒有規矩的徒弟，老夫不登門問罪已經算便宜她了，你只管給我出手。」

譚一沖不敢再回言頂嘴，雙手一抬，兩劍出鞘，道：「姑娘亮兵刃吧！」這兩把劍一樣長短，和平常的兵刃一樣。

原來，他一支短劍被趙一絕七星寶劍斬斷，一時之間無法配製，只好隨便選一把劍用。

黃小鳳雖明知今夜裡遇上勁敵，一旦動上了手，決難討好，但她年輕氣盛，勢成騎虎，無法下臺，只好翻身抽出長劍，道：「慢著。」

譚一沖道：「姑娘有什麼遺言？」

黃小鳳道：「鹿死誰手，還不得而知，先別把話說得太滿了。」

譚一沖道：「那麼，姑娘出招吧！」

黃小鳳道：「我和萬花劍有過比劍之約，今夜中提前履約。」

萬花劍唰的一聲拔出長劍，道：「譚兄，你讓一讓。」

譚一沖似是不敢作主，回顧那青袍人等待指示。

青袍人一揮手，道：「好！先讓他們償了比劍之約。」

目光轉到萬花劍的臉上，接道：「桐柏三鳳，名非倖致，你要多加小心。」

萬花劍道：「屬下明白。」

仗劍行近黃小鳳，接道：「姑娘小心了。」

話出口，劍勢已然發動，點點銀芒，直刺上來。

他號稱萬花劍，劍招花俏得很，看上去滿空劍花，叫人莫可捉摸。

黃小鳳回手還擊，已然遲了一步，只覺對方劍勢，有如飄花落英一般，一劍緊過一劍地直逼過來。

一失先機，全陷被動，被逼得節節後退。

萬花劍一口氣攻出了八招劍勢才微一緩。

黃小鳳已被迫退了五步，滿腔怒氣，見有可乘之機，立即展開反攻。

桐柏三鳳稱雄中原，亦是以劍法快速見稱，但見寒芒閃轉，展開反擊，那萬花劍一口氣攻出了八劍才一緩劍勢，黃小鳳卻連續攻出了十二劍，才收住劍勢。

十二劍快速反擊，迫的萬花劍大感狼狽，頻頻退避。

黃小鳳收住劍勢，冷冷說道：「名滿江湖的萬花劍，也不過如此而已。」

萬花劍大為氣怒，厲聲喝道：「臭丫頭語無倫次，你可敢和老夫決一死戰？」

黃小鳳冷冷說道：「為什麼不敢。」

萬花劍挺劍而上，道：「那很好，咱們這次動手，如若分不出生死，誓不甘休。」

黃小鳳心中暗喜，忖道：「此人武功，不過爾爾，我和他動手時，不要急欲求勝，就可以達到拖延時間的目的了。」

黃小鳳心中念轉，臉色卻一片冷漠，道：「難道我怕你了。」

萬花劍踏前一步，劍招正待遞出，卻聽得那戴血紅面具的青袍人冷冷喝道：「慢著。」

這一聲呼喝，使得遞出劍招的萬花劍急急收了回去，道：「屬下遵命。」

青袍人道：「你不是丫頭敵手，還是讓一沖出手吧！」

萬花劍急急說道：「屬下自信可在百招之內勝她。」

青袍人接道：「但咱們沒有時間讓你打一百招。」

黃小鳳冷冷說道：「你如是自知不敵，那就換陰陽劍上來吧！」

這是火上加油之言，只聽得萬花劍臉色鐵青，全身顫抖，正待揮劍衝上前去，青袍人已冷然喝道：「退下來。」

萬花劍雖然慓悍，但對那青袍人卻似是十分敬畏，立時收劍而退。

譚一沖雙劍出鞘，衝了上來，道：「姑娘小心了。」

幾乎不容得黃小鳳有一句說話的機會，雙劍已然連環攻出。

黃小鳳已吃失去先機之苦，這譚一沖武功更是高過萬花劍，急急還手，以攻迎攻。

兩人立時展開了一場激烈的搏鬥。

趙一絕隱在花叢暗處，先見黃小鳳力鬥萬花劍，只看的大爲讚歎不止，想她小小年紀，劍上造詣如此之高，實是愧煞七尺鬚眉。

哪知局勢忽變，萬花劍忽然改成了陰陽劍，不禁大吃一驚，暗道：「北派太極門藍老英雄，是何等的有名人物，但卻敗在了陰陽劍的手下，黃小鳳如何能是那譚一沖的敵手。」

就在他心念一轉之間，場中已然打得難分敵我，三支長劍閃轉飛旋，大廳中幻起了重重劍影，劍來劍往，不覺間已鬥了十餘回合。

趙一絕眼看那黃小鳳劍勢如虹，拒擋那譚一沖的攻勢，竟然是毫無慌亂之徵，心中大大地讚佩。

雙方愈打愈快，劍招變化，也更詭異險惡，黃小鳳一支劍運轉如輪，攻中有守，守中有

攻，比起陰陽劍譚一沖詭異狠辣的雙劍，毫不遜色。

這時，一側觀戰的萬花劍，臉上原有的憤怒之色，已然消失，代之而起的是一片驚訝之情。心中暗自慶幸，適才沒有出手，就憑黃小鳳和譚一沖這數十回合的惡鬥，自己恐早敗在對方的手中。

那青袍人也似有著意外之感，血紅面具後透出兩道森寒目光，盯注在廳中搏鬥的兩人。

譚一沖極力運劍搶攻，雙劍威力大增，劍氣如重波疊浪一般，直壓過來，黃小鳳逐漸被迫落於下風，但她靈活的劍招，變化甚奇，常在極危惡的剎那間，化險爲夷，看樣子，黃小鳳雖處劣勢，但仍可支撐一些時間。

趙一絕忽發奇想，暗道：「黃小鳳手中如有七星寶劍，譚一沖決非其敵。」

一念心動，伸手摸摸劍柄，忖道：「怎麼想個法子，把寶劍送入黃小鳳的手中。」

只聽那青袍人一聲冷喝，道：「住手！」

譚一沖應聲收劍，向後退開了五尺。

黃小鳳雖然支持了數十回合未敗，但已盡了全力，汗水透衣，譚一沖收劍而退，壓力頓減，不覺間長長吁一口氣。

但見那青袍人，突然向前跨了兩步，冷冷說道：「你棄劍就縛，還是要老夫動手？」

黃小鳳不知他是何許人物，但心中卻明白，這人的武功，決非自己能敵，與其被擒受

辱，還不如早些逃走爲上。

青袍人兩道銳利的目光，似能洞察胸腹，黃小鳳暗打逃走的主意，那青袍人似已看透了她的心意，冷笑一聲，接道：「你不要作逃走的打算，你走不了。老夫不屑殺你，要問罪，老夫會去找鐵姥姥，但你要逃走，說不定老夫會失手取你之命。」

黃小鳳嗯了一聲，道：「你的口氣很大。」

青袍人道：「你可是不信老夫之言？」

黃小鳳道：「當今武林之中，武功強過我的人很多，你取下臉上面具，讓我瞧瞧，我自然知曉你說的是真是假。」

青袍人冷哼一聲，道：「你一定要見老夫的真面嗎？」

黃小鳳道：「聽你口氣托大的很，爲什麼不敢以真面目見人？」

青袍人道：「老夫可以取下面具，讓你瞧瞧。不過，見過老夫真面目之後，你就非死不可，這一點你要想好，願不願賭一下？」

黃小鳳衡度形勢，知曉那青袍人說的並非虛言，沉吟一陣，道：「如是我不看呢？」

青袍人哈哈一笑，道：「女娃兒就可占這點便宜，如是男子漢，絕不會這樣改口。」

黃小鳳撇撇小嘴巴，道：「料敵知機，適應變局，並無什麼不妥。」

青袍人道：「利口丫頭，就算你知機的早，老夫也不會應允放你離此。」

語聲突轉嚴厲，道：「你自己棄劍呢，還是要老夫動手？」

黃小鳳暗暗吸一口氣，道：「自然要你動手。」口中說話，手中長劍卻已平胸舉起，擺出了迎敵之勢。

青袍人冷冷說道：「女娃兒，小心了！」突然舉步一跨，直向黃小鳳衝了過來，他形同走路，直撞而上，既不見什麼招數，也無戒備，似是大有這一擊必然成功的把握。

黃小鳳長劍一振，閃起了一道銀虹，有如光幕繞體一般，護住了全身上下。

那青袍人忽地舉起左手一掌，拍了過去，立時有一股潛力，逼住了黃小鳳的劍勢，右手緊隨左手伸了出去，如探囊取物一般，輕輕鬆鬆地扣住了黃小鳳握劍右腕，微一加力，黃小鳳不自主地鬆開五指，棄去了手中長劍。

平淡無奇的出手一擊，竟然蘊含著匪夷所思的力量，但場中之人，卻沒有一人瞧出手法有什麼奇奧詭異之處，當真是有如羚羊掛角，不著痕跡。

青袍人一出手擒住了黃小鳳，右手一帶，把黃小鳳投向羅平，道：「給我綁了。」

黃小鳳左、右腕脫開青袍人五指的當兒，應該有一個脫身或反擊的機會，但她全無反應，竟被羅平抓住，從懷中取出一段黑色繩索，捆住了雙手，黃小鳳微閉雙目，臉上是一片悲憤和震驚混合神色。

顯然，她自知反抗無望，索性聽從擺佈，但微閉的雙目中，卻不斷地擠出淚水，有如斷線的珍珠一般，滴灑在胸前。

青袍人冷冷說道：「女娃兒你如不想受屈辱，只有據實回答老夫的問話。」

黃小鳳雙目未睜，口中卻冷冷說道：「你準備要如何處置我？」

青袍人道：「不一定，老夫可能一掌劈了你，也可能把你送給他們糟蹋了。」

黃小鳳吃了一驚，霍然睜開雙目，道：「你敢？」

青袍人冷冷接道：「老夫行事，一向沒準兒，高興怎麼做，就怎麼做，鐵姥姥沒有告訴你，江湖上有我這麼一號人物嗎？」

黃小鳳道：「你既和家師相識，不論你是鬼是怪，都該有些名氣，怎能……」

青袍人接道：「住口，老夫已經告訴過你，沒有很多時間，片刻之後，就要天亮，老夫已決定在天亮之前離此，你如是不回答老夫的話，我就立刻把你送給萬花劍，其人一向喜愛女色，像你這等美豔少女，他決不會放過。」

照黃小鳳的爲人性格，早就破口大罵，但她心中卻已警覺到，這個青袍人是一位說得出就能夠做得到的人，如是一旦激怒他，他真可能叫人糟蹋了自己清白的身子，萬一如此，縱然傾盡西江之水，也是無法洗去今日之羞。

# 十　諱莫如深

一念及此，不覺心中生出了森森寒意，睜動了一下眼睛，道：「你要我說什麼？」

青袍人道：「趙一絕在何處？」

黃小鳳道：「你要殺他？」

青袍人哈哈一笑，道：「殺他？老夫是何許人物，殺了他豈不汙及了老夫之手。」

黃小鳳道：「那你找他做什麼？」

青袍人道：「老夫要他手中的七星寶劍。」

黃小鳳啊了一聲，道：「我說了你也不信，我確實不知他藏在何處。」

青袍人冷笑，沉思片刻，道：「就算他躲過今宵，還有明朝，老夫不信找不著他。」

雙目盯注在黃小鳳的身上，接道：「老夫要問你一件你知道的事情。」

黃小鳳道：「什麼事？」

青袍人道：「老夫自信能夠辨出你說的是真話，還是謊言，只要你說一句，老夫就不再問你第二句後果如何，你要自己揣摩了。」

黃小鳳心膽俱裂，但卻盡量保持著鎮靜，道：「你問吧！」

青袍人道：「趙一絕幾招江湖把式，就算他手中有七星寶劍，也不是譚一沖兩回合之敵，竟然能削去了譚一沖兵刃，定然是有人在暗中助他。」

黃小鳳道：「當時我也在此，但那人不是我，我也沒有這份能耐。」

青袍人點點頭，道：「不錯。充其量，你和譚一沖在伯仲之間。」

譚一沖道：「姑娘是何等裝束，在下等竟未發覺？」

黃小鳳心中明白，目下唯一拖延時間的辦法，就是在回答對方問題時，多說上幾句話，當下說道：「我扮做菜館裡上菜的小工，不但你們沒有發覺，就是趙一絕他們也不知道。」

譚一沖道：「很高明，但那暗中施用米粒打穴絕技，又是何人？」

黃小鳳道：「這個，我真的不知。」

青袍人厲聲喝道：「你當真不知道嗎？」

黃小鳳似是已屈服於他莫可預測的淫威之下，緩緩應道：「我沒有發現他，實在不能確定他是什麼人？我只能猜想。」

青袍人道：「好！那你就猜猜看，他是什麼人？」

黃小鳳道：「高半仙。」

青袍人奇道：「高半仙？高半仙！老夫怎的不知道武林中有這麼一號人物。」

黃小鳳道：「也許他還有別的名字，但我只知道他叫高半仙，平日在關帝廟前擺個卦攤子。」她說得句句真實，故而說起來理直氣壯。

譚一沖道：「姑娘是越說越玄了，一個擺卦攤的，能有多大本領。」

青袍人冷冷說道：「我想那高半仙，只不過是一個稱號，另外他定然還有一個名字。」

黃小鳳道：「我也這樣想，但我卻不知道他叫什麼名字。」

青袍人冷然一笑，道：「現在，時間已經不早了，老夫也不願在此多留，要麻煩你姑娘跟老夫走一趟了。」回目一顧譚一沖，道：「一沖，留下一句話，告訴趙一絕，如若他們想救黃姑娘的性命，要他帶上七星寶劍，明日太陽下山之前，在關帝廟大殿後面聽蟬亭見面。」

譚一沖一欠身，道：「屬下遵命。」立刻動手留字。

青袍人一伸手，抓住了黃小鳳的右腕，道：「女娃兒，咱們先走。」

黃小鳳身不由主，只好任那青袍人牽著向外行去。

譚一沖、萬花劍、羅平緊隨著兩人之後，奔出了大廳，幾人去勢如箭，轉眼間已走得蹤影不見。

趙一絕目睹這一幕緊張、激烈的搏鬥，連氣也未喘一口，直待幾人去遠，才長長吁一口氣。抬頭東望，天際間已泛現出一片魚肚白色。

這時，刁佩已由花叢中飛躍而出，奔入大廳，趙一絕也急急躍入大廳，緊接著李聞天也奔入廳中。

刁佩望望趙一絕手中的寶劍，沉聲說道：「趙兄，你聽到那青袍人說的話了嗎？」

趙一絕道：「字字入耳，聽得十分清楚。」

刁佩道：「趙兄準備如何應付？」

趙一絕道：「送去七星寶劍，救回黃姑娘。」

刁佩道：「你知道那身穿青袍、臉戴紅面具的，是什麼人嗎？」

趙一絕搖搖頭，道：「兄弟不知道。」

李聞天道：「兄弟好像聽人提過這麼一位人物，只是時間過久，一時間想不起來了。」

刁佩道：「見面閻羅公冶皇。」

趙一絕道：「見面閻羅？」

刁佩接道：「不錯。他臉上整日夜套著一個血紅面具，很少有活人見過他真正面目。」

趙一絕道：「很少有活人見過，難道見過的都是死人不成？」

刁佩道：「見過的都死，所以，他叫見面閻羅。那意思是說，凡是見過他真面目的人，等於見到閻王爺，非死不可。」

趙一絕道：「啊！是這麼回事，倒是名副其實的外號。」

刁佩輕輕咳了一聲，道：「不過，有一點，那見面閻羅也要想一想，就是黃小鳳的師父鐵姥姥。」

趙一絕道：「鐵姥姥怎麼樣？」

刁佩道：「一位正、邪兩道人人頭疼的人物，不過，她已退休了多年，未曾在江湖上出現過了，想不到教出了桐柏三鳳。」

趙一絕道：「刁兄果然是見多識廣的人物，但兄弟希望能想出一個救回黃姑娘的辦法。咱們三個人加起來一百多歲，總不能要一個十七、八歲的大姑娘代咱們去死。」

刁佩搖搖頭，道：「兄弟適才談的是江湖見識，但如要想出救人之策，那就得憑藉智謀，必得要胸有韜略才成。」

趙一絕哈哈一笑，道：「老早想過了，除了拿劍換人之外，別的沒有法子。」

李聞天道：「就兄弟所知，桐柏三鳳一向不會分離行動，黃小鳳在這裡，她兩個姊姊，定然也在北京，怎生想個法子，把此事通知她兩位姊姊。」

趙一絕道：「黃小鳳不是那青袍人三招之敵，她兩個姊姊又有什麼法子？」

李聞天道：「就在下所知，桐柏三鳳中，以那大鳳的武功最強，也以她智謀最多，能夠告訴她這個消息，她必會全力施爲。」

刁佩道：「對！至少，也可替他們多樹幾個強敵。」

趙一絕點點頭，道：「好吧！兄弟下令他們全力找尋，不過，總該說出幾個模樣才是。」

李聞天道：「這個麼，在下就說不出來了。」

趙一絕道：「李兄沒有見過桐柏三鳳嗎？」

李聞天道：「沒有見過。不過，以趙兄屬下之眾，地頭之熟，找兩個單身女人，也不是什麼難事。」

趙一絕道：「好！兄弟就試試看吧，兄弟這就立刻吩咐他們。」行出室外，招來了埋伏在花叢中的屬下，吩咐數語。

十幾條大漢，領命而去，匆匆奔出了早秋大院。

刁佩輕咳了一聲，道：「趙兄，看情形，見面閻羅公冶皇，也不會去而復返，咱們要在太陽下山時分，找到高半仙，或者是黃小鳳兩個姊姊。」

只聽一聲低沉的聲音，傳了過來，道：「不用找我，老夫就在這裡。」

趙一絕等回頭望去，只見高半仙站在門口，臉上一片凝重之色。

李聞天道：「老前輩！」

高半仙接道：「不用說了，我都看到了。」

趙一絕道：「黃姑娘被見面閻羅生擒而去，要在下在日落之前，把七星寶劍送往關帝廟後，換取黃姑娘的性命，不知老前輩意下如何？」

高半仙道：「你捨得那把七星劍嗎？」

趙一絕微微一笑，道：「在下有自知之明，憑我這副德行，也不配用這把七星劍，如若能換回黃姑娘的性命，在下倒也不心疼這把劍。」

高半仙道：「這把劍鋒利無匹，如若交到那見面閻羅公冶皇的手中，那無疑是如虎添翼，所以，這把劍不能送往關帝廟。」

趙一絕道：「但那黃姑娘的性命……」

高半仙接道：「七星劍不能送去，黃姑娘的性命，咱們另外想法子搭救。」

刁佩輕輕咳了一聲，道：「老前輩，在下有幾句話，不知當不當說？」

高半仙緩緩說道：「閣下儘管請說。」

刁佩道：「就在下所知，那見面閻羅，已存了必得之心，取不到七星寶劍，決然不肯善罷甘休。」

高半仙冷冷說道：「你們認為送去了七星寶劍，那見面閻羅公冶皇就會放了你們嗎？」

趙一絕道：「在下不帶劍去，先和他們談好，然後再送上寶劍。」

高半仙道：「寶劍未到手之前，他們會答應你任何條件，一旦交出寶劍，那就立刻會換過一副嘴臉。」

趙一絕道：「公冶皇在江湖上是否很有名氣？」

高半仙道：「二十年前就已名滿江湖。」
趙一絕道：「既是大有名氣的人，難道會不守信諾？」
高半仙道：「那要看什麼事了。像七星寶劍這等大事，他如能守信諾，就不叫見面閻羅。」
趙一絕道：「老前輩的意思，準備如何呢？」
高半仙道：「老夫也正為此事憂慮，直到適才老夫親眼所見之後，才知曉竟是公冶皇在暗中主持這件事。」
趙一絕輕輕咳了一聲，道：「怎麼，老前輩似乎是對那見面閻羅公冶皇有些害怕？」
高半仙道：「如若憑真功實學，雙方相搏，老夫並不怕他。不過，他已練成了一種奇異之學，老夫自知難以抗衡。」
趙一絕突然想起了適才黃小鳳已說出了高半仙，但那公冶皇卻是想不出是何許人物，當下說道：「黃小鳳已說出了老前輩。」
高半仙接道：「我知道，她只說出高半仙，公冶皇決難從高半仙三個字上，發現老夫是何許人也。」
趙一絕搖搖頭歎息道：「北派太極門的藍掌門，已敗在陰陽劍下。」
突然想到自己和譚一沖鬥劍的事，改口接道：「老前輩是否在場暗助在下一臂之力？」
高半仙點點頭，道：「譚一沖乃非常人物，你縱有七星劍神兵利器，也難是敵手。」

趙一絕道：「大廳中燈火如山，光耀似晝，老前輩躲在何處？」

高半仙道：「黃小鳳那丫頭，能夠扮做上菜小廝，難道老夫就不能扮廚師嗎？」

趙一絕一拍腦袋，道：「這叫一著錯滿盤輸，我萬般想到，就是忽略這廚子一條路。」

高半仙道：「這事情已經過去，你知道了是老夫助你得勝就成，倒是目下你們的處境，極爲險惡，不知你們要作何打算？」

趙一絕道：「目下情勢，我老趙心裡明白，我們與敵人之戰，有如螳臂擋車，不堪人家一擊，一切都要依仗你老前輩了。」

高半仙道：「公冶皇暗中主持此事，確出了老夫意料之外。」

趙一絕接道：「老前輩如是亦無幫助我們之能，那是三十六計，走爲上策了。」

高半仙道：「你們既有了打算，老夫留此無益，我要去了。」轉身向外行去。

李聞天、趙一絕大吃一驚，同時追上前去，攔住了高半仙。

趙一絕道：「我們此刻有如困在大風雪中，饑寒交迫，前不見村，後不見店，你老前輩怎麼好意思撒手不管？」

高半仙接道：「風雪寒梅，天氣愈冷，梅花愈香，諸位既陷風雪中，何不踏雪尋梅？」

**請續看《神州豪俠傳》之二**

臥龍生精品集 49

# 神州豪俠傳（一）

作者：臥龍生
發行人：陳曉林
出版所：風雲時代出版股份有限公司
地址：10576台北市民生東路五段178號7樓之3
電話：(02) 2756-0949
傳真：(02) 2765-3799
執行主編：劉宇青
美術設計：許惠芳
行銷企劃：林安莉
業務總監：張瑋鳳
封面原圖：明人入蹕圖（原圖爲國立故宮博物館典藏）

出版日期：2019年5月
版權授權：春秋出版社呂秦書
ISBN ：978-986-352-697-1
風雲書網：http://www.eastbooks.com.tw
官方部落格：http://eastbooks.pixnet.net/blog
Facebook：http://www.facebook.com/h7560949
E-mail：h7560949@ms15.hinet.net
劃撥帳號：12043291
戶名：風雲時代出版股份有限公司
風雲發行所：33373桃園市龜山區公西村2鄰復興街304巷96號
電話：(03) 318-1378
傳真：(03) 318-1378
法律顧問：永然法律事務所 李永然律師
北辰著作權事務所 蕭雄淋律師

行政院新聞局局版台業字第3595號 營利事業統一編號22759935
©2019 by Storm & Stress Publishing Co.Printed in Taiwan
◎ 如有缺頁或裝訂錯誤，請退回本社更換

**定價：240元**　**版權所有　翻印必究**

國家圖書館出版品預行編目資料

神州豪俠傳（一）／臥龍生著. --初版. 臺北市：
風雲時代，2019.04- 冊；公分

ISBN 978-986-352-697-1 （平裝）

857.9　　108003142